永叹莱伊拉

李永刚 / 著

远方出版社

图书在版编目（CIP）数据

我的莱伊拉 / 李永刚著. -- 呼和浩特：远方出版社，2019.1
ISBN 978-7-5555-1258-5

Ⅰ．①我… Ⅱ．①李… Ⅲ．①长篇小说－中国－当代 Ⅳ．① I247.5

中国版本图书馆CIP数据核字（2019）第 007010 号

我的莱伊拉
WO DE LAIYILA

作　　者	李永刚
策　　划	王永华　王　荣　李鹏图
责任编辑	董美鲜　奥丽雅
责任校对	张利君
装帧设计	刘元缙
封面题字	刘醒龙
插　　图	路　宾
摄　　影	项文光
出版发行	远方出版社
社　　址	呼和浩特市乌兰察布东路666号　邮编：010010
电　　话	（0471）2236473总编室　2236460发行部
经　　销	新华书店
印　　刷	内蒙古掌印文化科技有限公司
开　　本	156mm×220mm　1/32
字　　数	248千
印　　张	11.75
版　　次	2019年1月第1版
印　　次	2019年1月第1次印刷
印　　数	1—5000册
标准书号	ISBN 978-7-5555-1258-5
定　　价	48.00元

如发现印装质量问题，请与出版社联系调换

心魂的陷落与飞翔（序一）

赵娜

《名作欣赏》在二〇一二年搞了一期"我们恋爱了"专号，从二〇〇二年到二〇一一年十年来的全国各大文学期刊中，精选出十篇爱情题材短篇小说刊发，邀我做这期专号的特约评刊。编辑们是希望能够集中近十年有代表性的爱情小说。任何事物一集中，就有了意味，何况是常说不尽的爱情。这样一期刊物在手，几乎没有人能抵抗一口气读完的欲望。然而，我在读过之后却并不轻松。作家们用各自的创作视角解读飘忽在尘世的爱情：在婚姻内外、网络与现实、大海、旅馆、湖心岛等场景之中，爱情要么消磨，要么成熟却凋零，要么只是相遇，要么发生却果断地结束……大致掠过这些镜头，我不得不发出沉重的呼喊：我们这个时代的爱情，究竟走向何方？难道除了苍凉还是苍凉？除了不可把握便是灭亡？爱情带给我们的，难道仅仅是怀疑、伤害、失忆、绝望、恍惚、凄凄惨惨戚戚？何以集众人之声，却没有一个黄钟大吕，只剩下箫咽筝鸣，一片靡靡之音？

爱情比之于性爱，多了一层美感，而美感是文化的产物，精神的产物，接近于神话。这些关于爱的本质的命题，在当今小说中，难道已经无声地凋零？这是否意味着，爱的神性，在转型期的中国，真的已经消磨殆尽？

不要这样悲观吧！文学本与人的心灵同在，只要人的心灵有仰望，文学中必然喷薄爱与美的光照，而与爱与美最亲密的爱情，怎么会失却神明青睐？只是，在发出这些诘问时，我没有意识到这一点，也不知道，在中国北方的鄂尔多斯，一位"孤独症患者"，给自己上了锁，拒绝出去，也拒绝别人进来。因而，他并不知道二〇一二年《名作欣赏》中这次小说家的集结，也没有听到任何有关爱情小说的论争评说。他以孑然之身，十六年长旅，超乎人们想象的奉献，给我的诘问以震撼心魂的答案，这就是奇人李永刚和他的奇作《我的莱伊拉》。

独特的现代精神叙事体

《我的莱伊拉》是一部从二〇〇〇年写到二〇一六年的现代精神叙事体长篇小说。小说写了一个男人对青春初恋的无限追寻，两人中途短暂相遇后分开，主人公从此开启了孤独苦修的乡下荒野生活，仅为了在孤独中实现对爱的完全拥有，保持爱情和自身的纯粹。评论家王春林认为，它是"逾越文体界限的精神叙事"。比之传统小说分类法中的类别，这部小说显然别具一格。震撼人心的尚不仅仅是叙事方式的不同选择，还有作者的人生与创作浑融一体，十六年的时间是在创作，也是在村庄、牧区、荒野间进行精神的炼狱。看似一个男人对青春初恋的无限追寻和表达，实际上写了一种来自精神理想的柏拉图之恋，并超越恋爱，上升到个人对美和理想的追寻和探寻，进而抵达精神探索的高峰。固然说，从二十世纪八九十年代开始，中国当代小说实现了"向内转"，写内心世界成为共识，但如这部小说这样，纯粹地、无限地抒发内心，自始至终，写内心爱情、理想与世界的冲突、纠葛、批判，从而独创了一种彻底精神叙事的文体，也是极其少见的。

超越常人的天涯孤旅

　　李永刚在创作谈《归来》中最后总结："时间：二〇〇〇年至二〇一五年。地点：红碱淖、柴登、塔拉壕、东胜。身份：匹夫、独夫、鳏夫；局外人、狂人、愚人；自闭症、抑郁症、孤独症、分裂症、白日梦游症患者；联邦大厦漆黑步梯里的招魂巫师……我已填充了一生中这一段声名狼藉的履历，我画出了生命中最灿烂辉煌的过程！"十六年的精神游斗，十六年的孤居写作生活，就在这些地名和身份名称中豁然独立。作家张秉毅盛赞这部小说是不同凡响的"文学史上最长的一篇情书"，这首抒情诗的发生和抒情的地理场，就在红碱淖、柴登、塔拉壕、东胜这些村庄和市区。故事发生在这里，然而作者重要的不是讲故事，而是精神恋爱和自我探寻的精神之旅，超越常人的天涯孤旅，在人间的出世修行。这部作品的重要依托，就是鄂尔多斯高原上的自然地理。

小说以中古阿拉伯乌姆鲁勒·盖斯的诗开端:"请停步和我一起哭泣/以怀念我的情人和家园……你看那椒粒般洁白的羊儿/洒落在宽阔起伏的沙原。"小说中的我以"疯诗人阿米里叶"自居。诗人阿米里叶爱上了少女莱伊拉,写下不少倾诉爱慕之情的诗。由于姑娘的父母不同意他俩的结合,他精神上受到极大的刺激,最后流浪在沙漠里,结束了短暂的一生,被称为"莱伊拉的痴情人"。小说中的"我"就沿着疯诗人的足迹,行走在这片"沙原"上,所有的抒情,都以"沙原"为地点。这是他的精神场。

"蓦然间,我看到了,遥远沙原上,疯诗人阿米的孤茔,一蓬蓬乱草摇来摆去。"

"沙原不荒凉,小村不孤陋。每一座沙丘、每一蓬沙蒿、每一片草滩、每一株树,甚至于一处残破的院落,都会触发我对你的联想。"

"终于来到了西部的伊和乌素草原,草原上的羊群如粒粒珍珠,这儿撒着一簇,那儿漫了一摊,极目望去,远远的土丘沙原上,依然是珍珠遍撒。"

"我要只身游走沙原,以我的流浪蛮荒,为中古的沙漠诗人和他的情人歌唱,我的歌,要在荒寂的地方唱起。"

"荒城、明月,亘古的美,亘古的爱。在这夜深人静、僻远的沙原上,孤鸿之我目睹了荒城和月亮的相会,我的心,浸润在荒城之月茫茫一片的银辉中……"

"我就是阿米,将继续他的沙漠流浪。且再行去,以沙原为稿纸,以双脚为笔,为我的莱伊拉抒写诗行。"

之所以把这些诗一样的句子放在这里,是想说明,沙原是主人公的抒情对象,抒情场域,是地理的,同时也是精神的存在。这样一部抒情诗一样的精神叙事体小说,如果没有这独属于鄂尔多斯高原的景象,怎么会产生如此强大的荒凉之中的行走、觉悟?这是整部小说的背景。而作者坚持了这片"沙原"的虚构性和象征性,没有与现实联系起来。这也正是作为一部小说的必要品质。如果真的落实下来,变成非虚构的纪实文字或散文,就失去了它的精神和象征意义。

在创作谈中,作者自觉地向曾经徘徊十六年的场域致敬:

"红碱淖,最了解、最理解我的孤独的世间知己,深深地感知着我对它的爱恋。记得临离开湖泊前一天的下午,平静了好几天的湖水忽然又热烈地喧响了……我的爱浇注着你,你的湖面会如往昔,会如我许多的梦境一样丰沛无比的,我知道你在等着我,已到了咱们重逢的时候。"

"柴登壕,流传着我的传奇。'一个五十多岁的白胡子老汉在边毛人的楼上住了一年,住进咯就不出来了。'如今,那个人确实五十出头了,头发也确实白了,他神秘勾当的帷幕拉开了:他将二十一世纪做了情人，用十六年时间，写下一封长长的情书。就是这样的一个白胡子老汉，起早贪黑、夜以继日，这么多年干了这么一件事情。"

"塔拉壕，我是你的好村民，一待九年。虽为一介鳏夫，但遵纪守法，没有违反村规民约。"

如果有一天人们因为这部小说朝圣而来，那一定是向着东胜、红碱淖、柴登、塔拉壕而去。所有人都会被小说中一再渲染的沙原吸引，想要在同样的自然地理中，寻找精神的答案。"走向荒野，才能走向自己。"这部小说是一次身体力行的精神纪实和伟大创造。这片高原，无形之中，成为小说的基石和抒情对象。

爱欲与文明的东方"文化英雄"

小说的文体实验，早就已经非常丰富。而在当代文学的叙事史上，《我的莱伊拉》将留下重重的一笔。中国古代文学的主流延续着抒情的传统，这部小说则继承了中西抒情诗的传统，以及中国古代汉语描写自然、吟咏自然、东西方诗人与自然对话、从自然中寻找精神的意义的浪漫主义风格，独创了"逾越文体界限的精神叙事"。与小说一起发表的王春林的评论，对这部小说的叙事学意义做出准确的评价：

> 相对于我们当下这样一个业已在物质主义中沉迷过久的世界而言，李永刚在长篇小说《我的莱伊

拉》中意欲以一种逾越文体界限的形式实验完成的精神叙事，其重要的现实针对性无论如何都不容轻易忽视。相对于当下世界所盛行的物质主义，如同李永刚此类的艺术书写不啻是一方难能可贵的精神清醒剂。

我曾经在很多小说中失望于当代文学的爱情表达。写都市里的爱情小说，读过后唤醒深层的颓废，令人绝望，不仅对爱情，而且对文学绝望。读了《我的莱伊拉》，又一次看到理想主义的光芒。这理想之光的闪现，是以孤独和苦修的面目出现的，超出我的想象。独居，流浪在荒野上，以纯粹的自我和自由去拥抱爱。作家李永刚，不仅用生命现实去实践爱，而且以坚韧不拔的创造精神，把这场爱的修行写得惊心动魄、蚀骨销魂。

有过写诗经验的人，阅读这部小说，大概不会觉得陌生。因为那种表达爱情的方式，那种失恋的痛苦和抒情，不是每一个爱好诗歌的人青年时期都有过的吗？然而，这种气质在李永刚十六年的精神叙事中，终于与鄂尔多斯高原、与个人生命价值的确认、与个体本真性存在的追求结合在一起，从而获得了形而上的追问力度。这是一个把青春进行到底的作家。正如诗人曾涵的评价："《我的莱伊拉》，是一道闪电！"这是一道青春的闪电，也是一道诗与思的闪电；是一道照亮中年困顿的闪电，也是一道面向自然和死亡、重新发现生命与激情的闪电。肖亦农评价："我为鄂尔多斯文学终于走到了当代文学的前沿而欣慰。"从叙事方式上，从精神探索上，这部小说确实走向当代文学的先锋，以一种古典的东西方融合的抒情方式和现代反思，抵达前沿。

　　精神叙事，贵在对生命内部感觉和精神挖掘的深度，贵在精神反思的超越性。这两方面，这部作品都达到较高的水平。书名最初叫作《鳏夫絮语·我的莱伊拉》，作者塑造了一个独居的"鳏夫"形象，这个"鳏夫"从三十多岁到五十多岁，就一直在乡下人们的异样眼光中写作、追思，追寻那个纯美的爱的形象和内心不可抑制的爱的理想。当爱情受阻、痛苦之后，大多数人选择妥协，理想也同理。而李永刚选择逃到荒野，日复一日地面对自己的情感和欲望。他在写情感的纯净和欲望的挣扎之艰苦，对爱、肉体、生活的无限向往，通过一瞥小卖部的年轻妈妈和别人的家庭生活，通过深夜一个人对莱伊拉的忏悔，淋漓尽致地表现出来。王春林评价：

> 　　鳏夫"我"愈是自我压抑，其身体的本能欲望就愈是要强烈地爆发出来。这种压抑与反压抑力量之间的激烈冲突，在《鳏夫絮语·我的莱伊拉》中得到了堪称惊心动魄的生动再现。某种意义上说，如此一种灵与肉的激烈对抗，才是具有相当人性深度的内在精神冲突。能够把鳏夫这种内在精神冲突以鲜活灵动的笔触勾勒表现出来，所充分说明的，正是作家某种艺术洞察力的特出。

　　而压抑之后，是净化和升华。当成年人纷纷选择妥协走进社会的时候，他选择走向自然。在自然中得到精神的自由和欢喜：

> 穿越浩浩沙漠，下临陡深河谷，渡过数公里宽的平坦的河谷地，对岸又是高而陡的沙岭，一步一个脚窝向那沙岭攀去。岭上簇生着沙柳、沙蒿，耸立着白杨、胡杨。想那些中古阿拉伯诗人，他们是骑着骆驼穿行沙漠的，如果遇了这样的陡坡，大概也只能下来攀爬了。他们攀爬时，大概感到的是行旅艰难。而我，从都市来到这自然天地，望着低垂而洁白的云朵，幽蓝而纯净的天空，秋日里一树树黄爽爽的树叶，艳红如火的树叶，脚下棕黄色的绵软的细沙，身心被清洁个干干净净，感到少有的气爽神清。

自然的神奇，能够抚慰身体的挣扎、灵魂的焦虑。自然是另一个有形的莱伊拉。"我就是阿米，将继续他的沙漠流浪。且再行去，以沙原为稿纸，以双脚为笔，为我的莱伊拉抒写诗行。"正是在面对荒野的行走中，他确立了自身的人格和方向。他对自己的爱有越来越形而上的审视："真正的抵达是心的抵达。当你的爱如此真，如此纯，如此无我，你的船，早已驶抵爱的彼岸。""世间最大的事业，莫过于爱的事业，爱的事业在世纪之初，收获了一份纯粹，一支绝唱。""你清楚爱不是得到，那以得到为目的的爱是世俗之爱。当你只求爱的本身，你的爱,已是纯粹的精神之爱、神性之爱。"

我们已许久没有听到这样的声音!当我们在世俗中获得爱的时候,其实我们已经远离爱的精神实质,那纯美的幻想之林。只有返回到孤独,返回到心灵,返回到爱的天地,我们才能感受到爱的呼吸。原来孤独,正是一种抓获并且燃烧的方式!曾经的爱情,永远地失去了,我们把它还给了冥冥之中的神。而孤独苦修的人,始终和神站在一起。爱的永生与世俗分离,甚至与现实分离,爱是一种神境。

精神追寻之旅,结局不重要。小说分十个章节,完全是精神探索的维度,而不是故事情节的结构。"魔网落下来了、缥缈孤鸿、河岸、精灵之舞、刹那间的冰凉、神秘的符咒、谵妄的呓语、吾将行兮、荒城望月、远天远地的湖",这就是一个精神行旅的进程。尤其是最后一章《远天远地的湖》,完全用梦境的虚实相生法,对长达十六年的精神之旅进行总结和告别。这一场告别不是结束,而是新的意义探索的开始。"没有阿米,阿米早在一千多年前,就因痴狂,流浪沙漠,结束了短暂的一生。这里没有阿米,这里是沙湖,湖畔的沙漠,沙漠中的废墟,废墟中孤零零的我……""我是阿米,浪迹沙漠,我已癫疯,我已痴狂。这就是疯狂的境地,一个人,漫游在大雾弥漫的沙漠,唯我天地孤身得之享之!"

对比西方的"文化英雄",这部作品塑造了一个爱欲与文明的东方"文化英雄"。他是幻想乌托邦的王,是爱的追求者和献身者。他从属于爱欲原则。他脱离了世俗的欲望沉沦,进入到苦修的沙漠。鄂尔多斯这片沙海就是他的王国,爱与美的幻觉、幻想是王国的根基，他在这里以赤贫的物质实现了精神的无目的追寻，实现了彻底的审美理想。这是对抗现代社会的"乌托邦"式的绝对自由，这是活在幻想中的实现精神审美的纯粹的人，这是虽然注定失败但承担着爱欲与文明的试验和挑战的时代"文化英雄"。这样评价这部作品的时候，我们已经把作者李永刚和主人公"我"合为一体，因为这是一部奇特的小说，作者用十六年的苦修、实践，写出了心理世界的审美之维，而这本来是虚构之境的作品，却是他真实人生的镜像。他竟然是一个把人生当成爱与美的殉道者来过的人。他的作品是他殉道的诗篇，他的人生是爱的诗篇的注脚。这是一个用"实践"实现了"爱欲"追求，从而挑战了现代压抑性文明的虚实相生的东方的"文化英雄"。

这是一场漫长的孤独与纯美之旅。在物欲横流的当代，去欲绝群，是一次背向社会人生的旅行。当我们感叹走得不够快，追不上时代和时间的时候，一个走向自然的孤独的背影，给我们带来无穷的精神思索。这部用心、用爱、用行动铸造的小说，这个十六年苦修写作的作家，终于让我们于泪流满面中仰望到了爱情小说理想境界的标杆。我想我或许需要用余生的时间，去体悟，去印证，那些文字的意义，那种阅读带来的心魂的陷落与飞翔。

（作者系苏州大学文学博士，内蒙古大学文学院副教授，四川大学访问学者，青年诗人、评论家）

静水深流逐大波（序二）

——《鄂尔多斯晚报》专访

李永刚　曹谊

曹谊：人们常说起"面壁十年""十年铸剑"，极言做一件事情的漫长与不易。十六年……这是一个怎样漫长的过程？

李永刚：十六年，意味着一个人从婴儿成长到近于成年，意味着你从小学生到中学生再到大学生的全过程。

曹谊：二〇〇〇至二〇一五年，这是一个经济发展由高热火爆到平稳运行的时期，人人为物质大潮裹挟。唯独你，在这十六年里，完全地背对了这一切，厮守孤独，潦倒穷途，将自己献给一部书。如此地销心吐血，如此地以生命交付，在这部书里，你想告诉人们什么？

李永刚：这里应讲到我所崇奉的文学观，张承志在《以笔为旗》中写道："哪怕他们炮制一亿种文学，我也只相信这种文学的意味。这种文学并不叫什么纯文学或严肃文学或精英现代派，也不叫阳春白雪。它具有的不是消遣性、玩性、审美性或艺术性——它具有的，是信仰。"我以此为仰望。这里说的"信仰"，并非宗教信仰，而是人类的精神。人类的家园建立在物质和精神的平衡中，可如今，人类在科学主义、物质主义中沉迷得太久太深了，世界的天平向着物质的一端倾斜，造成了人的扭曲、异化，甚至灾难。世间最大的事业，莫过于爱的事业，爱的事业、心灵事业在今天愈益显示出它平衡世界的沉甸甸的分量。然而，物质主义的沉垢何其厚积，忘却的罪过何其深重，重振爱的事业，必须洁净身心，甚至牺牲奉献。有无担当者？有的。"莱伊拉"，从来就有着令阿米里叶热狂、痴绝、舍生忘死的魔力。莱伊拉，本是中古阿拉伯时的一个美少女，诗人阿米里叶爱上了莱伊拉，写下不少倾诉爱慕之情的诗。由于姑娘的父母不同意他俩的结合，诗人在精神上受到极大的刺激，最后，流浪在沙漠里，结束了短暂的一生，被称为"莱伊拉的痴情人"。我觉得中古阿拉伯这一爱情悲剧，鲜明地反映出阿拉伯民族的精神化特性。从某种角度可以说，这个世界巨大的精神危机，是阿拉伯世界揭示出的，人类应该对阿拉伯人文精神做深刻反思了。恐怖主义，复活的、妄图的中世纪式极端精神蒙昧精神的幽灵终必消弭，我们需要弘扬的是阿拉伯人文精神中对人类心灵之美的纯粹、坚定、执着的信仰与持守，这于我们的世界弥足珍贵……因而，《我的莱伊拉》，就是以中古阿拉伯美少女莱伊拉作为爱的世界、心灵世界的具象，以诗人阿米里叶式的自我放逐，流浪沙漠，吟吟哦哦，如痴如狂，来对"莱伊拉"做膜拜、守望、呼唤，为新世纪的人类祈福。

曹谊：问题是作品中讲述的是"我"和"我的莱伊拉"的故事。如何准确把握"莱伊拉"这个形象？

李永刚：作品在具体表达上，讲述了一个与"莱伊拉的痴情人"类似的故事，评论家王春林将它解读为"古老而遥远的阿拉伯故事的中国版"，即"我"对"我的莱伊拉"的数年孤独、禁欲、絮絮叨叨、吟吟哦哦。如作品中所说，阿米里叶以流浪、生死相许走进了莱伊拉的心灵，"我"则以孤独相献、以孑遗之身走向"我的莱伊拉"，走向莱伊拉所象征的彼岸精神。莱伊拉是一个象征，是一个臆想、梦幻、超现实的形象。艺术即做梦。梦幻中有创造的灵泉，梦幻中有心灵的真实，十六年中，正是臆想、梦幻构造了这部心灵化叙述的独特的长篇小说，"反抗或者冒犯，挑战甚至颠覆"了传统小说的世俗化叙述模式。

曹谊：我是在一个叫"莱伊拉"的小说群中得知这部长篇小说的。喜欢小说的微信好友，用这部长篇小说中的主人公"莱伊拉"为名，建了这个群。我就找到一本当初发表这部小说的《鄂尔多斯》二〇一六年第七期。这是我近年来得遇的少有的需要一个字一个字阅读、反复品读的小说。文学似乎在边缘化，似乎在式微，可这部作品却让人为之一震。它引发关于文学的多方面思考，诸如：文学与孤独；文学与潦倒穷途；文学的"愚人"事业；文学的反叛世俗、不被理解、声名狼藉；真的人与真的文学，时代对真纯文学的渴望，期待它卓然于净洁之域，引领人们弃绝满目的渎神行径和欺世劣迹，步出烂泥塘，朝向一片明净的海水；"文章憎命达，魑魅喜人过……"杜甫《天末怀李白》道出了文章之道的千古哲理，而你的经历，十六年，四易其稿，写白了头，恰恰印证了它；文学对功利心的摒弃，它青睐那些将文学当成生命的人，那些有着崇高的内在精神追求的人……所有这一切，无不指向文学，指向生命的无以言说、难以企及的高贵和金质。

李永刚： 难得你的理解，难得你读到这样的深度！你的话，让我感慨万千……真正的文学心，是对受难的追求。当我对人们说，我一九八四年参加工作，由事业单位到群团组织，拙于经营，无暇经营，三十多年一直领着科员工资；当我对你们说，我多年来住在东胜最破败的旧绒衫厂"南五楼"；我写了十六年，每写一年的稿费收入为八百多元……谁还会做这"愚人"的事业？但就有"愚人"，生死相许。只因为，中国人已然活出了"量"，现在到了必须活出"质"的时候；只因为，世间永远有——美丽的莱伊拉，永远令阿米里叶热狂、痴绝、舍生忘死；只因为，生命中那一份令我们无可奈何交付一切的美丽，终其一生去奔向、融入的彼岸、归依……

曹谊： 但毕竟是十六年，到底怎么支撑下来的，怎么熬过来的？

李永刚： 这个问题不是一句话就能说清的。我有记日记的习惯，十六年记下十多本，数十万字。作品现在出版了，好的日记，也是很好的随笔，凡·高日记——《致亲爱的提奥》就是一部杰出的艺术史、思想史、生活史。我已精选部分日记，附录于书中，这个过程将完整地呈现出来。

曹谊： 你是怎么看待自己的这一漫长过程，看待作品最终完成的？

李永刚：我首先要说的是，我们鄂尔多斯文学队伍是一支纯洁、高尚的队伍，我们对文学的爱是真纯的。尤其是一代代师长、引路人，以他们宽广的胸怀，扶掖后学。没有他们一路的导引、点化，没有他们的激情鼓呼、全力推举，不可能有这一文学收获。我们这支队伍是爱的队伍，自作品发表以来，收到许多师长、文友的感言，知契的喜悦，温暖了我一颗孤独了十六年的心：

"我的评价是四个字：不同凡响。"（张秉毅）

"文学史上最长的一篇情书。"（张秉毅）

"你以一个真正文人的姿态，不媚俗、不阿谀，横眉冷对千夫指。你是我等学习敬重的榜样！"（苏怀亮）

"十六年孤独自闭，身随魂荡，完成心灵的依托《我的莱伊拉》，精诚所至，感天泣泪！"（刘国霖）

"非常感慨您为神圣文学的殉道情怀。"（白晓明）

"《我的莱伊拉》，是一道闪电！"（曾涵）

"我为鄂尔多斯文学终于走到了当代文学的前沿而欣慰。"（肖亦农）

而全秉荣老师，听说作品发表，电话催要，不顾老眼昏花，仔细展读，读后感慨不已，泼墨挥毫：

自古言情怨恨多

而今大爱汇长河

心灵彼岸连天碧
　　静水深流逐大波
　　……

　　知契、关爱的大浪一波波涌来，我将自己的过程一下子看清了：一路艰难跋涉，终于走到了爱的大海、心灵的大海边……正如张承志等翻译的关里爷《热什哈尔》首句写到的：当古老的大海向着我们……潮动迸溅时，我采集了爱慕的露珠……

目 录

心魂的陷落与飞翔（序一）/ 赵娜
静水深流逐大波（序二）/ 李永刚 曹谊

卷首诗 /001

引子 /003

魔网落下来了 /007

缥缈孤鸿 /031

河岸 /047

精灵之舞 /058

刹那间的冰凉 /075

神秘的符咒 /100

谵妄的呓语 /121

吾将行兮 /136

荒城望月 /157

远天远地的湖 /230

归来（后记一）/259

我的札萨克（后记二）/268

附录

贴着湖面飞行

——十六年创作《我的莱伊拉》手记 /283

请停步和我一起哭泣
以怀念我的情人和家园

它枕着台乎里、胡麦里的沙丘
它依着陶底哈、弥格拉的沙湾

任风儿南北穿梭编织
抹不去这故土的容颜

你看那椒粒般洁白的羊儿
洒落在宽阔起伏的沙原

——乌姆鲁勒·盖斯（中古阿拉伯）

卷首诗

引 子

已经是第十六个年头了,我又来到师院的操场上。

这片小天地位于校园深处,地势略高些,较之于拥挤、喧闹的市井,显得幽僻而开阔。

毕业十多年来,乡下时,每次进城,总短不了来这里走一遭,回城后,次数就更多了。

为了品赏到小校友们——孩子们动人的青春,多选择下午的体育课,或者黄昏。

雨幕中,穿雨靴,披雨披,独立烟雨,那时,这片天地完全为我独自拥有了。

月夜下,在这里,可以看到初升不久的金黄的大月亮,浩渺夜空中孤独空灵的白月亮。

繁星满天时,仰面躺在草地上,我惊叹自己生活在如此美妙的天花板下,如此璀璨的穹庐下。人间太美好了,能来世间走一遭是幸运幸福的,如果不做点什么美好的事情,没有一点颂赞歌吟,何以对得起置身其间的美丽苍穹?

今天，春暖花开，风和日丽。望着湛蓝天空下那一面猎猎招展的红旗，一股青春岁月蓬勃芳烈的气息扑面而来。

跑道上，草坪边，三三两两布散着读书的、闲聊的孩子们。几个女孩咯咯笑着朝这边走来，从我身旁经过。她们白里透红的脸庞艳若桃花，她们的明眸皓齿流露着青春天然的光泽，她们的飘飘黑发柔濡水亮。她们一点儿都不理我，我站在那儿对她们来说，犹如操场上的一株老树一样。

有两个女孩来到篮球场上，一跳一跳地探篮板。实在是探不到的，只是想蹦蹦跳跳，蹦蹦跳跳中就有了乐，她俩笑开了，笑得快要跌倒了还止不住。

又有同学陆陆续续来篮球场了，原来是校体操队要训练了，那两个女孩加入了那一群，列队集合。

女教练来了，那又是个大孩子。她是手里拿着体操器械，做着一串摆臀扭腰的滑稽动作走来的，她的队员们笑成一堆了，她却一本正经，拿出师道尊严的冷面号令集合了……

这一年，是二〇〇〇年。学生时期，总觉得"二〇〇〇"具有某种神性，在岁月的遥远那端闪烁着奇异的光，不知自己那时将以怎样的姿态迎接它。

它悄然而至，仿佛转瞬之间。我是这样迎接它的：在等待钟声敲响的那一天一夜，我不见任何人，把自己一个人关在一间屋子里。我要独自度过那一时刻。

世界各地，人们都对"二〇〇〇"显出异乎寻常的兴奋、期待。

深情的小提琴曲，向着夜海中的礁山飞扬而去。

幽怨箫声，对着月光下的荒凉古堡脉脉倾诉。

我将孤独献给"二〇〇〇"。我是一个鳏夫，我以鳏居的姿态迎接它，并开始厮守它。鳏居是我的心灵寻找归依的最佳途径，是我经历了一番艰辛后终于获得的无上幸福。

播音室又开始播音了，一个女孩的声音，风声中，只听得这么一句："之后，她们七个……"那叙说显得辽远，恍如一帧逝去的风景……什么时候的"她们七个"？是如今操场上那几个女孩，还是好多年前的？她们后来去哪儿了，芳踪杳然了吗？

身边的花池里，星星点点，绽着数朵小花，红的黄的白的，一阵微风刮来，那些花儿摇曳着，扑朔迷离，如一个个美丽的梦境。

躺在一株老树边矮矮的水泥护墙上，仰对天光云影，一树枝杈，一树絮絮嗦嗦的绿叶。这情景，树脂的气息，多少年都没有改变。

老树吸附着岁月的精气，凝聚不散。枝叶婆娑间，时空静止了，所有感觉都和从前一样。

花池边，什么时候坐了一个女孩，白皙的脸，白色紧身衣，浅蓝色运动服。她垂下头看书时，齐肩的弯弯黑发将脸庞半遮半掩，忽隐忽现的秀色流露着奶气十足的柔润，偶尔还咬咬铅笔头。

水滴般安静的女孩，微微摇曳的花，缕缕幽幽的芬芳向我袭来。

旧日风景，旧日感觉，刹那间重现。我看看老树，看看天

引子

光云影,再次确认了这种重现的真实性。

她就是我的小莱伊拉,今天来赴约了。

魔网落下来了

那时，小莱伊拉也是坐在操场的花池边，长发扎成一束，搭在右肩上。她被怀抱中的书吸住了，纹丝不动，无声无息。

她不知道，当她被书吸住的时候，她自己也变作一部更摄魄吸魂的书，吸住一个呆子，隐在操场一个角落，纹丝不动地呆望着她。

那时，她使我成了呆子。后来，成了孤独症患者。我这一生都在对她做着身体和心灵的交付，直至将自己交得干净彻底，我才心安了，觉得这一辈子的感觉终于活出来了。也许，从童年起，我就开始了对她的寻找、厮守的远征路。

童年印象，是一片古朴的海，海上漂着一叶张起帆的老木船，这印象朦胧恍惚，摇篮曲一样。那是小时候我病了，躺在炕上，母亲不能总陪着我，还得去地里干活，她就将一个纸夹取出来留给我，那上面印着一幅椭圆形的旧式彩画，一叶张起帆的小木船在墨绿色的、波涛汹涌的海上漂荡。纸夹是珍贵的家私，用来夹布票和钱，锁在躺柜的底层，平时是不让看的，只在生病时才有了赏玩的特权。寂寂老屋，晕晕乎乎的病意中，老木船载了一颗童心，在一片古风的、辽远的海上悠悠漂荡。

童年印象，是一座露天影剧院，高高的围墙，木栅栏门，门前立一堵影壁，用来遮挡门外没有买票的人们的视线。院子里，最前方是戏台，以往，放映电影就投映到戏台正中的白墙上，后来，是在戏台下方扯一面屏幕。孩子们喜欢坐在最前方，几乎就在屏幕下面，昂着头看，即使是大冬天的夜里，他们也往往席地而坐，看得兴高采烈……

云雾缭绕的天国中，有一座宫殿，宫中住的是玉帝的七仙女，柔美、善良、纯情似水。她爱上了人间青年董永，同情他为安葬老父卖身为奴的不幸遭遇，违背天规，飘飘悠悠飞至人间，在荒郊野外的一株槐荫树下与董永相遇，以槐荫树为媒，结为夫妻。百日后赎身还家的路上，突遇狂风电闪，阴郁的天空中出现天兵天将，严命七仙女即刻返回天庭。为保全董永，七仙女涕泪涟涟，告别董永，飞离人间，空留下声声呼唤娘子的董永，独对狂风，独对满地的槐荫落叶，独对幽远铅色的天穹……

这是黄梅戏《天仙配》的故事情节。《天仙配》是一个古老的故事，据说，在汉代就有了它的蓝本《槐荫记》。它历经千年不衰的凄美，在一天夜里，在故乡小镇的露天影剧院里，诉诸我——一个孩子的感知。童年本是富于幻想的，玉帝、王母、牛郎、织女、天上、人间……总觉得天空中真有一个美好无比的天国。第一次看《天仙配》，给我的感觉，那云中的宫殿，就是天人的房屋；黄梅戏的音乐，是天上的音乐；严凤英的声音容颜，是天女的声音容颜；她的品德，是天人的品德。然而，如此美好的天上的七仙女，也有那么凄婉哀绝的遭际，也有那么寸断柔肠的悲苦，她飞临人间，把自己的惊世美艳亮给凡人之后，又突然间涕泪涟涟飞升而去。董永哭天抢地，观众又何尝不是满目凄然，更有一个我，随着七仙女的飞升而去，仿佛被摄去了魂魄，呆呆地望着镜头中阴云密布的天空，久久不知离去。在回家的路上，竟不和随行的伙伴们说一句话，一路呆想着，痴望天空，幻想那美丽的七仙女，会在我的仰望中又一次纱衣飘飘飞临人间，抚慰她的哀哀欲绝的董永哥吧……

海和船，使心儿早早开始向着未知的美丽风景的远航。而《天仙配》的芳踪杳然再难寻觅的无尽怅惘，使我觉得世间有一种虚渺、柔美而崇高的存在。我要乘着童年的船，去找寻这种存在，弄明白它的奥义，去投奔它，生命的美好、生命的意义想必尽在其中。

第一次见到师院的东方先生，我心仪于他那谦谦君子风度。东方先生走进教室，同学们起立致敬。先生面对这样的礼仪，不是走上讲台后还礼，而是在门前空地上朝前走一步，手掌贴于裤缝，深深地鞠躬还礼。东方先生鞠躬致礼的方式使我忽然懂得：学生起立的古老礼仪太珍重了，不仅是对先生，而且是对神圣讲坛应传之道的致敬；先生的鞠躬，不仅是对学生，又是对这种道的虔诚礼拜和承诺。

东方先生是朴素的，朴素的衣着，朴素的言谈举止。从他的面貌，看不出他是一位知名的从事比较文学研究的学者。

他却是严格的。不论对自己的研究，还是对学生，他要求言必有据，言必成理，踏踏实实，绝不说虚妄的话，做虚妄的事。

而做人的正直，做人的操守、品格，先生更是守之如玉，

魔网落下来了

不容许自己有丝毫污渎。

无论是做学问，还是做人，先生都是一致的，表现出一种少有的真，罕见的纯。

真纯，矗起了东方先生的磐石——他的骨格和精神的磐石。看上去朴素无华、文弱平和的先生，原来是最刚正的，不论世事如何变幻，他的磐石不会有丝毫改易动摇。

对他的弟子们来说，先生的真纯，是清晨田野的风，是远天远地一泓清澈的湖水，他们一日日地被这样的清风吹拂梳理，被这样的湖水滋润洗濯，久而久之，那些个混沌、虚妄、浮躁、谬误消弭了，先生将他们心灵中的蛮荒铲除，土壤被开垦出来了。

这时，他让我们看到了他的世界：

人类对精神之美有着永恒的渴求。它使我们消除混沌蒙昧，获得魂魄性灵，生命因之而有了意义，有了投奔的方向和归依。

精神求索，较之于物质文明发达的西方，古老东方淀积着丰厚的宝藏，它的超越性、对生命终极的关怀是理性的西方难以企及的。

东方精神的淀积中，阿拉伯，有着一种极真、极纯、执着不可动摇的因子，有着脊梁般的、中流砥柱般的质，于我们的世界弥足珍贵。

几千年的文学史说到底是人类的心灵史、精神史，那么，阿拉伯文学中必有这种心灵、精神的金质，找寻、挖掘、弘扬之，有着非比寻常的意义。

……

这些意思，先生是一点一滴启迪给我们的。他多年来受西方中心主义的影响,终于挞身而出,在对东方文学做了比较研究之后,选择了阿拉伯作为自己的探求方向。他要找到那种金质,圆自己的心灵追求、精神追求之梦。

阿拉伯?原以为它是古老的、滞后的、不被注目的、边缘化的,竟使我的老师一心相许,浅薄的我一时难得究竟了。而先生的追求,使我第一次受到一种崇高力量的撼动。

音乐的殿堂又是何等的穹庐高起呀。艺术学院里传来的声响令我神往,有时就走进去。伴着那位女音乐老师的钢琴声,仅一个"１２３４５６７ｉ"的齐唱,就可以将我托入天堂。一组简单的单音练习"１４５２７３ｉ４６３"就将我引入对往昔、旧乡、童年的眷顾追怀。练琴房的走廊里,风琴声的回响使我觉得如步入教堂,于是乎教室里的视唱听来如唱诗班在歌唱。欣赏课上,《汉宫秋》的如怨如慕,《胡笳十八拍》的苍凉倾诉,《春江花月夜》的轻柔曼妙,《二泉映月》的心痛神驰,《天鹅湖》的温柔高贵,《圣母颂》的俯仰归依……我感到自己在一点点地被融化,而无伴奏童声合唱又飘临了,那种传达着大自然的旷远、纯净、寂静,那种仿佛从邈远天国飘临的声音,勾魂摄魄,让我屏息。有一部小说叫《死于合唱》——在合唱的升华境界中化掉自己,化入其中……音乐的美会使我们交出自己的一切吗?那位音乐老师,在音乐的湖上浸润得久了,神情气韵如一个修女。她打拍子时的轻柔的手势,她盯着键盘时的沉静的眼神,她弹奏钢琴时的娓娓而来浑然物外,她的气韵营构出的教室里那种悄然的捕捉感觉的氛围,她在欣赏指导中流溢出的宗教般的恬静柔弱的情绪……古典情操日益被

魔网落下来了

人们淡漠、遗忘，可它在音乐的湖上却波光荡漾，涌流不息，化身为那位优柔美好的音乐老师。

音乐的水在流，流出一个银色的月夜，月夜下青黛色的大山，山脚下潺潺的小河。在这般蜜也似的银夜，一位女子思念着大山深处的情人，她的情思化作无边的月色，浸漫到大山里，化作潺潺的小河，缠绕在情人的心里……

这是民歌《小河淌水》的情境。柔婉的旋律，萦绕出缠绵无尽的女儿之韵。

女儿之韵，小河淌水……河水回流了旧日风景，我又看到了一群女孩子，看到了她们艳丽的青春……想来，我这一生还是有过一段甜美时光的。那时，我天天和她们在一起，天天能见着她，那样的好日子，过了整整三个年头。后来的路，走着走着，竟至于完全和她们隔绝了。在城郊那座被十五株树围就的荒宅孤院，在沙漠湖边被榆树枝条簇拥的渔村小屋，大风刮起时，唯听得十五株树号吼呜咽，唯见得榆树枝条如长发飘舞，似乎世间只残留了这些疯狂的树、这间小屋和屋里一个孑然的身影，别的一切都被大风卷走了。那些女孩子，她们温情永在，她们每每于夜半时分来探望我。前一回，是那个好舞的女孩，为我盛装而舞，珠翠辉辉，衣带飘飘。那一夜，又是那个钢琴弹得最溜的和那个歌唱得最美的，她俩联袂为荒睡的鳏夫起舞，南方舞蹈《担菱藕》那种小丫头调皮嘲戏的舞姿，戴着斗笠，弯着腰，撅着臀，一个扯着另一个的后衣襟……

那时，她们，无奈春光的花儿，如五月早晨，我屋子后面那片柠条林，那漫坡的小黄花，漫涌着令人心动神摇的纯洁、

魔网落下来了

娇美、温柔。我独步其间,恍然看到她们穿行于柠条花丛中的小径,轻盈娇软的身影如扶风弱柳。

那时,她们刚刚脱去孩子气,每每路遇,她们潮红了脸,垂了头,匆匆走过。

她们回避着男生这些"须眉浊物",不和他们说话。

她们坐在教室时,娴静温婉之水将一切吸化,室内一片神秘的悄寂无声。

我的小莱伊拉那时像一只保全不了自己的羔羊,她总和一个比她大一点的女孩形影不离,以至于有一回,她上课时偶有不适,举手要求去校医室,老师准许了。她走了没几步,忽回转身来,冲她的姐姐喊:"走呀!"做姐姐的一脸诧异,她却又喊:"快走呀!"她只知自己去校医室要有人陪着,全然不知自己是在教室,老师还在讲台上。大家都笑了,为她如此的稚拙天真,而做姐姐的也没再征求老师的同意,洒爽地站起来,陪她的小妹妹看病去了。大家又笑开了,她这才觉出自己有失体统,红了脸,颈子不自然地扭了一下,拉着姐姐的手跑了出去。

她刚才的情态使我猛一愣怔,这么眼熟,在哪见过,又想不起来,不觉发了一回呆。

手风琴拉响了,露天晚会上姑娘们在歌唱:

  人们说你就要离开村庄
  我们将怀念你的微笑
  你的眼睛比太阳更明亮
  照耀在我们心上

走过来坐在我的身旁

不要离别得这样匆忙

要记住红河谷你的故乡

还有那热爱你的姑娘①

……

  天上的月亮屏息静观，姑娘们是人间的月儿，和它一样皎洁美好。

  舞曲回旋，将少男少女的月光晚会推向高潮。小莱伊拉起初是和她的姐姐共舞的，她们跳得累了，坐下来休息。有男生不失时机地挤过去，一把将她拽起，无奈春光的花儿被生硬地邀请，也是无奈的事。舞步中，有一组分合动作，她在分开来又迎向舞伴的瞬间，楚楚纤腰微微扭动了那么一下，这身影又使我觉得似曾相识……这里有一种无比的甘美，这是往昔中一段什么样的温柔？痴然怀想，不得其解，偶一抬头，豁然开朗——儿时从露天影院出来，仰望天空，幻想那美丽的七仙女又能纱衣飘飘飞临人间，抚慰她的哀哀欲绝的董永哥，女孩的情态，不正是童年七仙女那样的吗？七仙女和董永赎身还家的路上，他们边歌边舞《还家》，七仙女迎向董永时，那楚楚纤腰的微微扭动，正是她刚才那个样子……对了，她那天课堂上——七仙女在荒郊野外的小路边等来了董永，看出他在打

---

① 加拿大民歌《红河谷》

魔网落下来了

量她时，转过身去，不自然地扭动了一下颈子，正是她那天那样的……

女儿身是怎么回事？师院生活中，东方先生的课堂于我是圣洁的，而由于她们，这课堂又笼着一种将我的心揪得很紧的、甜美的、诚惶诚恐的韵，将那种圣洁感融化，流入心中。那情态姿影神似童年七仙子的女孩，她也如七仙子一样来自一个勾魂摄魄的世界吗……女儿身，天赋之以神秘，这神秘罩住了我，使我的内心涌动出不可名状的力量，要冲垮什么堤坝，奔向一个无限甘美的地方。她们有着怎样的神秘，那无限的甘美所在何方？

东方先生开启了中古阿拉伯之门，放飞出中古的翩翩诗魂，朝我幽幽飞来：

请停步和我一起哭泣
以怀念我的情人和家园

它枕着台乎里、胡麦里的沙丘
它依着陶底哈、弥格拉的沙湾

任风儿南北穿梭编织
抹不去这故土的容颜

你看那椒粒般洁白的羊儿
洒落在宽阔起伏的沙原

这是所谓"蒙昧时期",即伊斯兰之前,一位部落王子的情诗。他对昔日牧园和他爱恋的一位牧羊女一往情深,由于战争、游牧,离别多年。有一天,他踏上了重返故园、寻找恋人的路。沙海漫漫,无数艰辛,寻得故园时,见得沙丘依旧,沙湾依然,心爱的牧羊姑娘家的院落却化作沙原中一片废墟,她们一家早不知游牧何处去了。望着熟悉而又荒凉的故园,他的心被芳踪杳然的姑娘掏去了,跪倒沙丘上,神神道道,泪流满面……

> 情人出生在对我敌视的部落
> 使我难求呵,麦赫赖米家的姑娘
>
> 在与她族人的格斗中蓦坠爱河
> 我发誓,这件事绝无虚妄
>
> 你已经成了我的至爱至尊
> 莫再想还会有旁人像我一样
>
> 春天,她家在奥耐太尼扎帐
> 我家却远在盖勒米,何以寻访
>
> 你终于下决心离我而去
> 黑夜里你们的驼队走向远方
> ……

魔网落下来了

这又是"蒙昧时期"传奇英雄昂泰拉的《情人远去》。昂泰拉的父亲本是一位部落贵族,由于母亲是父亲在一次争战中俘虏的埃塞俄比亚女奴,按照当时的传统,女奴之子仍为奴隶,昂泰拉成了牧驼人。艰苦的环境使昂泰拉成长为一个强壮的青年,在部落战争中骁勇非常,多次率领族人击溃敌对部落的进攻,成为部落英雄,最终得到父亲的承认,成了自由人。然而,他毕竟是女奴之子,无法摆脱族人的偏见,未能赢得他爱慕的堂妹阿卜莱的青睐。永不可得,却永远爱恋。虽然他成了自由人,可在爱情上,他返了回来,俯身又做了备受折磨、心甘情愿的奴隶。中古阿拉伯留下一部传奇——《昂泰拉传奇》,既是英雄传奇,又是一部爱的奴隶的传奇。

"瞧,这些中古阿拉伯诗人们,爱是灵魂,一朝失去,落魄失魂;爱是无可奈何的交付,唯愿为仆为奴,不管得到与否,不管被怎样对待。"东方先生点评说。

"而对于伊斯兰初期的贞情诗人们,爱与生命同在,不管遇到什么,哪怕死亡,爱也是不可以摇撼分毫的,不可以有一丝改易、背离。诗人加米勒和布赛娜相爱,因违背教规,面临血光之灾,踏上了流亡的路。可怜他,从此与恋人音容隔绝,流浪一生,心中的爱情却坚如磐石,不易分毫。颠沛流离,行吟天涯,直至白了头发,客死异乡,寂然结束了苦难一生,没有少女一洒清泪,不知恋人是否手捧血字般的遗稿……"

这时的课堂上,小莱伊拉忽然站了起来:"东方先生!让我来朗读加米勒的诗,好吗?"

好一似，霁月光风耀玉堂，小莱伊拉青春甜美、清亮爽利的声音，倏然飘落：

岁月染白了我的头发
是因为与她分离
我常翘首盼望
盼她归来重聚在一起

忆往昔，在里瓦谷地
那时日子多么甜蜜
从那以后，她一离去
就再也没有幸福可提

人们问我说
"你何苦如此憔悴，折磨自己
你本不必受风吹日晒
又享有荣华富贵。"

我回答他们说
"你们不必将我责备
你们可曾见身居异乡的囚徒
他们与我何其相似！"

忽然明白你为什么那么爱书了。你是书的化身，书的美好由你来形，由你来容，你有多美好，书就有多美好。如今，你用少女的声音慰藉诗人的灵魂，你的女儿身，定然是为书而生，为诗人而生的……

　　疯诗人阿米里叶走来了，穿一领破败的羊皮袍子，不知春夏秋冬。时值仲秋，黄昏，沙漠中已经游走一天了，想起前方好像有一处沙湾，一片绿洲，是能避风过夜的，能找到些吃的东西……方向搞错了吗？怎么总也不到……前方有一座宅院，几株枣椰树围着它，是莱伊拉家的宅院吗？莱伊拉、莱伊拉……泪水涌满眼眶，跌跌爬爬赶去……却原来是一处废墟，弃置多年了。倒卧墙角，再也走不动了，虽然又饥又渴。漠海死寂之夜又降临了，夜风吹来，他蜷缩着身子，昏昏然望着天边一弯冷月……

我对朋友们说：她是太阳
阳光虽近，本身却难企及

风从她身上吹来一阵馨香
吹进我心中，使我无比欢愉

我忍受不住，昏倒在地
一声不响，不言不语

我赤条条，只剩皮包骨头
皮骨也将不久消失

天哪，我弃绝尘世，离群索居
　　我对你的情意，你要牢记

　　爱的风暴从四面八方向我进攻
　　它们轮番袭来，周而复始
　　……

　　不可得而又强烈渴念的爱的风暴，将他卷向疯狂的境地。今生得不到她的形，拥住她的神总该可以吧。只有将整个的身心交给莱伊拉，这一生才能活得充分，活出满足。而她的神在哪里，又如何交出自己？她的神韵，不在人群中，而在空旷的地方——他决然离开人群，走向杳无人迹的沙漠，孤身只影，日日夜夜怀抱莱伊拉的月亮，日日夜夜膜拜、呼唤、吟哦，与沙原走兽为伍，与风沙焦渴饥寒为伴，终于有一天，倒在了沙漠……这就是疯诗人阿米里叶，他爱上了少女莱伊拉，写下不少倾诉爱慕之情的诗，由于姑娘的父母不同意他俩的结合，他精神上受到极大的刺激，最后，流浪在沙漠里，结束了短短的一生，被称为"莱伊拉的痴情人"。

　　为什么，爱要诗人消亡身形？想到阿米孤孤单单，游走沙漠的身影，不知怎么，我的心为之一震……

　　你在吟念疯子的诗句，妙龄的小莱伊拉，那诗是写给你的吗？你就是那个莱伊拉，让诗人弃绝尘世，离群索居，你手捧的是疯子遗给你的诗稿？

魔网落下来了

蓦然间，我看到了，遥远沙原上，疯诗人阿米的孤茔，一蓬蓬乱草摇来摆去。沙原上的风刮着刮着刮大了，凄厉的风，吹得帐篷中的莱伊拉泪流满面。她穿了黑袍，遮了白纱，悄然走出帐篷，走向风声凄厉的沙原……她在阿米的孤茔前跪坐下来，一如他们往昔沙漠幽会时跪坐在他面前……就在她跪坐下来的一刹那，风刮得更大了，怎么回事，现在不是下雪时节，天空中却有硕大的雪片飘零，落在莱伊拉的身上，落在阿米的坟茔上，却原来，风将散落沙原各处的阿米的诗稿吹来了……莱伊拉，扑向阿米的坟茔，扑向他的诗稿，紧紧地抱拢着、贴附着，用力覆压自己的胸脯，她要倾她所有，哺养她的凄凉的诗人……风愈加猛烈了，漫天诗页飘舞着，落在坟茔上，落在莱伊拉身上……当那尚且眷顾着人间，徘徊于天上人间中段的阿米，看到莱伊拉，看到雪片般的诗页落在莱伊拉身上时，爱的浪潮将他淹没了，爱的云霓飘来，将他和他的莱伊拉卷裹而去……他们相会了，他们的神魂融而为一，相伴相随，冉冉飞升而去……他们终于在一起了，阿米望着莱伊拉的举手投足，一颦一笑，陷于一种傻傻的茫然中，不知说什么、做什么，不知如何面对和她在一起。莱伊拉晓得他的手足无措，那是多年来的渴念而隔绝造成的，这更增添了她的怜惜，她要给予他所渴求的，照顾他的一切。她飞临到他身边，将他的被风缭乱的头巾理好，将他的弄皱了的袍裙拉平，他嗅到了她的气息、芳馨，不由得牵了她的手，而她则用力将他的臂膀拽到胸前，身体紧紧地贴到他的怀抱里。莱伊拉如此地贴附依偎，让阿米的身心里回旋着无限的缠绵凄恻，而就在此时，天上人间的路通达了，我追随着他们的身影，渐渐看清了他们飞升而去、归依而去的所向——美的世界，爱的世界，可以作为信仰，为之交付灵魂、生命的世界。

你是否觉出一道神异的光照，将使我们踏上迥异寻常的生命旅程？你在看到我时总是那么单纯美好，浑然不觉神秘的魔力之网已向我们张开。

而不久，魔网完全落下来了。

春风春雨润酥了大地，一切生机开始新一轮的蕴发。萧索一冬的杨树、柳树舒展出了嫩绿的枝叶，草青了，花骨朵冒出来了，户外活动的人多起来，喧闹声大起来了。

校园中的这一抹春色已让人兴奋，让人跃跃欲试。想那原野中，单单那份空灵，那地气蒸腾中泥土的芳香，足够给人洗脑壳、舒筋换血了。

星期天，一群少男少女出城郊游。校园里的那一抹春色太狭小了，而春光和活力属于他们，大自然的美属于他们。他们来到野外一片寸草滩上，宽阔、柔软、碧绿的草滩引得他们狂奔、跳跃，跑累了、跳累了，就将自己平摊在草滩上。遇到了羊群，就随那羊群游走一气，学着牧羊人的吆喝、动作，又是一片欢笑嬉闹。他们走进一片野林子，森森然的林间，扭曲的树根，硕大的树瘤，枯死的老树铁一样的枝丫，使他们想起一些古代绘画，想起聊斋故事，忽地一只大鸟怪叫着扑飞，又吓得他们慌慌逃离……

远处，时隐时现一片蔚蓝色，是城郊的一座水库，他们兴

魔网落下来了

冲冲地向水库进发。

我因为在那片野林子里多待了一会儿，快到湖边时，他们大多已到远处的埠头了。唯见她，一个人站在远离埠头的一处水湾边，是舍不得离开那只离群失伴的水鸟吧，它时而游来游去，时而静静地凫于湖面，美丽而孤独。

宁静的水面，将一片浩大的平滑、光洁、软嫩铺展开去，仿佛一盒硕大的、颤盈盈的果冻，直让人想一口将它吸喝下去。

岸边泊了一只小渔船，她一试一试地探那船头，可小船离岸尚有四五尺，探了几探都徒劳了，一扭头看到从远处赶来的我，她大呼小叫着，冲我指那小船，我急急赶过去，赤了双脚，毫不犹豫地蹚入冰凉的水中，将小船推到她面前，姑娘怯怯地上船了，船儿载着我和她，悠然悠然，向着浩大的光洁世界滑去。

清澈透明的湖水下面，是密密匝匝、幽深莫测的水草，小船划行其上，犹如在浩瀚的森林上空滑翔。快要靠近那只水鸟时，水鸟倏地惊飞，为我们舒展它优美的双翼。我们觉得在和它一道飞，我们和它一样，置身在茫茫一片的天蓝蓝海蓝蓝之中，置身在幽深透明的水晶宫殿之上。

我停了桨，任小船随意漂荡吧，且让我们来享有这片波光潋滟。

小船击起的水波，柔缓地在周遭起伏。

一只燕子掠过远处的湖面，划痕微漾，转瞬消失。

船头怯怯的姑娘，这时勇敢地移到船舱，倚着船舷，探望湖水，她的动作和身影，水波一样轻起柔伏……

噢，我现在和她单独在一起，而且是在这样四顾无人的湖上。平时见了她总是很紧张，从来没和她单独走过几步路，说过几句话。一阵慌乱，忙俯下身来抚弄着湖水。然而，坐在船中的姑娘，她那近在咫尺的幽芳，使我不由得抬起头来，直朝她看过去，女孩感到了我的目光，飞红了脸。"看我干什么啊。"她娇嗔着，俯下身来，划拨着湖水，划着划着，忽然迎着湖面，迎着幽蓝天空扬起水来，大大小小的水珠扬起来，落下去，圆滚滚的，反射着七彩阳光，如颗颗珍珠洒落，女孩笑起来了，笑声如她抛洒的水滴一样玉润珠圆。

纷纷珠玉飘落，平静的湖面如遭到电击，泛起的波纹一圈圈振荡开去。

那震波，不仅荡在湖面，一径荡入我心里……望着漫天珠玉般的水珠，听着她珠玉般的笑声，火，无可奈何地引燃了，魔网完全落下来了。

你从教学楼前的台阶下来，经过广场，回宿舍去。普普通通的相遇，如今使我格外的局促不安，欢欣与紧张交织着，不知该和你说句什么话，不知该怎么走过和你相遇的这一小段路，样子荒唐极了。

和大伙儿聚一块儿，有你在时，坐也不是，站也不是，眼睛不知该往哪儿看。偶尔有个什么举动，说句什么话，都蹩脚极了。也就不敢再说什么话，不敢再有什么举动，尤其不敢靠近你的身边。

看来，不能见你，并且要避免与你相遇。

悄悄地躲在一边，我看到你坐在操场边的水泥墩上，捧了

魔网落下来了

一本书，身体微微摇来摇去。

我看到你蹲下来，用一根木棍在草地上比画着什么，你将垂散的头发拢到耳后，这让我更看到了你桃红润泽的脸庞。

我看到你闪身进了宿舍，在我眼帘中划过一道青春优柔的曲线。

……

我感到一波波的潮水在啸叫翻滚，涌向那近在咫尺的姑娘，要将她淹没，要将我自己吞没。

我得想办法将潮水疏导出去。

校外的山坡下有一座小水坝，静静地隐在山谷中，让我想起春游时的那座水库。独自一人去了水坝边，选一处土坎坐下来。凄艳的一泓偎在我身边了，波光荡漾如心爱的姑娘柔美的身姿，我的潮水向着水坝涌去，她统统容纳了，内心渐渐变得如这一泓碧水，柔润平和。

或者，暮色渐深，独坐于操场僻静的一角。也许她曾在这儿待过。暮色沉沉，操场上不见了人影，一派寂静中，将她的神韵独揽怀抱。独处的妙处，早就开始将它啜饮了。

……

我要循着那神异的光照，找到与你相通相融的途径。我从中古阿拉伯一路寻觅，阿米是以他的疯狂、放逐实现了与莱伊拉的合而为一，他的传奇，又启迪了后世的苏非诗人，他们以独身、苦行来洗涤自己，寄托虔诚，求得融入心目中的至爱至真……

从阿米到苏非，何以都是如此的承受苦难？

再找找别的途径。

黎巴嫩隐士努埃曼笔下的雷纳里德，为了与心爱的姑娘贝哈相会，他去了一处幽晦的山谷——少女谷。他居于山洞中，与一把小提琴为伴，饥餐野花野果，渴饮山谷中的"泪泉"。贝哈订婚那天，他以琴师身份参加仪式，他的琴声令全场鸦雀无声，既而，又使贝哈昏厥于地……他潜入昏睡的姑娘的房间，又是用提琴唤醒姑娘，相拥相携而去……

我要磨砺自己，拉响属于我的魔琴。

然而，劳燕分飞的时刻、毕业的时刻来临了。

准备毕业考试的复习阶段，教室可去可不去，好几天不见她来教室了，失魂般的虚空袭上心间。

大伙儿都不知到哪去了，教室里空荡荡的。和她相处的日子已不多，见到她也不像从前那么容易。让我一个人待在教室吧，教室里可以拥有她的气息。

同窗共读，总共没说过十句话，从没主动接近过她，现在怎么可以突然说出心里的话……我的念想是妄想，不会有什么结果，将折磨自己的妄想放弃吧……这样思思谋谋地在校园一角走动，一抬头，却看到了她坐在操场花池边的侧影，刚才的思绪一下子无影无踪，沙漠远行人遇到了甘泉，贪婪啜饮起来……

悄无声息地和她分别是不能忍受的。将我和她联结起来吧，不管成功与失败，都是一种联结，必须将她和我联结起来！

几天后的一个黄昏，偷窥者在一个角落惴惴不安地窥望良久，操场跳高的沙堆上的女孩站起来，独抱幽芳离去。不能再犹豫了，决心是坚定的，不能再犹豫回避……径直追了上去，叫住了她，女孩回转身，看到了我异样的神情，显得有些吃惊。

定定地看着暮色中姣好的姑娘——今生今世，你将把我引向何方？

我将一封厚厚的信塞入她的手中，迎回一对少女惊诧的目光，扭身逃也似的匆匆离去……

几天后的黄昏，我来到操场的花池边。池中白花微微摇曳，几株柳树静静伫立。暮色渐深，不见了人影，这片小天地变得十分寂静。背对操场，在花池护栏边坐下来，闭上眼睛：

"莱伊拉，你知道女儿身是怎么回事。你们，是我们的发端，我们的魂魄。上苍将美好赋予你们，你们用她来触动我们灵魂中最美好的感觉，激发我们不断地去寻找一个美丽世界。你们就是这样，于娴静如水中担待起了造就、引领的天职。

"你的声音珠圆玉润，青春甜美，你将她献给诗人；你没有将阿米的流浪看作癫疯，却视为稀世悲壮……你意识到自己的殊异凡响了吗？

"神秘的使命已降临，要我们在世间划出一道非凡的生命轨迹。走过来，坐在我的身旁，让我们一道，去那幽谷深涧——那常人难以抵达的所在……"

寂无声息，回答我祝祷的唯有一片寂无声息。夜色浓了，终至墨黑一片。夜风吹来，只听得树叶唰啦啦响。

第二天傍晚，复去花池，坐下来，闭上眼睛：

"莱伊拉，我的请求太突兀了，你大概一时没弄明白。也许今天，你可以赴我的约了。这里一片寂静，寂静中，能听到你轻盈的脚步声响来,那该是多么让我心动神摇的事情!来吧,行个好吧,让我听到你的脚步声……"

依旧一片寂无声息,无际无涯。月亮从东山升起,渐渐向树梢移来,靠近我,陪伴了我的枯寂。

第三天黄昏。这是约的最后一个黄昏了。

"莱伊拉,今天来训斥我一顿,或者只走来站在那儿,狠狠地鞭我一眼就转身离去也行。这几天,我回想你的面貌,怎么越想越不清晰呢?只让我看看你,记于心中,就满足了,可以和你告别了。来吧,只让我看看你的俏模样。"

天空中布散着稀薄的云。夜深了,月亮躲躲闪闪,终于消隐在云层里。

夜自习的灯灭了,宿舍的灯亮了。

失败的结局无声无息降临了。

起先,教学楼的灯光尚能映到这角落些许,如今,灯灭了,角落显得格外地暗黑……

还去偷偷窥望她的身影吗?

还盼望有她参与的小聚?

后来的日子里,唯只爱上了操场那个僻静的角落,每天黄昏,在那里独坐、独步到繁星满天,或月上东山,甚至于飘着微雨的时候。记得离校前夜的月亮是圆月,朗朗地高悬操场上空。

> 那天天上是呼呼的风沙
> 风里哀唤着失伴的惊鸦

北风严肃地擦着我的眼睛

"晚了,你要收回那一句话?"①

因为早早地说出了那一句话,我把我的小鸽子吓跑了。

从那时起,我就将你呼唤作我的莱伊拉了,虽然,这名字背后有着那样一个古老而凄惨的故事,但我愿意,我就是要将你唤作我的莱伊拉,哪怕自己这一辈子也做了阿米里叶。

压抑着见她的愿望,回避着不遇到她。一天,翻看别人的影集,偶尔看到了她的影像,和几个女孩子合拍的。她什么时候将长发上的扎带解去了?黑发如瀑,绕过肩头,披垂而下。她是可怜爱着她的傻小子们,就在分别之际,特意解开扎带,让他们看看她飘柔的长发?而同时,我看到了她那迥异于别的女孩的冷艳目光,直向我逼来,有着一种不可抗拒的穿透力。对了,美的存在从来就担待着创造和消灭的天职,操纵着死,掌握着生——那冷艳的目光分明是两把利剑,已将我的终生钉穿在受难的十字架上!

---

① 冰心诗歌《一句话》

缥缈孤鸿

城西南一百多公里,有一片沙原和丘陵交织的地域,一条土道将它同外面的世界联结。沿崎岖土道一路行去,爬上一道长长的陡坡,再爬一道长长的陡坡,见得坡顶几株老榆树向行人招手。到达坡顶,到达榆树下,低凹处,一个小村落、一所小学校出现在面前。

毕业后不久,我来到这个漠原小村落,成为只有三百多名学生、十多位老师的小学校的一员。

新生活过去二十多天了。一天,独坐宿舍发呆,有孩子敲门进来,递给我一封信。我一看落款,脸红心跳,并没有将信拆开,而是检点一遍自己衣着的齐整,方揣着信,出了学校。

通向后山的便道旁有一座小土山,山上长满了沙蒿,坐小山上,可放眼寥廓的原野,眺望淡淡远山。山坡下的空地上有几株柳树,日头毒时,可移坐到树荫下——这是我新近开辟的"书斋"。我来到我的小天地,坐下来,定一回神,心跳的声息渐渐平稳了,方拿出信,急不可待地打开。

乡下人好：

从来没在乡下待过，浮想很多。听说你的学校在沙原中的一个小村落，而你说到童年的一幅画，一叶张起帆的小木船在波涛汹涌的海上漂荡，看来，你喜欢海，有很浓的海和船的情结。如今，沙海漫漫，村落如一个小岛，海和船的梦能在漫漫漠海中放飞了吧？

乘着童年的小木船，去寻找一种柔软、美好而崇高的存在，这样的追求，是诗人般的，让我感到在现实生活之外，还有更高、更美的人生，颇有双眸、心灵被洗涤一新的感觉，谢谢你能将这样的感悟讲给我听。

要说，你的追求是很好的，可为什么——现在可要说些让你不高兴的话了——为什么，要提那样的问题？你说的事我只在电影、小说里看到过，从来没有想过。宿舍里，大家都把我当妹妹待，什么事都让着我，你可好，想当然就把那样的问题强加到我身上，你……你为什么这么欺负我呢？

你说，你一个做哥哥的，不想想怎么照顾我，却不假思索地提那样的要求，你好好想一想，你做得对吗？

本来，我不想理你的，一直保持沉默。如今，几个月过去，我也想通了。你的心情大概有它产生的来龙去脉，我可以不接受，但不能说产生这种心情的人就是坏人，所以才决定写这封信，对你说：我一点也没想到那些个事，希望以后不要对我那样子。

为什么男生和女生在一块儿就不可以好好的，一接触，就生出这样的烦恼？

很羡慕你如今在乡下，到户外去，到大漠去吧，能见到驼队吗？能听到驼铃吗？

在大自然的怀抱中，足可以做一个舟子，驾船起航，探索幽远了。

而想那些个事，提那些个问题，是最庸俗的，最让人不愿待见的。

这是我的唯一回答，如以后还那样子，恕我，不再做任何回应。

……

一根针从头顶刺下来，一直穿透到脚心，意识在一时间朦胧了。乡间仲秋的原野异样地宁静，蓝天净爽，云朵安详，偶尔一阵微风吹过，身边的沙蒿、山坡下的柳树簌簌地响。那青青远山所在的方向，是那座城的方向，她的方向，梦魇般的迷糊中，远山愈益显得遥远了……

肃杀之秋带走树上最后一批树叶，凛冽的严冬降临沙原。北风劲吹，沙蒿、沙柳在浑蒙风沙中朝着一个方向凄婉地倒去，发出声声嚎叫。而有时，风沙夹着雪花，编织出一个纷乱诡谲的世界。

冬日沙原，荒野世界，异样地吸引着我。风息沙止，阳光明媚的日子，孑然独步沙原，走得离村落远一些，野地里的静寂是空灵的，沙蒿沙柳盘根错节，草莽荒秽，夹杂着没有化开的雪。一些小生灵的小爪子，野兔、野鸡、黄鼠狼的，从蒿草的空隙间踩出一条条小道，道上抛洒着一撮撮、一粒粒的粪便。猛不防，就有一只野兔窜出，肥滚滚的，活力四射奔窜而去。

有时，会看到牧羊人和羊群，那牧人歪在沙丘上，样子和沙原浑然不二，宽大臃肿的羊皮袄恰如沙包，灰蓬蓬的稀疏的头发恰如枯蒿。他不时发出粗野的喝骂，发泄说话的需要，驱赶难耐的寂寞。

有时，沙尘暴从老远处怒卷过来了，通天接地，齐陡陡一条昏黑的线。转眼工夫，遮天蔽日的黄沙啸叫着翻滚着，将白昼变成了昏天黑地的夜。好一阵子过去，天地间的物象才朦胧显现，却依然浑黄一片。走出户外，弥望沙原，远处，有几粒小黑点在移动，渐渐移得近了，方看出是过完礼拜天上学的孩子们。他们在漫天风沙中走了十几里，甚至几十里，他们灰头土脸的，眼眶下聚着被泪水凝结的沙土。这些沙原上的孩子们，小小年纪就习惯了忍耐、承受。

冬日沙原，寒风浩荡，地老天荒，那是一片枯索、孤冷、荒寂的世界。

将近四月时，风变得柔和了，阳光明丽而和煦。雨夹雪过后的早晨，地上结了一层硬壳，走在上面发出咯噔咯噔的清脆声响。上午时分，静静燃烧的太阳使得冰消雪化，大地如一个蒸笼，将什么东西盖住，要将它蒸熟，地气到处蒸腾出来了，贴着地面飘逸着，这儿浓一片，那儿淡一片，白蒙蒙一片，庄稼地、草滩、沙丘都变得酥软了，踩在上面会感到一股舒适、柔韧的弹力。除了牧羊人，最亲近沙原的莫过于我了。也许，是我最先看到了冒出大地的第一株小植物，那是一株"臭蒿"，拔它出来，却香味扑鼻，嫩嫩的根白亮亮的，一捏便流出水来。小生灵们也蠢蠢欲动了，有只米粒大小的甲虫在波状的沙丘上爬，它大概觉得单调吧，忽看到我的脚印，它就变换口味，沿着脚印爬。脚印窝是它的沟谷，脚印边缘的隆起则是它的峰峦，它翻山越岭，到达我的脚边，停住，打量着，这是什么庞然大物啊？忽看到庞然大物的脚趾动了动，吓一大跳，掉头逃去。我撵着它走，它匆匆地爬沙坡，我也爬。这座沙丘高大而陡立，忽生出攀爬的兴致，喘吁吁攀至顶端，见一只鸟在沙丘顶孑然独立，俨然一个钦差大臣俯视疆域，我走得那么近了，它依旧傲然巡视着，对我理都不理。我就朝它扑过去，它倏地起飞，在天幕下盘来绕去，打量着我，你干什么啊，为什么打扰我？它看出这个人是逗它，也乐了，猛一昂头，向更高远的天空箭一般冲去，我循着它的姿影仰望，明白了它为什么昂然翱翔：那是一片多么令人心醉神迷的纯洁的幽蓝色呀，那是唯有乡野、唯有沙原才能拥有的原初般的净洁。

夏天里，沙原更以别样的柔媚来回报我的徜徉。雨后，沙丘变成了棕黄色，黄昏降临了，当夕阳的金辉铺洒在沙原上，那种柔和、安宁、静美，米勒的《晚钟》描绘不出，圣歌《神界的黄昏》吟唱不到。一株株杨树、柳树静静伫立在沙原上，如呈给斯世蓝天大地的由衷的赞美诗行。

缥缈孤鸿

高贵的云竟也来亲吻我了。有一回，下了几天的雨，云中的水分快要洒完了，云朵变得灰白了。一天早晨，她们竟下降到地面来了，她们降雨降得累了，索性不下了，扑到地面上来吧，这儿一朵，那儿一朵，有一朵飘到我宿舍的门前，推开门，她就扑入我的怀中了，真是秋翁遇仙啊。满村子满沙原地跑，抚抚这朵，追追那朵，嗅一嗅，没有气味，捧一捧，她们在手掌中氤氲着，飘忽着，顷刻逸去，脸被泅得水湿。可望而不可即的云朵，今天思凡下界，是来抚爱我吗？是由于我爱这片天空大地，她就惠然下降，垂青于我吗？

有时，在沙原上走得很远。听说，沙原深处有一座古庙，沿一条便道，走了几十里。离老远就看到一株参天大树，继而，看见了庙顶，金銮闪耀，风铃叮当，野鸽子、乌鸦聒噪不休，盘来绕去。原来，那大树就立于庙门前，并不是一株，而是罕见的连理榆，两株榆树在底部一米上方紧紧地拥抱，蛇一样缠绕，合为一体，大概是这种拥抱缠绕产生了力量，它们长得直上云天，粗壮得两个人拉起手来都围不拢。

庙门上了把大锁。这是一座建筑面积二百多平方米的小庙，可单看这株连理榆，以及寺院周遭的一些树，就觉出这寺院的古老了。那些树奇形怪状，结着硕大的树瘤，敞着腐败的树洞，躯干粗粗的、矮矮的在寺院外边好几米远的地方歪着，枝杈却七拐八扭，弯弯绕绕，探到寺院里去了，而最高大挺拔的莫过于这株连理榆。

是寺庙应了两株榆树的连理而建，还是两株榆树为了陪伴寺庙而连理，不得而知了。荒僻沙原上，一座古庙和两株连理

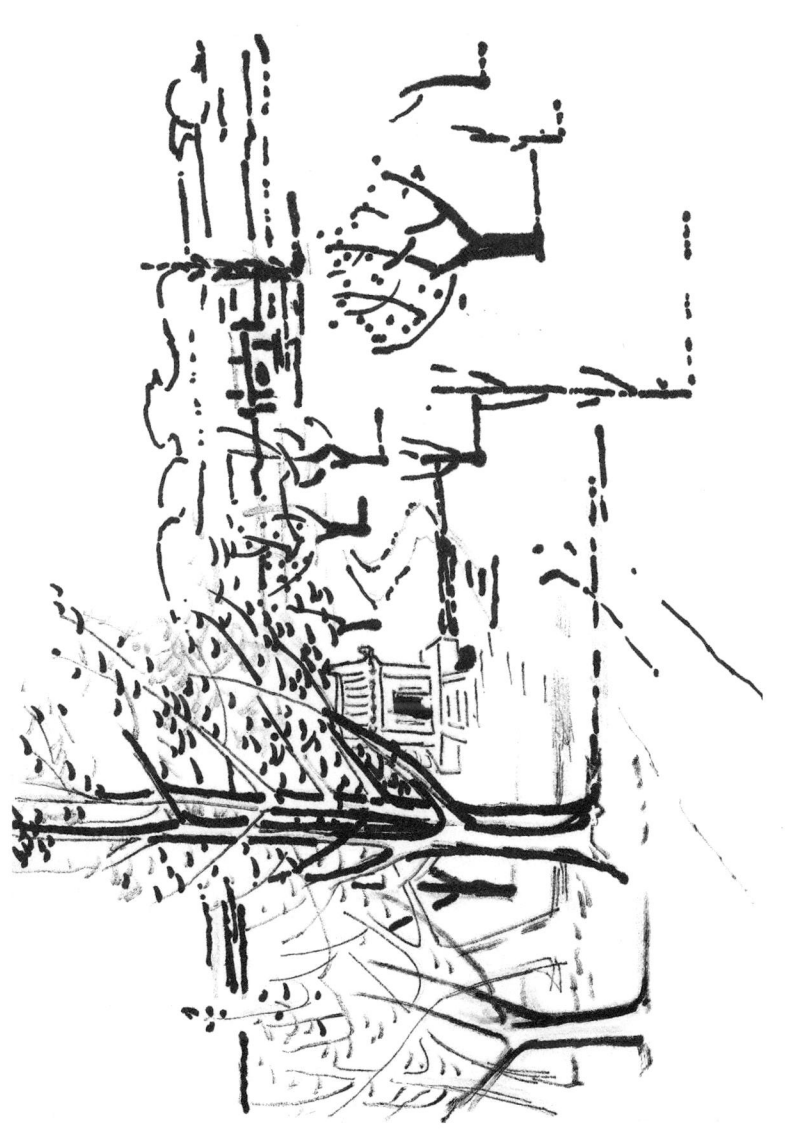

缥缈孤鸿

的榆树就这样地久天长、地老天荒地相守在一起。听说,庙上的僧侣多是附近的牧人、农人,平时住在附近,只在有佛事活动时才来到庙上。常住在庙上的只有一个僧人,既是住持,又是守庙人。就是说,这小庙,真正的僧侣仅一人,守着这株树,这座庙。庙东侧有一片枣林,枣林里有一间小小的禅房,那是一间古老、颓败的小屋,有院墙,不过多处坍塌了。不大的院子里依然挤满了枣树,枣树中间一条砖铺的小路,通向小屋那扇朽败的木门,那老僧就住在小屋里。听说,他十几岁时就来到这庙上,如今已老得齿落舌钝。

我立在小院外望着那条小路,那扇木门,想他不感到孤单吗?寂寞吗?怎么竟能和一株树、一座小庙一生相守,百思而不得其解,定定地站在那里观望良久。

回来的路上,满脑子是那被枣树环抱的小屋,思思谋谋,恍恍惚惚……忽见一个穿羊皮袍子、蓬头散发的人从我前方走过,这是谁啊,怪模怪样的,急急撵去,那身影却翻过一座沙梁,消失得无影无踪……

圆圆的白月亮浮到幽蓝的天幕上时,挂着铁钟的老柳树,校舍周围的庄稼地,晦暗的漫漫沙原,氤氲在银白色的夜气里。乡村月夜的美如一泓蓄满了水的坝,快要溢出来了。我用琴弦稍稍碰触了一下,那水便情不自禁,溢出堤坝流泻而下。

那是一张扬琴,埋没于库房多年,被我发现时,琴盒上积了厚厚的灰尘,打开琴盒,里面的琴却锃亮崭新,拨拉一下,清扬动听。连忙取出来,擦拭得干干净净,架在宿舍里,几天后，也就能双手弹奏了。

古曲、渔光曲、江南小调蓄了满满一泓。月亮升上来时，我就掘开堤坝，流水淙淙，奔涌而下，月夜应了这琴声而羽化飞扬了。

你李太白的关山之月，也让我来举头仰望，让我看你浮于天山上的苍茫云海间。

你春江花月夜的扁舟子，请将你的小舟荡于水云深际，我来与你共同谛听缥缈的江楼钟鼓，陶然在那纤尘不染的江天一色。

你盲艺人阿炳的二泉之月，也来辉映在我心中，让我与你一道心痛神驰。

甚至于，春秋时成仙飞去的萧史、弄玉，你们也来飞临，为我吹起你们幽怨千古的箫乐；唐时的韩湘子，幽人独往来，你来为我吹起悠扬、神明的笛音……

有了这张琴，古往今来，天上人间，许许多多的精灵舒开双翼来与我共语了。

一张琴，几卷书，一片沙原，任我做逍遥游，而最惬意的，莫过于沙原漫步，沙原漫步，也不止于自己一人，有时也让一帮孩子加入。

那是遇到一些反映古代文人寄情山水的诗文，给孩子们讲授时，干脆走出屋子，村落前面的沟谷里有一座水坝，周遭绿树掩映，绿草如茵，便去那沟谷里的碧水边，绿荫下，席地而坐，稍作点化，诗文中的山水之趣便了然于孩子们心中。剩下的时间干什么？咱们也来做山水游，咱们的山水之趣要比那些

缥缈孤鸿

将仕途失意排遣于山水的古代文人强得多，咱们是本真地沉迷于自然，不携带半点世俗欲求，不污渎半点自然。咱们就沿着这道沟谷，沿着这条小溪游走，随溪水穿过一个硕大的石洞，看一些小瀑布从石山上飘落，看崖壁上一些奇形怪状的树。山回路转，豁然开朗，原来刚才的沟是一条大河川的支脉，这河川，被两岸连山相夹，伸向迷蒙的远方。河川里，沙滩平阔，流水清浅；山坡上，树木葱茏，杂草纷披。整条川道，人迹罕至，万籁俱寂。莽莽沙原上，原来有这样美丽的河川，在孤独地美丽着，不歇气地在那河川上游走，忽见一座高高的沙土山柔缓地倾泻下来，半坡上数株白杨，临风傲立，直指山顶，就直向那沙岭攀去。半山腰有一处平台，站平台上，回望河川，更见得川道的雄浑苍茫。大家在平台上集中了，面对秀丽的河川，情不自禁，共同唱起一支歌来。这河川孤独了多少年，今天终于得遇一帮爱它的人，由衷歌赞它的人。金风玉露一相逢，便胜却人间无数，我们的歌声一出，山水灵犀相通，热烈的共鸣在河川间撞来荡去，经久不息……

星移斗转，日升月沉，小村岁月在沙原的徜徉和琴弦的云游中不知不觉几度春秋。有一天，又和一帮少年沙原野游，在一处簸箕湾里举行演唱会，齐唱、独唱、女声小合唱。女孩子们的歌声刚落，掌声哗哗地响起，女孩子们飞红的脸庞艳若桃花。一时觉出，这些乡间的入学较晚的女孩子，已长到十七八岁，和我的年龄相差无几，已绽开了她们美丽的青春。

有个女孩，一直以来蹦蹦乐乐的，是个纯真的小天使。可是，自从她羞红脸庞的那一刻，我觉出，情况发生了一些变化，她变得少语、腼腆，那双纯真的、湖一般的眸子里，多了些别样的波光云影。

偶尔对她做点儿辅导，以往，女孩欢欢闹闹的，可如今，除了辅导，其余的时间，她一句话也说不来。给她讲些什么，她在听，又好像不在听，脸潮红着，美丽的眼睛一眨不眨地盯着我。走近她时，呼吸都有点紧迫了，可水亮的眼睛依然大胆地盯着我。

一回，一帮人去她家作客。屋里烟味酒味的，就出屋散散。觉出后面有人跟着，回转身来，是那女孩。她止了步，定定地看我，扭转身小跑回去。我望着女孩月色中青春蓬勃、扑朔迷离的身影，一种久违的甜美和惆怅袭上心头。

离离原野上，星星点点的，摇曳着一些美丽的花，开得天然，开得净洁，开得幽独。

有一回，搭村里的农用车去附近一个小镇。上车时，一抬头，和车上一个姑娘端端正正打了个照面，两人都吃惊地看着对方。姑娘圆而微黑的脸庞，大而黑的眼睛汪在长长的睫毛中，带着一种先天的令人揪心的幽怨，直向我幽幽地、吃惊地看过来。车上人多，我们被隔开了，一路默想着姑娘的脸庞和眼神。到了小镇，纷纷攘攘中下车了，几乎同时，我和她掉转身，朝对方看去，依旧是那种令人揪心的美丽的幽怨……

谁家的姑娘，在哪处山坳里独自绽放，今日幸得一睹芳颜？

我新近又开辟了一处书斋，是小学校附近农田边上一处拆毁的院落，四壁残存，周遭是些老榆树，日日晨昏，就着残垣断壁和森森然的榆树林，钻进一本古籍中去。

一天，在那儿读书，抬头小憩间，见前面的庄稼地里有个姑娘在拔草，仔细一看，是她，那天偶遇的姑娘。她拔着拔着来到了离我不远的地里，这让我看得更清晰了。姑娘是觉出了我的逼视的，终于忍不住，抬起头来，我们相视一笑。

这姑娘，她是看到我在这儿读书，就特意来附近拔草，特意靠近我，让我好好看看她吗？

第二天，那姑娘又出来拔草了。她只拔了一会儿，就挎着筐子径直朝我走来，将一个乡间七月十五蒸的小面人儿递到我手里。我看那小玩意儿，捏的是一只精巧的猴子，正在捧着桃吃，身上点着些红红蓝蓝的小圆点。复抬头看那女孩，她已走进榆树林，在即将拐过林子里一堵残墙时，回头看我。我冲着她，将那猴子在嘴巴前晃，做了个夸张的贪馋嚼咬的动作，姑娘笑了，咯咯的笑声和她的倩影一道，消失于残垣断壁间，消失于幽暗的榆树林。

一时间，好像进了聊斋故事，神思恍惚……聊斋、聊斋，一片诡秘的林子，一座破败的庭院，偶遇狐仙的书生，神魂丧失，孤影对四壁，"悬想容辉，苦不自已，废卷痴坐，无复聊赖"。便徒步于野，寻寻觅觅，荒卧于林中破庙。那狐仙翩然而至，书生"抱祛呜恻，不能自已"。仙子"倾头笑曰：'痴儿何至此耶？'"一夜绸缪，恩爱备至，及至醒来，则庙舍全无，只自己一人卧于破庙荒草丛中。一夜恩爱如此，就是结了连理，忽一日，亦飘然而去，偕儿觅之，只见得"黄叶满径，洞口路迷，零涕而返"……复读聊斋，浮想联翩，昏昏默默……是那女学生走来了？泪光点点，娇喘微微，直勾勾地看我。今天不辅导了，我想读《聊斋》。正品读间，一抬头，那拔草姑娘挎着草筐径直走来了，我帮你拔草吧，这活儿我小时候干得很漂亮。我和她一同去了林子里，姑娘的笑声如聊斋里婴宁的笑声一样憨顽可掬，引得我不由得抓了她的手，要揽她入怀，姑娘愤愤地甩开我，一双幽怨的眼睛忽然变得冷艳非常，直刺向我。这冷艳的目光……这刺痛我的，又让我感到甘芳无比、唤醒我心中最美好感觉的目光……莱伊拉、莱伊拉，浪潮般的缱绻温柔哗一下袭来……我要见到她！我在沙原上健步如飞，几下子就翻越了那一带远山，看到了那座城市，薄雾轻浮，高楼依稀……见师院教学楼下，莱伊拉靠在墙壁上，穿一身蓝衣服。你在这儿发什么呆？同学们都走了，老师也见不到了，谁都不来这校园了，抛下我，孤零零的。我来了，让我看看你。莱伊拉被紧紧地贴在墙壁，微侧着脸，微低着头，忍耐着我的盯视。孤独的羔羊，寂寞的女孩，随我去乡下走走，让原野上的清风吹吹你吧。远吗？不远的，城外有一座山，翻过那青青山峦，穿过一片沙原，就到我的小村庄了。乡下走走，好主意！她又是学生时那副天真的快乐的样子，兴冲冲地与我同行于沙蒿丛中，遇到沙丘，她就兴奋地独自跑去，她身体的曲线被身后贪馋的人饱览了个够，而那单纯的女孩却浑然不知。清风吹乱了她的头发，她就频频地将它们往后拢着……翻过一道沙丘，来到那片芨芨草滩上。满滩齐胸高的芨芨草，南风呼呼，吹动白茫茫一片的芨芨草穗子如白浪滚滚。莱伊拉穿行其间，一任南风吹散她的秀发，一会儿跑着，一会儿张开双臂倒着走。多少次，独步于这片芨芨草滩，幻想着有一天莱伊拉和我同行其间，如

今这一幕实现了,我陶然望着,隐隐约约的,南风吹来一支谣曲:

晚霞中的红蜻蜓
请你告诉我
童年时代遇到你
那是哪一天 ①
……

清歌相随,弄不清我们是在穿行还是在悠然飞翔……飞到那片草滩上了,一大片的草圪垯,浑圆的、绿茸茸的,一个挨着一个,她蹲下端详、抚摸,在一个个草圪垯之间蹦蹦跳跳。紧接着一大片平平展展的草皮滩铺在面前了,水草长得又细又长又密,每一根底部是绿颜色,中间是黄颜色,而草尖又是红红的,就这么色彩斑斓地铺过去,这真要她应接不暇了。她笑着、跑着,跑累了,立在那儿旋开了圆圈儿,将自己旋晕了,倒在草地上,因跑得气急,胸脯剧烈地起伏,我情不自禁向她跑去,她又站起来笑着跑开了……你看,这不就到了?那座小山包就是我的大书房,咱们坐下来,歇一歇吧。女孩这时候无可奈何了,就这么一片孤独天地,就这么两个人,只能让我挨着她坐下了。这儿再不会有人来的,赏给我点什么吧,你毕业时把马尾辫的扎带解去了,黑发如瀑,从右肩上长长地披垂下来——可我只是在照片上看到的,今天,你就赏我看一看嘛……

---

① 日本童谣《红蜻蜓》

头发有什么好看的,她说。她解开上衣,将刚才包进衣服里的黑发慢慢地弄出来,披垂于胸前。我将那带着她体香的青丝揽入怀中,今日竟是如此的得近芳泽,我分出一缕,它是那么长,我在自己的颈上绕了一周,发梢绕到了面前,沙原上出现几个小黑点,是过完礼拜天来上学的孩子吧,可怜的孩子们,没有遇沙尘暴吧……陡然间,通天接地、齐陡陡一道沙尘暴的墙怒卷来了,白昼骤然变作鬼哭狼嚎、昏天黑地的夜,一回头,莱伊拉——莱伊拉转眼间杳无踪影。愤愤地一头扑进狰狞的沙尘暴,那恶魔狞笑着一下子将我掀翻在地……不知过了多久,鬼哭狼嚎的风哭累了,微弱些了,能辨得清树影、沙蒿了,听得有人念念有词,一抬头,又见那个穿着破败的羊皮袍子的身影,蓬头垢面,絮絮叨叨,吟吟哦哦,从我面前走过,我大声喊:"你是谁,为什么一个人在沙原上游荡?"那身影没听见似的,径直朝前走去。我想追赶,弄个明白,可任我怎么使劲,四肢好像不是我的,一点儿也抬不起来,焦灼万状……听得一个女子的呼唤:"起来!朝着你原来的方向……"

一个激灵,睁开眼睛,却原来,自己歪倒在残破院落的一个土墩上,脚下是一本滑落的《聊斋》。

……见到我的莱伊拉了,虽然是梦中,可是,多么幸福……

莱伊拉,你在干什么?你穿着黑色风衣,长发包在风衣里,倚在那儿的那株老榆树上?你背了双手,仰面看满树榆叶,你的胸脯高耸,波光微漾。

或者,你是坐在那儿的土坎上?捧了一本书看,身体微微摇来摇去……

我听到了神秘呼唤，我懂得，那是不可抗拒的。如今，该应着那呼唤上路了，而方向，就是继续朝你走去！

这与你的拒绝无关。当我们双双来到这个世界，上苍就做出选择，赋予我们使命，我们无法抗拒，我们的融而为一不可避免。

沙原不荒凉，小村不孤陋。每一座沙丘、每一蓬沙蒿、每一片草滩、每一株树，甚至于一处残破的院落，都会触发我对你的联想。

只因为世上有了你，生命的阳光永照心房。

如今，到了再朝你走去的时候了。

走出断壁残垣，走出榆树林，林子西边是条土道，通向村落北端一座高高的土岗。黄昏来临，土道映在一片金色霞光中。沿着金光大道一路走，当登临了高岗，眼前的天光让我看得呆了：只见橘红色的柔嫩的晚霞均匀一色，漫了半个天，登高临之，如对着一片渺渺海天，远一处近一处的云团，大大小小的云团，镀着金光，矗立其间，宛然一座座山岛、礁石，而那些微小的云片，恰似点点帆影了，恍惚间，似乎听得归舟的欸乃……山高人为峰，高岗顶端的我，仿佛置身云天，变作舟子，向着那片橘红色，向着那缥缈海天，悠然荡去……

河　岸

在离开城市四年之后，我又动身返回去。

那是一个黑漆漆的夜，车子行驶到一段山路上时，前面的夜空泛出一片银灰色，如东方欲晓时的鱼肚白。黑漆漆的旷野中，那片银灰色勾起热烈的向往，想必是城市的灯火映出的吧。驶到山峦的最高处，果然，城市的万家灯火璀璨于眼前了。刚刚下过一阵雨，柏油公路水淋淋的。前方驶来一辆摩托车，单一而强烈的光柱直射在路面略微隆起的中部，照出一条粗大滚圆、辉煌壮丽的金色长龙，我和车子如被这金龙驮着，飞向那一片海海漫漫的万家灯火。

第二天，沿一条长长的马路一路逛过去。两排路灯，高傲地排列着，灯柱呈三条弧线形，由底部沿着弧度刺成尖尖的顶端，扎定顶端一个圆圆的灯盘，是一尊尊现代雕塑，宣示着以准确无误的科学精神把握宇宙奥义的高度自信。高速路上，车子风驰电掣，势不可挡，又如一颗颗子弹出膛，令人望而生畏，车流与路面、空气摩擦出的尖啸似要穿透整座城市。马路两边，高楼大厦一幢高比一幢，堆叠着，挤挨着，空间被它们占据、充斥了,一幢幢都是那么巍然屹立,富丽堂皇,气宇轩昂,人在它们面前感到局促,显得纤弱可怜了。人行道上,骑车的、步行的,许多人,没有一个我认识的,他们也互不相识,彼此无言,毫无表情,严格地循着行进规则划定的轨道,各自匆匆前行。倒是前面飘然而来的两个红衣女子,一边蹬车,一边叽叽嘎嘎说笑,快乐地游走于人流的长河中,如两尾美丽的火红鲤鱼。

黄昏时分,去了师院。与飞速运行的市街相比,师院如古老的家邦,还是那么安恬静谧。黄昏的柔光洒在操场上,男孩女孩又在金色光晕中舒展着他们动人的青春,扎着马尾辫的女孩三三两两地从我身边走过。

月亮升上来了,操场上唯我一人,唯一片清明月光。这就好,这片天地又属于我了,完全是我一个人的了。

莱伊拉,我又来到了我的小天地,我的殿堂。四年了,乡间生活中,觉得离你已很遥远,你变得虚渺不可求。如今,我又返回城市,你就在距我不远的地方。生活在你的身边,我觉得就是和你在一起了。而此刻,在我的殿堂——穹顶深蓝、明月朗朗的师院操场,你的感觉全回来了,你的气韵已通过脉脉月光辐射到我的内心。回到城市,守着这方天地,守着你的感觉,多么幸福。

师院宽敞明亮的阶梯讲堂里,有一天座无虚席,理查德·克莱德曼的钢琴曲欢快而典雅地流淌着,这里要举办一场大型教育观摩活动。

主讲的女孩老师早早地来了,一件白底撒着黑色小圆点的连衣裙,配了她窈窕的身体,使她看上去轻盈如一只白蝴蝶,甜美的笑意微漾在她苹果般的圆脸上,晶莹的镜片后面,一双秀目清澈平和。她站在讲台下,忽而和前排的专家们交谈什么,忽而和配合观摩的孩子们问询什么。

钢琴声停下来,铃声响了,女孩微动裙裾,轻盈地飘临于讲台上。别在她胸前的钢笔样的小玩意儿,将她的声音清晰地传了出来。声音在讲堂里娓娓流动数分钟后,一个磁场形成了,声音的磁场,别的声音都被她的声音吸化,因为那声音是那么圆润、甜美,这是那声音的外壳。声音的内涵,语言,十分朴素,这朴素的语言传达的道理,却明了而深刻,其明晰的深刻性不仅深深地打动了孩子们,也打动了每一个听讲的专家和老师。人们在这时似乎明白了:原来深刻的道理实际上是简单明了的,并不需要繁难的语言去表达,无论那道理本身,还是表达它的语言,都是如土壤一样朴素、流水一样明澈的。

按说,欣赏这声音和语言的美也就够了,然而,女孩那轻云般柔柔飘然的衣裙,孩子般纯净甜美的微笑,谜一般沉静孤高的气质,使人们如睹阆苑仙葩。她的美吸化了听课的孩子、专家和老师们,人们无可奈何地爱上了她,别无选择地追随着她,不知道她将带人们到什么地方去,但只能跟着她走了。

可是,人们正关注着她时,她却一点点地将自己隐起来了,而把孩子们导引为主角,她提出了一连串的疑问,让孩子们来解答。那些孩子本是爱着她的,如今,喜爱的老师向他们提出了极具趣味和激发性的问题,用充满信赖和鼓励的眼神望着他

河岸

们，好比有什么宝藏期待发掘，有什么谜团需要解开，他们兴奋地踏上了探宝的船。他们争先恐后地报告自己的新发现，为弄清是非，为做出正确抉择而激烈地论辩，这股求知的激流跌跌撞撞地、奋勇而机智地涌动着，一个难题解答了，又一个难关攻克了，孩子们变得越来越兴奋。可有时，他们也是百思不得其解，众说纷纭莫衷一是，这时，他们的老师像他们一样加入了讨论，寥寥几句话，感觉她的话也不过是和孩子们一样的一个意见，可就是这几句话，孩子们纷乱的思绪理清了，系紧的疙瘩松动了。当最后一个难关攻克时，孩子们豁然开朗：原来，这最后一个问题就是老师提的主要问题，不知不觉中，他们将它解答了。当他们回顾解答的过程，才觉出之前的一个个疑问都是为这个问题铺垫的，是循着由浅入深的严密的逻辑线排列，沿着这条逻辑线自然而然地得出的。这样一回顾，更觉得这结论如一颗春种秋收的果实，沉甸甸地落在他们的心里了。

当孩子们再看他们的老师，老师也正笑盈盈地望着他们呢。她是为孩子们攻克了一道道难关而愉悦，而孩子们更觉得他们的老师简直是美和智慧的化身。她将自己隐起来，暗暗地引领着他们，让他们不知不觉、自然而然地走过了一条逻辑、理性的路，收获了实实在在的科学果实。

女孩老师走下了讲台，孩子们呼啦啦围了上去。她抚着两个孩子的小脑袋，又看着别的孩子们，那目光柔美而温婉，平和而亲爱。掌声雷动，孩子们依偎得更紧了……

孩子们，小天使，"特权阶级"，太羡慕他们了，他们爱她，就可以拥抱她，依偎她——我的莱伊拉。

不能有拥抱、依偎的奢望，但一定要见见她。

站在师院门口的马路边，等了许久，我的蝴蝶轻盈、翩然地出来了，走来了，一点儿也没注意马路边。我的出现，如拦路抢劫一样，把我的女孩吓了一跳。

"你怎么在这儿？"

"我……回来了，回城了。"

"什么时候？"

"几个月。"

"几个月？也不打个招呼，谁都不知道……站这儿干什么啊？"

"……看看你……可以吗？"

我说完，抬起头来……

女孩垂下头，不知所措……四年多过去了，我的莱伊拉脱去了豆蔻年华的纯真气和高傲，显出了知春女子的温情，看出来，她能理解、体谅我过去的行为了。四年多过去了，当她又如此真切地出现在我的面前，那成熟女子的无限春光，使我的目光变得火热而赤裸，那目光使她张皇、痛苦，像梦中那样微侧过头去，窘着脸，一句话也说不上来。

"也没别的什么，见见你，就行了。你可以走了……"

女孩抬起头，郁郁地望我一眼，似要说什么，又不知该说什么，走了几步，又回转来，依旧那么郁郁地望着我，愣一会儿神，扭身噔噔离去……

河岸

我得继续寻找走向她的方式。可是，学生时期尚且一筹莫展，如今回了城，更觉茫然。比之于回城那天见到的那两个红衣女子，她更像在城市感觉的顶端，美丽、理性、智慧、高傲、淡漠、轻松而娴雅。而我，别说去接近顶端，就连基本的城市生活，也多不相宜。跟不上飞快的节奏，跟不上人们机巧万千的营求，面对人们创造的堆堆叠叠、巍然高耸的物质万象，感到惶恐，好像受到一种极其傲然的迫压，自身变得渺小了，几近迷失。而又毫不动摇地觉得她就是我的莱伊拉，我的！对她的渴念那么强烈，却无从着手，又被渴望折磨，简直是撕裂般的苦痛。

　　后来，就于日间黄昏或周末，沿她日常经过的马路一路走过去，这路上有她的气息，可以捕捉，有她的思绪，可以追索。她一边走一边想些什么，或许，她有时会想到我，想到我的心为她所系，得不到归宿？她的俏模样到底是怎样的，怎么越想越想不清楚呢？

　　这样独游了不知多久，忽一日，见远处一位独立于马路边的女子，她的侧影触动着我的灵犀……女子忽转过身来，一霎间，所有的思念、渴望释放了，莱伊拉，惠然出现，如七仙女，惠然下降在董永卖身为奴的路上！

　　她怎么会在马路边？

　　"你怎么……"

　　"我等你。"

　　等我……我不管，让我看看你，难得的机会。怎么你今天不是那种明朗淡漠的神情，你的愁颜戚容是那么美丽，令我肺腑酸柔，而判决书顷刻间下达了——

"可怜的人，看来，我必须给你说点什么了……"她满目凄然，"从你那天站在校门口，我就明白了，你没有放下我。你回城，是冲着我来的。我听说，你常常一个人愣愣地站着发呆，你心里到底想些什么，想做什么？总像没了魂一样。你好像在云端飘着，在梦魇中游着，与现实生活隔膜而疏离。你爱着我，可四年多了，看出来，你对我的现实、基本的情况竟不知道……去问问别人吧，我实在不忍心直接告诉你什么……不要再贪恋着我了，不要再这样做，这会把你害苦的……清醒点吧，走进现实中，我从内心里只愿意看到你好……"

文森特·梵高，红头发的傻瓜，分明遭遇了厄休拉的惨痛拒绝，这傻瓜，却半点没有断绝对她的思念。兰姆斯格特距伦敦二百多英里，四小时半的火车路程，买不起火车票，每个周末，他都步行去伦敦，白天黑夜，都在路上游荡。他累了，就躺在野地里高大的山毛榉树下。当他赶去伦敦，往往已是夜深人静，步行几天几夜能得到的，只是望一望厄休拉家黑乎乎的窗户。他不是苦役犯。我理解，那阿尔斯的疯子，高大的山毛榉树，摇曳的山楂树，将他的思念和忧伤永恒地抒写在兰姆斯格特至伦敦的天宇，二百多英里的徒步跋涉，每时每刻，厄休拉都和他的身心相伴，他在贪婪啜饮着自己的幸福。只是那一回的路上，风吹得路旁的山楂树枝剧烈摇晃，一场暴雨使他浑身湿透。当他疲惫不堪地来到厄休拉家门前，透过雨幕，看到了厄休拉的婚礼，雨水从红头发上流淌下来，他浑然不知……

河岸

倾盆大雨中,他向故乡荷兰艰难走去……可是,他一生都没有忘记厄休拉。在他生命的最后时刻,首先喃喃念叨的,是深爱过而都拒绝了他的女子:"向厄休拉告别,她使他摆脱了庸俗的生活;向凯表姐告别,她的'不,永远不!'辛酸地铭刻在心灵中……"①

"倾盆大雨"浇到了我的头上,我被驱逐到了师院的操场……那是个冬日,学校放寒假了,操场上空无一人,一片枯索。寒风啸吼,老树,这老知己,老搭档,以它映在灰色天穹下一树枯干枝条的摇来晃去,抚慰我的痛楚,舔舐我的创伤。

寒风愈益凛冽了,我回到自己的窝。小屋并不比户外温暖多少。一饮而尽一大杯酒,和衣而卧,抱着自己,睡到天亮。

出其东门,有女如云。那几个穿火红羽绒服的玩雪的女孩,如朵朵梅花在雪中绽放。那个围着毛茸茸围巾,戴着毛茸茸雪帽的女孩,又是一朵雪绒花。迎面走来的那个姑娘,风将她的大衣襟撩开了,毛衣下丰盈的胸乳凸显了。她好像意识到了什么,她将衣襟拉过来,将她的胸脯遮起来了……

我回到故乡,去了每次回乡都必去的小镇外的河滩。

这是一条小河,由东北方向而来,经过小镇时将镇子拢抱了半围,转道西南,投向西南沙漠中一处湖泊。平时,河里多是涓涓细流,偌大的河滩多半干涸着,只在秋天雨季发开了水,看上去颇有滔滔之势,其实也不过没膝,裤腿卷高点儿就可蹚过去。

---

① 引自美国欧文·斯通的《梵高传》

河岸

小时候，日子过得艰苦，孩子们和河川大地的联系就紧密些。孩子们得干活，多是去河滩边的草地上铲猪菜。可他们毕竟贪玩，多半的时间泡在河里。尤其是下过雨后，河水丰沛了，挎着盛猪菜的柳筐，拽一根河床上的藤条，或一条嫩白的长长的芦根，逆河而上，蹚河水玩，捞鱼摸虾。对岸腐殖质丰厚的林子里、沙蒿丛中，雨后地面上会泛出地皮菜，会冒出一拨拨蘑菇，更引得孩子们兴奋地去采……小时候的好些时光，是在这散发着鱼腥味的河滩上度过的。

如今，河滩上见不到孩子们的身影了，觅一枚小脚丫印已不可能，他们和河川大地疏远了，河川变得荒寂了。

而我，每次回乡，都必去看看儿时的河滩。养育我的河滩，如母亲般，弥散着无边的温馨。每每来到这里，我的头脑就特别清晰，仿佛能够穿透时空，看清自己的过去、现在和未来。又好像有一个神秘的神甫，能倾听我的心曲，将我从苦痛、迷津中救拔出来。

今天，我又面对河滩，河川封冻了，两岸的草被风霜雨雪磨蚀成枯白，冷风刮来，草们就唰唰地响。河床上，远一处近一处，躺着几株发水时冲下来的杨树，树皮早被泥水剥光了，露出白晃晃的躯干。四周见不到一个活物。我的心里一片空白……

德沃夏克流浪的心，系于故乡。浪迹天涯的他，一朝踏上了乡土，当乡风朝他扑面而来，他的脚步变得沉重、缓慢了，他的情绪沉郁、低回。他吹响了一支风笛，那是游子见到了久别的母亲，伏在母亲怀抱中，万千辛酸涌上心头，哽咽难语……

怀乡的感动是心的绿洲，故土的风，故土的云，能接纳一切，如母亲的手掌，抚平你的创伤。我理解你，德沃夏克，你的二十世纪初的《新世纪交响曲》，那时的人们也在寻找故园。当你的交响曲从我的心头流过，当我回到故土时，衣着破旧的乡农的问候，推开老屋朽旧木门的吱吱呀呀，父亲苍老的咳嗽声，母亲从凉房取回的一块冻猪肉，冬日田间的萧索小路，甚或贮存牲畜草料的窝棚里一堆灰黄的麦草，都给予我莫大的慰藉，都让我那般迷醉。

巴赫，这个基督徒，这个见过上帝的人，他在抚弄钢琴时，眼睛不盯着琴键，而是朝着教堂银白色的穹顶望去。天国的感觉支配了他的双手，轻柔和谐的琴声牵引着他的目光，早已穿过教堂的穹庐，当天国朦胧的美在他眼前映现时，他变得如羔羊般柔弱可怜。

古诺，是圣母无可奈何的俘虏、奴仆，他的爱殷切、炽烈、无我。他听到了巴赫的琴声，他想飞，就拉响了小提琴。巴赫的钢琴烘托着，小提琴声使他的灵魂插上了翅膀，朝着天国的方向，纵身飞升而去。

十八世纪的一支钢琴曲和十九世纪的一支小提琴曲天然般交融了，十八世纪的巴赫和十九世纪的古诺相逢了，这就是巴赫—古诺的《圣母颂》。向真、向善、向美的心灵是相通的，相隔万千斯年也终归相会在一起，这不是奇迹。当二十世纪末的我聆听着他们的结合，当看到两个美丽的灵魂相隔一个世纪后结伴飞翔时，我的心是何等的慰藉啊。

月迷比埃罗，那个月亮情狂、宁静的夜晚，独自一人，来到旷野中，凝望天上明月。他的情思朝着月亮飞扬，飞扬，可是总也不能飞到月亮身边，总也不能将她拥抱，求之不得的痛苦如撕裂一般。月亮不回避他的痛苦，永远那么美好地望着他。他几近疯狂，几欲自绝，可又万般不舍那皎皎明月。他就想，每当月亮升起时，就让我徘徊在她的光辉里吧，我在月光中沐浴得久了，自己也就成了月光本身，而我化作月光时，就是和月亮相会相合了……我懂得，德彪西的《月光》，我懂得，月迷比埃罗。在形的惨烈折磨中涅槃，浴火重生，由形而神，苦难灵魂方能被拯救，方能觅得爱的本原，仰望爱的终极。

年关过去了，和煦的风在田野上拂个不住，柔软的雨云已在天边飘动，春的气息越来越浓烈。我该动身回城了。在回城那一日的早晨，我又去了故乡河岸，即将升起的红日将天边烤成了深黄色，那深黄色与大半个天空的深蓝色和谐地交融着。红艳艳的太阳升起来了，它的光华照射到冰面上，没有封冻的液水层冉冉浮着一片水雾，既而，田野上也星星散散浮着几片薄雾。朝河滩西边望去，河两岸浓密的沙柳弯弯地垂到冰面上，柳们的枝条已晕出一层淡青，有的已抽出几粒嫩芽，远远望去，沙柳被自身的青气氤氲着，沙柳丛中的那几角瓦屋，也被柳的青气和大地上腾起的薄雾氤氲着。贪婪嗅吸河岸的空气，又嗅到了几缕夏天的鱼腥味儿、淤泥味儿和牛马粪便味儿……这就是故乡河岸，我嗅到了自然的气息，感到了它蕴藏的生命，我被它的芬芳和生机深深迷醉……

河岸

精灵之舞

你的美好是我的无奈,如比埃罗的月亮。虽然,你拒绝了我,排斥了我,但并不妨碍我的心向你飞去。你是我内心的需要,是我来到世间觅得的意义。我的感情原本与尘世的得到、占有无缘,这在你——我的莱伊拉——最初将我点燃时,就模糊地感觉到了。你使我一心一意去做印证你美好的事情,心甘情愿交出自己的一切。

我将我的莱伊拉装在心里,踏上了我的交付之路。

刚刚踏上征途,就见得前方的道路光辉普洒,有人在光晕中舞蹈,他们的舞姿超群拔俗,美妙绝伦。我陶然观望,不由得感戴上苍:他们是上苍派来的精灵,是为导引我踏上爱的世界的坦荡大道而起舞的。

A君是在古老的木石村庄中长大的。他爱沟川里的清清河水,当他赤着脚从河中蹚过,看到水流那样清澈,水底的细沙软软的,鹅卵石滑滑的,好不惬意。再蹚一回,有什么不可?他就又返身蹚回去,再蹚过来。他爱村庄天空的湛蓝,云朵的洁白，他伏身在河上解渴，水中映着蓝天空和白云朵，他边喝边想，我这是在喝天吧？他爱笼罩着整道沟川的潇潇雨幕，雨川是农人的渴盼，滋润着农人，滋润着一个农家孩子的心田。他爱听秋日田野间豆荚此起彼伏的爆裂，爱看冬日老屋顶的袅袅炊烟……后来，去了城里读书，满脑子装的还是村庄的风物。读到吴伯箫的《菜园小记》，他走思了，过电影一样想起了老家夜幕下的菜园，各色菜蔬，玉米秧子，氤在青青夜气中。园子低矮的土墙外，是一大片滩头地上疯长的玉米、向日葵。远处的河滩闪着银色的光，这一切，横锁在一带带的青岚夜气中……田园之美，洞天般幽深莫测，摄魄勾魂……吴伯箫的菜园使他的心儿回了家，而孙犁笔下月下织苇席的"像坐在一片洁白的雪地上，也像坐在一片洁白的云彩上"的女人，又使他想起老家那个坐在窗后的女子。村里修水库，塌方压着了她，从那以后，她就坐在屋子的窗前做针线活，过路的人们透过那块嵌在木格窗上明净如水的玻璃看到她，一幅美人画……

他就是这样的一个痴人，好像白日梦游似的。他暗恋班里一个女孩子，走也想，坐也想，回了家，去家门前坡下的沟里挑水，沟里有磨盘大小的一泓清水汪着，周遭缀满青草，那一泓清碧和周遭青草在他眼中幻化为那女孩子美丽的眼睛，他就坐在那一泓旁边，发好一阵呆……他这样思思谋谋，痴迷愣怔，心里的世界和那些刻苦攻读奔前程的好孩子完全两回事，读书的结果是依然回了村庄，当了一名羊倌。他赶着羊群，爬坡梁，下沟峁。春天里，风声凄厉，他怀抱羊鞭背靠着风倒着行走，风刮着刮着就刮大了，羊倌感到一阵凄惶、苍凉。风声吹来了

精灵之舞

孤独牧人吼唱的爬山调。这熟悉的乡音，原本就觉得是这方水土的精魂，如今听来，那曲调中饱含的美丽和忧郁，浸透了他的灵魂，使他的眼眶盈满了泪水。故乡的爬山调一遍遍传来，从那歌声里，羊倌一下子悟得了自己的使命，他的目光变得忧郁了。他立在沟底，举目望去，看到父亲和母亲在远处山梁上的地里躬腰曲背。他在村子西边沟坪的几堵残垣断壁中间徘徊低首，那被烟火熏烤得发黑的墙，记载的是一对私奔男女双双殉情的悲凉故事。他沉浸于那一乡土爱情故事中，一遍遍抚摸着那几堵断壁残垣，有泪滴打在墙头。他倾听村里那个因情而孤鳏一世的老光棍的牧羊哀歌，那村人眼里一堆被遗弃的灰溜溜的破烂，不禁为他对爱的凄美枯守心碎神伤……一间小小的、低矮的土屋，一面小炕，一张简易的小木方桌，一盏煤油灯，煤油灯亮了，麻纸糊得歪歪斜斜、苍灰老旧的木格子门窗映出柔黄的光，羊倌在小油灯下开始了对养育他的乡土美丽蕴藏的大开掘。那对双双殉情的私奔男女，今夜，你们来与我相伴，让我为你们洒泪泣血；老光棍儿，今夜是你了，让我为你谱写一支牧羊哀曲；坐在窗后的女子，今夜，你来伴我，让我为你唱一支美被湮灭、爱被湮灭的悲歌……宁静的乡村之夜，孤独的小屋，唯有对面坡梁上一株古老的桃叶卫矛相伴小屋，夜夜凝望小屋窗户柔黄的光……遍地传说，歌伴我行，乡情如潮，羊倌被自己开掘出的乡情的潮水裹挟了，潮水漫到了城里，许多怀乡的城里人被浸淫、漫卷了，羊倌被隆重地邀去了城市，做了城市的一员。

可是，进城不几年的他，却和酒瓶子结了缘，常常喝得酩酊大醉。他为女人们伤心，喝得跌跌撞撞，见天都不蓝了，还在给朋友们打着电话或捎着纸条：你来，咱们再喝一次！虽然身在闹市，他却时时感到孤独压抑，而排解之法，唯朋友与酒。他去寻找能倾听他的朋友，你不在？我一定要找到你，就像寻找救星一样，而找到了，必要有酒相伴，痛饮方休。一次，他找一位朋友，不巧朋友去了很远的乡下，他噌噌噌上路去乡下找，途中在一小客栈歇脚，要啤酒喝，老板说那一带的啤酒脱销了。那么与友人相聚，怕也是没酒喝了吧？于是他每遇路边店铺，就下车买啤酒，终于购得一大背包，乐颠颠地背着去和友人相聚。他那单身小屋里，常常聚了一帮醉醺醺的人们，他是主角。酒酣的他，慨然悲歌，歌时背对众人，面壁而立，沙哑、粗粝的声音陡然间磨砺而出，如苍凉的风，将人们一下子带到了故乡黄土高坡的千沟万壑，他吼唱的是故乡的爬山调，泪流满面，一应酒鬼均被他的慷慨悲歌挟裹，共入闲云野鹤之境。时而歌，时而诵，那粗粝的语声又如流星从大气层划过，擦出一道道炫目的弧光，夺人心魄。他指责着城市：

城里有很多很多的门窗
很多很多的门窗都关得很紧
城里有很多很多的酒馆
很多很多的酒馆都概不赊账
城里有很多很多的女人
很多很多的女人都会化妆
……

他酷爱苏联放浪才子叶赛宁,那个"无论作为人还是诗人都与他所处的时代格格不入的人。"① 他吟念着诗人的女人们:

> 莎嘉内呀我的莎嘉内
> 莫非我生在北国心向北
> 我要把故乡的田野向你描绘
> 月下荡漾的黑麦任凭风吹
> ……

来到城市的羊倌就这样一天天变得躁动疯狂,见到墙角堆着一堆大煤块,他将它们举起来,砸下去,举起来,砸下去。有一回,一场殴斗使一膀阔腰圆、力大欺人的壮汉被急送医院,伤口缝合数十针,而他自己被拘。列车上,眼见不平拔拳相向,招致一群恶汉从列车一端追向另一端幸得逃脱……唯有诗歌使他安静,又使他的内心燃烧,他一遍遍吟哦着叶赛宁诗歌中的"天蓝的俄罗斯",伤感于他所倾诉的"田野的悲哀":

> 我是乡村最后一位诗人
> 在诗中歌唱简陋的木桥
> 站在落叶缤纷的白桦树间

---

① 美国作家马·斯洛宁对叶赛宁的评价。

参加它们告别前的祈祷

……

这诗像在呼唤他，要他去做一种远遁和厮守，而海子的诗，简直就是写给他、责问他的：

> 我本是聪明能干的农民子弟
> 我本该是迷雾褪去的河岸上
> 年轻的乡村教师
> 和纯朴的农家少女一起陷入情网
> 但为什么我来到酒馆和城市？

他又变得躁动不宁了，诗人们在呼唤他，他噜噜噜又上路了，背着他的大背包，包里装着酒，装着书。他循着诗人们的呼唤一路走，来到一条大河边。河两岸的柳树真多啊，茂盛生长的，衰朽倒歪的，好像全世界的柳树都长在这大河的两岸了。他在柳林里、河岸边转悠着，转悠着，尽享它生生不息的旺盛生命和远离尘嚣的静谧安宁。他又沿着河岸走，望见了河中一座小岛，有一舟系在岸边。他引舟登岛，在岛上盘桓许久。岛上有一座河神庙、一所小学，小学里有一位美丽温柔的女教师……这是来到了沈从文的湘西，还是海子的理想国？何以觉得这般安恬平和，心醉神迷？众诗神啊，终于找到归宿了……他毅然决然地将背包呼啦啦卸下，杵在这大河中的岛上。就是这里了，哪怕终老于厮，于愿足矣！

精灵之舞

……

何以刚刚启程，就得遇如此造化神秀的精灵……A君，他那唯美的热狂，那率性的、酣畅淋漓的高蹈，令我举首仰望，电击般深深震撼。

B君本是村庄里一个小牧童，吆一头牛，田头地畔牧放。春天里，柳叶抽出来了，柳枝变绿了。孩子们爬上树去折下柳枝，或编成草帽，或截一段细细的、平直的枝条，揉捏到皮层与里边的棍体分离，抽出洁白的柳棍，刮去空心皮筒一端一小截薄薄的表皮，一个柳哨就制成了。放嘴边吹，顿时发出尖利清脆的啼鸣，简直赛过鸟儿的歌唱。牧童从吹柳哨中强烈地感到了声音的奇妙，萌发了对音响的浓烈兴趣。先是吹柳哨，后来，吹开了村庄的竹笛，由艰涩学步，到一支支曲子的流畅吹奏，继而是每有所见所听所感，就情不自禁地用笛子吹出来，村庄里从此悠扬着牧童的笛音。平原上，浩大无边的麦田如蓝天一样舒展，锄麦的农民像蓝天上的雁阵。牧童的笛声传来，农人们知道，他在为他们那雁阵的悠然吹奏；田间小憩时，笛声吹来，他们知道，那是在歌唱他们劳动的充实、怡然；月下小酌，把酒话桑麻时，悠然传来的笛韵使他们几乎怀疑那牧童是个转世的小仙君。金黄的麦浪翻滚，银镰飞闪。打麦场上，连枷声声，碌碡隆隆，扬麦的师傅吹着欢快的口哨。麦子像沙丘一样隆起来了，麦草像山一样耸起来了，牧童吆牛打麦场经过，农人们将牧童抱下牛背，抛到高高的麦草垛上，让他为他们吹笛，牧童欢悦的笛声直将满场人的心吹得飞起来……这个场吹到那个场,这个村传到那个村,牧童的笛声吹进许许多多农人心田,牧童的美名远播方圆百十里的村村落落。

笛声将他吹进了城市,成了一名专业笛手。

可是,进城几年后的他,迷迷糊糊地离开了笛。像许多人做的那样,追着城市的步伐走,碌碌忙忙。数年后,他成了城市的佼佼者,仕途经济,光怪陆离,你拥我戴,你捧我吹,在世人眼里活出个样子来了。

可他自己,每每夜间独坐,时常感到一阵枯索,好像自己丢失了珍贵的东西,丢了什么,怎么丢的,又想不起来。

有一回,闲来无聊,整理旧物,搬动一摞旧书时,不知什么时候放在上面的那一管乡村竹笛,倏地滑下来,扑入旧日主人的怀中。他心头一颤,连忙拭去上面的灰尘,轻轻抚看。自己竟不知道把它放哪儿了,也竟没有想过。有多少年没有抚爱它了,而且,自己为什么不吹笛了?

他将笛凑到唇边。这时,客厅里传来麻将声的稀里哗啦,孩子在一边玩游戏机。去了阳台,见楼下的大院里,停着些豪华轿车,出入着些挺胸叠肚、气宇轩昂的人。大街上,车水马龙,熙熙攘攘……一时兴味索然,又将笛放入书桌的抽屉里。

到乡下走走,如何?

他带了笛,回到故乡。他想再体味一下村庄和田野的静谧,他想再看一回麦收,找回往日的感觉。

当他回到故乡,那个平原上的小村庄,发觉它已城镇化了,它的热闹并不比城里逊色几多。至于麦收,早已是开镰不用镰了,仅仅一天多一点,村里所有的小麦就被几十台收割机收进

精灵之舞

了麦仓。那些农民们,开着拖拉机或骑着摩托车在田间奔走,匆忙而冷漠。

这世间,已经不需要笛声了吗?

这世间,已经没有吹笛的天地了吗?

他去了一处偏远的湖泊。

湖面浩渺,光洁如镜,不见一点帆影,沙滩上也空寂无人,好像这湖远离了尘世,或是尘世将它遗落。

远处有一座小岛,成群的水鸟盘来绕去,飞落飞起,宛然一方仙域。他荡起一叶小舟向那小岛划去。那些水鸟平时喜欢的就是渔船和渔人,簇拥着渔船,抢食渔人抛回湖里的不够规格的小鱼,所以,这孤客的到来非但没使它们逃离,反而在他的周围聒噪盘绕个不休。他坐在一块石上,环顾四周,寂静辽远的湖面,杳无人迹的小岛,上下翻飞的水鸟,使他恍如神游天上。他就像那被仙鸟环绕的翩然仙客。他吹起了笛,笛声惊飞了许多的鸟儿,又吸引来更多的鸟儿,它们随着他的笛声翩翩起舞,它们的曼舞遮蔽了他的视野,他简直是八仙之一的韩湘子啊。鸟儿们从未听过这么美妙的声音,舞个不停。他又何尝不被鸟儿们的舞蹈感动?他不停歇地为它们吹笛了,直吹到夜幕降临,月上东山。荡舟归去,夜色中的湖面更加寂静,光洁如夜空,小船在这"夜空"中悠然滑翔。记得儿时在乡村月夜吹笛,觉得那飞扬的笛声似乎能将天上人间联结起来。如今,置身于如此超尘绝俗的湖面,弃了桨,吹笛,吹笛,纵一苇之所如,临万顷之茫然,让笛声将自己化入这一片纤尘不染的湖天一色吧……自己怎么把笛给搞丢了?人世间自有如这月夜笛

精灵之舞

声般高蹈遗世的美，差点与它失之交臂，今天又抓住了，再不会放手的，再不会让它离开的……

从那偏远的湖泊回来，他决然辞去了他那个炙手可热的职位，这惊世骇俗之举直被人们吵了个沸沸扬扬，他怎么这样做，他疯了吗？

他对人们的聒噪充耳不闻，孤身只影，去了更偏远的一处大森林，租一间小木屋，住下来。

清风习习，林涛阵阵，阳光从树的缝隙斜射进来，照在木屋顶上，洒在院子里一个平平展展的大树墩和旁边几个小树墩上……多好的天地啊，经历了一番岁月，终于来到这里。就是这样了，在这里，一心一意，拥抱笛，拥抱自然，拥抱神明的宁静。

韩湘子是天上遨游的神仙吗？不，他就在人间，就在我们之中。B君，又一个为我起舞的精灵，他心灵的皈依明澈见底，纤尘不染，无我无他。目睹他的舞蹈，使我顿然如被灵泉洗濯，耳目清明。

C君是个游离于碌碌忙忙人群之外的零余人。如今的世事，人人有七十二个心眼子，这依然是不够的，还要予之以平方、立方，去创意、淘宝，无止境地填塞膨胀的欲求。C君每每看到人们的诸种行径，总要幽以一默。人们觉得这个穷光蛋，这个一无用处、一无是处的人竟还这么嘲弄人，就躲他远远的。

这一无是处的人常常在小酒馆里喝得烂醉如泥，服务员进来问："主食要什么？"他答："一百个馒头，二两米饭。"

服务员笑了，他则趴在酒桌上呼呼睡去。

酒馆出来，酒吧进去，常常喝得稀里糊涂。有钱时，视钱如纸，没钱便到处赊账。酒馆里吵闹，大街上斗殴，和几个酒鬼，出练歌房，入夜总会，看上去极乐极欢了。

没有几个人知晓他内里的痛苦，极乐极欢的外表下包藏的是沉凝的孤寂落寞。他常常把自己一个人关在一间斗室里，痛苦脉脉流淌，化作一串串玄奥凄美的文字：

> 我摇摇头，终于明白自己的话语对人世间的一切来说，只能是一种风的声音。我已无法与人们对话，我已死去很久很久，变成了一块在荒野中唱歌的石头。

时而在斗室，时而是一件黑色风衣，一顶黑色鸭舌帽，一副无框眼镜，游侠一样独自在野外游荡。游荡中的思绪如梦境般迷离恍惚，依旧是折磨着他的内在痛苦，痛苦的排遣化作一串串梦魇呓语，描绘着白日梦游中一团团凄美迷雾：

> 帕卡迪斯是我某个长夜在梦中对话的影子，他的痛苦是一种隐藏的情绪，弥漫在胸腔中一言不发，他每一个夜晚都在茫茫草原上挣扎。
>
> 草们在触到帕卡迪斯的躯体时，沾上许多陌生遥远的气味，草们因此哭声如浪："帕卡迪斯，你的

精灵之舞

神秘情愁传到我们身上了，你使我们难耐痛苦！"

那一个七月绚丽的雨季啊，爱情的长头发曾经缠绕帕卡迪斯的目光，她抚摸他的创伤，她的抚摸使他被荆棘刺破的伤口愈合，汲足了生长幻觉的柔情。

水已经流过去了，风也吹过好久了，爱情擦肩而过，留下雾一般湿润的印象。风会永远地吹，湿润的印象渗透在吹不散的情绪中。

草们如浪的哭声滚过，招来风们雨们在帕卡迪斯眼前浮起一层浓雾更改他前行的方向，它们沿着他情感的漏洞渗入一支寒冷的曲调，帕卡迪斯的忧伤弥漫，没有泪的悲伤淌了一路。

……

除了这样梦呓般的诉说，另一种排遣是去找寥寥几个孤寂文人、自我驱逐的人。他们往往索居乡野，索居大自然，只要有最基本的生存条件，他们就沉浸于自己的孤独。他去时，带一箱酒，一个小收音机，闷了喝杯酒，和收音机聊聊，就这么一个人闷着，还不憋出病来？他住下来，陪他们度过一个有人和他说话的夜晚。而当他们隔了好长时间从乡野回来，那是他的节日，不管兜里羞涩与否，一定做东，连着来，喝它个天昏地暗。

这些可怜的文友，长时间的违众忤俗，已被视为异类，不被理解，没有温暖，没有爱，而担待叩问又是那般深重，孤苦、寂寞又是那么漫无际涯。他们通过祈祷来锻造意志，熔铸坚强，而偏偏在这祈祷中，魔鬼向着他们心理、身体和境况的最薄弱环节发起攻势，以至于是罹患抑郁，甚或分裂。过日子的人们看到这种情况，不以为意，不过是世间多了一个疯子。可悲的是文化圈，既对他们投奔孤独视若无睹，又对他们流浪之旅的艰难苦厄、生死存亡毫无反应，而抑郁症、分裂症却成为他们嗤嗤一笑的谈资，这嘴脸歪斜的嗤笑陡然裸露出一个社会心灵上的沙漠化，令人倒吸一口冷气。社会的无反应让他不寒而栗，文化圈的麻木尤让他绝望，他感到悲凉的无依，孑然一身，漫无目的地游荡。遇到过去的酒友，他们都忙开了，邀他和他们一块儿干吧，他无所谓，什么干不干的，由他们摆弄。利益场中机关算尽，无所谓的傻子被算了进去，他一时没觉出什么，算了几回，才明白过来了，对人生的漆黑的幻灭感爬上心头。而再遇这些故人时，他们像往常一样和他打着友好的招呼，没事一样，还是好朋友的样子。这可怕的险恶几乎令他窒息……人活着有没有意义？他躺在城郊河边的一株柳树下，沉于深深的绝望中……睁开眼睛，满树绿叶在幽蓝天空下簌簌作响，这是怎样的超然在翩翩起舞呀。他摘下眼镜，视线的模模糊糊中，一树油光水亮的叶片幻化成一树晶莹碧绿的碎玉……这摘眼镜的动作，这一树碎玉，往昔哪一天里也曾这样，隐隐的，勾起浓烈的温柔……噢，南方读书时的那个女孩，不由得热泪盈眶……那时，爱情的长头发伴着南方梧桐满树的晶莹碎

精灵之舞

玉，垂落到脸上……一时的骄傲、任性，他们分手了。唉，他是爱着那个纯洁的，称他为她的稀世天才的，对他满怀牺牲精神的小东西的，如今更觉出她的无瑕和珍贵。

"去找我的小东西吧，现在就打电话，乘南下的火车去找她！"

是的，去找她吧。不要再松手，去完成我的精灵骨子里对真、对纯的追求，骨子里的理想主义！

一个个精灵在我的前方盘绕飞翔，旋即朝着他们的方向飘然而去，天空呈现短暂的空茫、宁静。隐隐地感到一阵劲风逼来，挟裹着雷霆万钧，狂人D君出现了，每一根肌腱都充斥着野兽般自由狂放的力量。他和一群精神病患者神交融融，那是上一个世纪交替之际涌现出的现代派艺术家们，他们已化作人类心灵天宇的星辰，他们的星空璀璨而迷乱。灵犀相通的狂人一目了然，将那迷乱的星空洞穿了，他发出了召唤，那召唤无异于招魂巫师的符咒，如浩荡天风，从我心头啸叫而过——

"人类已无可挽回地陷入自缚的历史悖论中：人类仰仗自己的智慧与热情创造了现代文明，而现代文明以冰冷的面孔回报人类。轰鸣的机器将人束缚在整体中孤零零的片断上，旋转的轮盘惊碎了原始和谐的迷梦和想象的青春激情。科学的发展遗落了人生最重要的东西——炽热的爱情、对美的玄想和对自由的渴望。生命的灵光剥落了原有的璀璨光华，现出失血后的苍白与浮躁。

"满目疮痍的现代'荒原'上，理性的大厦已经倾圮，人类孤零地暴露于此，茫然而不知所措。感伤哭泣之余，群居的乡村式温情已恍若隔世。孤立无援中只身挣扎，现代人感到自己永远是异乡人和陌生客，远离了自己灵魂的故乡，在钢筋水泥的丛林中迷失了归家的路，被剥夺而失去了故园的记忆和对乐土的希望。

"滔滔浊世中，艺术，成了漂浮着的一根救命稻草，浩瀚黄沙中最后一片心之绿洲，带着怀乡的冲动与眷恋，它普度人类继续上路——你不得不逃避人生的煎逼／遁入你心中静寂的圣所／只有在梦之园里才有自由／只有在诗中才有美的花朵……

"你已投入这燃烧自我的艺术生涯吗？你对此一定刻骨铭心：只有爱情，才是对生命固有的永恒与真实的认定，爱是力量之源泉，创造之神祇，生命之欢舞。

"你说，你的爱的期望一次次落空了，可你却总是怀抱期望不放，你的爱是一种毫无结果的彼岸情结，是对你的巨大折磨——对了，爱的磨难是信念成熟的催化剂，是追求激情体验的充分形式，高贵灵魂苦难经历永无终止！

"你要去拥抱孤独，予伟大的孤独以最高礼赞。孤独不是一种需要逃避、值得畏惧的情绪，也不仅是一种创造的心态、生活的际遇，而是对生命形而上的本体的品验。孤独是艺术精神的首要原则，放逐就是你的美学。或者投入自然的怀抱，或者遁入你的斗室，匿于你的内心，远离喧嚣复杂的世界。燃起一盏灯，让澎湃的思绪冲破墙垣的阻隔，翱翔于浩渺天地间。

"你将成为常人眼里丧失理智的疯子，而这恰恰标志着你

精灵之舞

以癫狂去博取一个真挚的人生。在癫狂中,这是一个真正自由、没有羁绊、毫无遮蔽的生命。你在生活世界里贬值了,而在生命世界中却增值了;生活人格将会破裂甚至毁灭,而生命人格将达到无比的统一与和谐。

"自甘受难,厮守孤独,拥抱癫狂,是艺术人生在劫难逃的宿命。你知道——生命的狂欢岁月是有限的,而生命的创造功能是无限的。人的躯体走向无形,而人所创造的一切却形成文明和文化,形成永恒的历史图景。

"乌云密布,狂风怒吼之际,会出现刹那间的宁静。骤然间,电光闪闪,雷霆震撼,整个世界浸入暴风骤雨的潇潇大幕中。

"舞蹈吧,既然我们活着!"[①]

最后一个精灵将天籁之声掷向了我之后,飘然而去。祥光依然辉映,天宇更见澄明。我的选择应了天道吗,上苍派遣精灵们来导引我?我知道我该怎么走,该做什么。前路已然有了先行者,那些精灵,他们刚刚飞走,我要追赶他们,我要成为造化神秀的精灵,我也要舞蹈,我也要飞翔!

[①] 上文多引自高福厅著《迷乱的星空——现代派艺术家们的精神病》和《生命欢舞——伟人的情爱生活》。

刹那间的冰凉

你的影像如烟笼,似雾锁,总是不能得见分明,虚渺的烟云愈益凄迷。我浸于其中,既痛苦,又无限幸福。

不能见你,避免与你可能的相遇。

隐在一边,默默搜求着关于你的讯息。

每当听到人们说起你,听到你的好消息,我是多么快慰啊。

人们都说你成功了,说你每日碌碌忙忙。你在忙些什么?

你在走下讲坛,轻轻抚摸了那些围拥着你的小脑壳之后,匆匆走出阶梯讲堂,更重要的工作在等着你。

印象中娇弱的你,却承担了一项重大的研究课题。你将研讨和现实紧密结合,谋求收到实效。攻坚意识极强的你,总是那么匆遽、兴奋而敏锐。

面对课题中出现的复杂的、难以判明的情况,面对阻力和重大挑战,你表现出一种罕见的骄傲,明朗的神情透着内在的藐视和超越。人们觉得你把握了某种根本性的、超前的东西,却又说不清楚,难以达到你的境界。你将人们吸摄了,他们觉得跟着你走不会错,你有了追随者了。

你骄傲自信，行动时却十分稳健，从最简单、最基本的做起，循序渐进，踏踏实实做好每一步工作。你不会在条件不成熟时盲目冒进，也不会在条件成熟时犹豫不前，贻误时机。在具备了基础和前提之后，果断地向新的层面迈进。你就这样引领着人们一步步走来，不知不觉中，人们忽然发现自己已经达到一个顶点，豁然明朗，不禁为你的高远而感叹，为你蕴藉而坚韧的作风折服。

你晓得如今主宰世界的是知识劳动者，他们用理性、科学来建设世界。育人的职责是造就这样的劳动者，就更应注重理性、科学。他们应是把握了事物运行规律的，谙熟了规则的，面对这个世界，他们明达而从容，骄傲而闲逸。

循着这样的方向，你已走得很高很远了。

冷艳而不乏温情，明朗而不失矜持，锋芒而蕴藉，超卓而平易。一个个的难关攻克了，一次次的成功降临了，一遍遍的掌声响起了，人们称道着你，爱护着你，你的风格，成了人们崇尚的风格，你的方向，成了人们竞相追随的方向⋯⋯

记得，刚刚回城时，那两排给我强烈印象的路灯，以精准的弧度刺向灯柱顶端圆圆的灯盘，现代雕塑一般，宣说着以精准的理性精神掌握这个物质世界。这是当今据于主导地位的理念。

那么，那种感觉的、缥缈的、珍贵无比的存在，就该因这种理念而濒于云散，为人们所淡漠、不屑吗？

莱伊拉，还记得流浪的诗人们，疯子阿米里叶，那些放逐者的情怀？

我们的时代所淡漠的，你也将它遗忘了吗？

你就是诗人们的莱伊拉，让诗人疯狂，引领诗人飞翔，你是属于诗人的。

我决不会罢手与你相通相融的努力。

精灵们的舞蹈启示着我，仰望什么，厮守什么，唤回什么，激励着我追随他们，奉献我的舞蹈和飞翔。

而你是我的源头，我的所向。我的一切，都因你而发端，向你交付。世人眼里我纯属白日梦游，我不能再没有你，这世间能感应荒唐的，唯有你了。

我的飞翔，应你而飞翔。

我的呼唤，先向你发起！

优秀的作家死了。是由于这个时代将无比的珍贵遗弃，神灵震怒了，非得人类做出牺牲，贡献祭礼，方不至于将人类抛弃？

作家路遥在创作了小说《人生》后，身体危机已显露出来。可《人生》只是他创作计划中的一小部分，更大的题材等待着他。怎么办，该不该继续写下去？他在故乡的沙漠里独自一人徜徉了五天，大漠的博大、宁静和苍凉引发着神圣崇高的责任感，他决定继续拿起笔，哪怕付出生命也在所不惜。长篇小说《平凡的世界》的创作铺开了，长达六年的艰难岁月开始了，没有家，没有温暖，食不果腹，身心俱疲，常常感觉没有一点力气了。写第三部时，身体已经垮下来了，继续创作必将毁掉他的生命，他却不顾一切地硬挺着干了下去……《平凡的世界》

刹那间的冰凉

出版了，作家路遥撒手西去……文学界落魄失魂，西安城万人空巷，为殉道者送行："来也你哭，哭来平凡世界，去了哭你，哭去辉煌人生……"

在我们这座城市，也发生了神灵索祭的一幕。

那位人们心目中"人类灵魂的工程师"，一代师之楷模，如一轮月亮，映在许多人的心田。

她是从二十世纪五六十年代过来的，那个年代馈赠给了她理想主义。这份精神馈赠，在她耕耘的田园中，化作了她对孩子们深厚绵长的爱。她沿着悠远悠长的爱之河走来，看到了浩渺无际的爱的大海。那种对孩子们的爱，渐渐升华为对人民、对人类的爱的信仰。她看到了爱的世界的恬静、平和、美好，不由得会心地笑了，孩子们看到了这个世界上最美丽的微笑。

走进爱的世界的人，是浑然无我的，她知道爱的真谛在于交出自己，化入其中。数十年来，为了孩子们，她将自己整个身心交了出去，那种付出，那种辛劳，在别人是不能承受、难以理解的，在她则是巨大的愉悦和满足，是她内在的需要。

她以无我的爱走进人们心中，以自己的心灵影响了人们的心灵，不知不觉中，成为这个城市人们心目中理想的"人类灵魂的工程师"，将温暖、慰藉播撒人间……

三十多年过去，世事发生了变化，她的人生原则和方向渐渐淡出人们的视线。

将以往持守的放弃吧，随分从时，随着大潮走吧。

她却一如既往。外面世界的变化没有影响到她，她不会去谴责什么，要求人们做什么，她只是觉得自己所做的是非做不可的。过去为了孩子们起早贪黑，现在依旧戴月披星，心头一派安详、恬静、平和。

以往，她是常常被人们称道的，可如今，却几乎要被遗忘。她也觉出了这种被冷落，不为自己的不被看重，而是为自己怀抱的那种情操。她是要维护它的，应了这种被冷落，要做的更多了。她生就是重在做不重在说，做了也不说的，在她那方已变得寂寞的田园中，她寂寞地、更加呕心沥血地投身着。

一天，她给孩子们读一篇诗文，读着读着，忽然，诗卷从手中掉落了。她一手扶着额头，一手去捡书，却摔倒在了地上。孩子们把她扶起来，劝她回去休息，她说不要紧的。她刚拿起书，感到有些头疼，就趴在讲桌上，过了一会儿，又站起来，准备继续诵读，却重重地摔倒在地上。

她没意识到悲剧的降临吗？她只是眷顾孩子们，休息了一段时间，又返回课堂。更悲惨的一幕发生了，她吐血倒在了讲台上。

她的病，和作家路遥一样：肝硬化、腹水，无节制的拼命工作导致的自然结果。

和作家路遥一样，她将自己绑在了牺牲的祭坛上。

天地神祇总是让爱着他的人受尽非常之苦，在她为人间洒尽最后一滴血泪后，揽她入怀，携离人间。

那是一个凛冽的冬日之晨，长长的马路边，却站满了人，他们是来为这位老师送行的。唯有这样的牺牲、祭礼方能将人们唤回？他们遗落了她，在世间走了一遭后，才发觉将什么珍贵的东西给搞丢了，而他们曾经敬仰的人，却已耗尽自己，离

刹那间的冰凉

他们而去。他们忘了寒冷，挤挤挨挨站在马路边，他们受伤的心需要这位人间妈妈最后的抚慰……送行的车队驶来了，这车队的长，是人们在这个城市里很少见过的，可城市的匆促、喧嚣在出现这么长一列车队的早晨消隐了，人们默默无语，车队缓缓地、悄然地行进，长长的马路肃穆、庄严。我恍惚听得一支歌在唱响，渐渐听清楚了，那是一首无伴奏的童声合唱，吟唱的是人类之爱的赞美诗，那旋律的美如潮水漫卷。我追随着送行的车队、送行的人群一路走下去，任凭那旋律，任凭那赞美诗行淹没、卷裹……别的送行的人们是否也听到了这支歌？我将那旋律的潮水倾泻在市报上，原来，我并不孤单，应答的回声传来了，原来好些心灵在和我有着共鸣。而有一天，办公室说有我的电话，一个女声传来，我平时朋友不多，接的电话十分稀少，我兴冲冲地跑去接。可是，问了几声，电话里却不做应答。我迟疑了——是你吗？又等了一会儿，电话轻轻挂了。

是你吗？我是因你而歌哭，你看到了，想对我做回应，又迟疑着，将电话挂了？

你挂了电话，可你晚上来看我了，穿着那次讲坛上白底上撒着黑色小圆点的连衣裙，坐在床沿。多年来的孤独使我木讷，拙于言谈，见了年轻女子就窘得不知说什么好，更何况你。我不知所措，不知该怎么面对你。可你是如此近在咫尺，你的胳膊白皙柔媚。我不由得抓住它们，摇了摇，你是来看我的吗？你垂了头，微微摇一摇，那是一种极其温柔的女子动作，意在阻止我的举动。可这却增添了我的疯劲，我紧紧地抓住你，你是来看我的吗？你抬起头来，又侧过一边去，表情那么柔弱无力。你的柔弱使我的疯狂达到极点，我用力摇晃你，我要将我的幸福弄清楚，我要让你给我说点什么……唉，我用力过大，把自己给摇醒了。

你托梦来看我了。你认可了我的歌哭，用你的身影来慰问我了。

如今，可以启程，去沙漠、去草原了，到了自我放逐、流浪蛮荒的时候。

去西部草原的公共汽车上有一位姑娘，她上来得晚，没座位了，只好坐在最前方发动机的箱盖上。她的青春美丽吸引了一车目光。姑娘侧转着，美丽的眼睛静静地望着窗外的漫漫沙原。

她是沙漠诗人的情人吗？她的美丽使疯狂的诗人浪迹沙漠，她这是去寻找那疯子，去安慰她的可怜的痴情人？

走了一程又一程，她真和我一个目的地吗？也是去那片草原？再有两站路就到了。姑娘却在这一站的中途下了车，也不肯回头一望，牵动心扉的身影消失于草滩和沙丘。

去西部草原的一路，时而黄沙漫漫，时而光秃秃的贫瘠的丘梁。偶尔的，在一些植被稀疏、歪着些许小树的坡梁上，会看到数只羊和一个牧羊人，广袤、空旷的天幕下，羊和牧羊人，这仅有的活物的游移，是寂寥一域的天地精魂。

终于来到了西部的伊和乌素草原，草原上的羊群，如粒粒珍珠，这儿撒着一簇，那儿漫了一摊，极目望去，远远的土丘沙原上，依然是珍珠遍撒。

刹那间的冰凉

牧羊人，我来看你们了，我带来了酒，让我来陪陪你们，驱走你们的寂寞。

沙漠、草原，让我啜饮你的宁静、纯净、芬芳。

我要只身游走沙原，以我的流浪蛮荒，为中古的沙漠诗人和他的情人歌唱，我的歌，要在荒寂的地方唱起。

北边的天空云山峥嵘，草原上闷热难挨。绵羊热得不吃草了，或聚成一堆，或一个跟着一个，排作一行，顺着风一溜烟走去。我和牧羊人将它们拦回来，赶着它们顶着风走，它们就凉爽了，肯吃草了。

云山不知什么时候崩塌了，浓重的雨云布满天空。雷声轰隆隆滚过，一阵风刮过，卷起漫天沙土，雨点夹杂着沙土啪啪落下来了。山羊一淋雨就想跑回圈里，我和牧羊人又将它们迎头截住，这是阵雨，一会儿就过去，它们就能大啃一气水灵鲜活的草了。

中古阿拉伯的众诗人啊，多少年了，一直向往着有一天，只身一人，来到沙漠，来到草原，和你们对话。是你们引燃了我内在的火。想必你们的诗魂能穿越时空，不论什么时候，只要是一方宁静、纯净的沙漠、草原，你们的诗魂就在那里云游。今天终于得偿所愿，来到这心灵天窗般的草原，来到这远天远地，让我再次徘徊于你们的诗行，感应你们的神秘。

尤其是你，疯诗人阿米里叶，你一次次出现在我的幻觉中、梦境里，你的身影在我的心灵深处游荡。今天来到草原上，就是为了感觉你。当日头照在牧羊人身上，当风从草原吹过，我仿佛看到了你被日晒风吹的可怜的身影。你精赤着脚片子，衣衫褴褛，感到冷时，抱紧了臂膀，走得累了，蜷缩在沙丘脚下，却总是在念叨着，念叨着，我又听到了你的吟哦：

我忍受不住，昏倒在地
一声不响，不言不语

天啊，我弃绝尘世，离群索居
我对你的情意，你要牢记
……

　　中古阿拉伯的莱伊拉，听到这诗句了吗？我也在念叨它，你就把我也当作你的阿米吧。自从阿米痴情于你，你就在阿拉伯美丽了千百年，一代代诗人将你吟念。你造就了一个疯子，那疯子的热狂又将我灼伤，将我牵引到这僻远的草原。说到底，是你的魔力造就了那个疯子和今天的流浪者——你的魔力是洞穿的。你芳魂何处？就在这僻远的沙漠、草原，瞧那微雨中的一朵朵迷离的野花，就是你的精魂所化，我陶然于你泪光点点的无限芳菲。

　　雨不知什么时候停了，风却大起来，呼呼作响。天空中灿出数片明净的蓝色。灰黑色的云朵漫天飞蹿，云的巨大的黑影也在飞蹿。草的唰唰声如泣如诉，汇成哭泣的汪洋漫卷草原。

　　我脚踩着枯死的沙蒿的黑兮兮的根，拢赶着羊群，顶风向前。如今，天穹之下只有我和一片羊群了，望着天空中飞渡的乱云，听着呼呼风声，我思念着，我的莱伊拉。总觉得，城市

刹那间的冰凉

的高楼迫压着心胸，阻隔着思绪，这远天远地，不受任何滋扰，多好啊，我要在这里好好地、安安静静地想一回我的莱伊拉。你瞧，这就是咱们的家园啊，枕着沙丘，依着沙湾，洁白的羊儿，撒落沙原。你来，和我坐在这片沙丘上，只有这样的风景才和你相配，只在这样的风景里，你的一切就全都为我所有了，你轻盈娇软的身影，你垂肩的黑发，玄色的衣裙，而那冷艳的神情、稀世的骄傲里隐含的无可言说的高贵和神秘，尤其让我拥入怀中了……忽然明白阿米为什么流浪，还有古今诗人们的遁世、隐逸、自我放逐，原来，在旷野特有的宁静中，在孤独中，他们纤尘不染，全心全意沉浸于自己的境界，实现了与所恋所往在心灵上的高度相通相融，神游九霄……你已挨坐在我身边了，我嗅得了你的气息、馨香……你站起来，流连于不远处的草丛、花丛。每每看到你的身影，老感觉就来了，我对你生出一种类似孩子对母亲的依恋……对温软、乳香的依恋，渗入血液，无法割舍，无上幸福，让我永远陶然于这幸福中吧……这么一想，陡然意识到自己孑然于沙原上，好像你刚才确实和我在一起，忽然又走了，久远的悲伤，如学生时期，大伙儿在一块儿，你忽然离去，那种神魂被掏走般的虚空，又袭来了。唉，这样的悲怀，好多年了，今天，草原苍凉的风，将这久远的悲伤吹作波涛滚滚……你的堤防总是那么固若金汤？我的波涛永远不会冲垮你的堤坝？模模糊糊觉得，我们之间的冻土似在融化，灵犀似要相通，果真这样的话，今天，我独自流浪此僻远之域，为诗人和他的情人歌唱，请感应我的歌吧。这地方多好啊，高爽宁静，我要在这里再次向你呼唤，呼唤你朝我走来。如果我们灵犀已通，请感应我的呼唤，你听到了吗？你在干什么？已是黄昏，你正步行在回家的路上，走的是那条东西向的马路。快要走到那次和我相见的地方了，好长一段时间，你是回避从那儿经过的，为了因我而起的郁结。可近来，你却不回避了。这一回，快要走到那儿时，夕阳从一块厚重的云团中跳脱而出，映红了马路边的你，也映红了草原上的我，你凝眸于那轮红艳艳的夕阳，像我一样，咱俩的目光就通过金红的夕阳连在一起了……唉，我想得太好了吧，车水马龙的，或许此时，大客车、砼车什么的隆隆驶过，就将你的视线阻挡了，我们的联结被割断了……我的努力又是徒劳的吗？不，不，我已对这次远行满怀迷醉……超尘拔俗、自我放逐的迷醉，瞧这暮色中青蓝雾气氤氲的草原，如我迷醉的心情一样。

牧羊人，请与我在这简易帐篷里，在豪饮中，将迷醉的心情弥散。

请与我在酣歌中，将天涯浪迹的畅意升华……

只是，夜半于席地而卧的潮冷中醒来，望着天窗外的几点星光，想到阿米。他流浪沙漠，夜间，是没有遮风挡雨的帐篷的。那该是怎样的苦厄，他蜷卧沙丘脚下，寒风袭来，一次次裹紧身上的破羊皮袄……想到这里，不由得拉紧了自己的衣被……

是你，又来抚慰我了，你听到了我的声声呼唤，那声息使你心神迷乱。你怜惜我，牵挂着我的远行天涯，悄然寻了来，偎坐在我身边。你的秀发披垂下来，扫抚着我的脸颊，我才意识到你又来看我了。你解开上衣，伏在我身上，你双乳温软的摩压让我感动感伤。你的牵挂竟使你将对我一直封闭的自己开启，用你隐秘的美好来抚慰我了……

也不应总是远离人群，要走进去，融入其中。

我汇入浩浩人流，人们都步履匆匆，我显得痴笨的脚步有点妨碍人们行进的节奏，不时招来声声责难。

我去了一家公司，担负起一份业务宣传方面的差事。

这里的秩序严密而紧凑，各人操控着一道程序，工作节奏如钟表般准确无误。网络、宽带……科技的发展日新月异，工作程序随之变化，刚刚适应一轮学习，新一轮的学习又开始了。激烈的竞争，无情的淘汰，有的人如鱼得水，有的人则笨拙机械，疲于奔命。

我努力适应着，业务的开展使我频频走进工厂车间，出入于政界、舆论界及社会其他领域，纷纭世事，诸色杂陈，我看到了：

这是一个追求速度的时代。今天，人们庆祝制造出一台巨型计算机；明天，高科技就将它变作火柴盒大小。今天，人们为研制出超音速飞机欣喜；明天，新的超五倍音速飞机又让昨天望尘莫及。人人努力追赶，深恐落后，不允许停下来，静静地做点思考。

这是一个追求量的时代。人们都有七十二个心眼子，仍感不够，创意、淘宝，寻求物的拥有，量的扩张，无休无止，无了无尽。

这是一个只问目标和结果不问过程和方式的时代。得到就是，达到就算，至于过程、方式，问这些没用，没有意义。

仕途经济的一群，是人生风采、人生意义的代表，被人们层层围拢。权力、金钱、尊贵都得到了，人世间，也就这么点风光、意义，还会再有什么意义？

仕途经济的一群，是强大的、铁板一块的阵营，主导了社会价值观。它的核心就是利益，它蒙蔽心灵，使人们远离激情，迷失性灵。而性灵上的空白状态又造就了面貌上的目空一切。他们的眼睛被遮蔽了，不会往洞天深处走一走，去寻觅真正美丽的生命世界，纵使那世界就在眼前，也已是视而不见，毫无反应。

追随者摩肩接踵。他们都是精明绝顶的人，将权欲、利欲深藏内里，曲里拐弯，收棱缩角，油腔滑调，见了一千个也就那么一副面孔，一万个也是那么一种声腔。想在他们当中听到真情实感，那是不可能的，想看到慷慨大义，更是痴心妄想。

利益的营求姿态万千、异彩纷呈。视权如命的，他们晓得手中的这个权力实在是宝贝啊，他们用它来一心一意营私，无限制地去占有，你会惊奇他们做了那么可耻的事却半点不会脸红，永远那么理直气壮、气宇轩昂，因为他们披着特制的"大公无私"的外衣。经济场中利益的谋求，倒也不需伪装，却是不择手段，坑到、蒙到、骗到就算，不思及后果。有人想把被拐走的利益夺回去，那就来守卫它，哪怕蝇头微利的守护，都是奋不顾身，赴汤蹈火，抛头颅，洒热血，在所不惜。眼睛里闪烁的不是人的目光，而是动物的冷光、黳光……

我感到压抑、窒息。透透气，离开这群人，别处走走。

有没有诗人，诗人还在歌吟吗？

刹那间的冰凉

诗人是弄什么吃喝的，诗歌有什么用？没用。这个时代不弄这些虚的东西，要诗人没用。

倒也出了些红运滚滚的作家、艺人，他们起初就把文艺看作一个行当，以功利为目的，达不到功利目的，走这道干啥？他们将文艺世俗化，就像好些人将他们所谓信奉的宗教世俗化一样。别指望这些人有灵魂，他们和那些利欲熏心之徒一回事。

他们当中有时会突兀一朵奇葩。这类人，嗅得了时代的病变气息，摇身一变，成了拯救苦厄的"大师"，可看来看去，原来玩的是欺世盗名的把戏，达到坑蒙拐骗的目的。比之于普通人，这类"文化精英"的利益营求，更膨胀至几近爆炸的状态，令人瞠目结舌，叹为观止。

走到哪里都是这利益拼抢的火热图景吗？不妨将视野往开拓一拓。

国与国之间怎么样？

国与国之间，难得讲到义，讲到情，唯利益为重。不管你是狗肺，甚至狼心，不考虑沦为野兽没有灵魂的可怕后果，不问黑，不问白，不论反，不论正，只要与你合作能得到利益，就是好兄弟。得到眼前的、当下的好处就对了，今天活着就对了，管它明天活不活。

经过一番利益的角逐，成为不可一世的佼佼者。高科技更令这些国家如虎添翼，拥有了空前强大、无可匹敌的力量。他们要获得更大的利益，而在他们看来，地球只在股掌之间，没有满足不了的需求，没有得不到的利益。弱小者，闭起你的嘴巴，我们的意志岂容置辩？有敢说不者，尝尝大棒。一次次轻松愉快的毁灭、践踏、凌辱，使大棒持有者沦为良知泯灭的黑手党党徒，这党徒身份本该隐秘，却是公开的。他们在人们面前昂首阔步，他们对人们不屑一顾……

好了，别再看下去了。

在那家公司待了一段时间，职位正要升迁时，我却离开了……离开了那家社会上炙手可热的公司，依然回了文学艺术界，回到那间不足六平方米的小屋。

"满以为他要务正了，没想到还是入了他的空门。"

"这样的怪物还是头一次见到。"

"神经病，不可救药。"

人们议论纷纷。

人们的议论我没放心上，我只是幸福地感到，我又回来了，又将着手做我想做的事了。在走进社会的日子里，最惶惑的是觉得——我的莱伊拉一天天离我远去。文学是你，文学艺术界是你，如今我又回来了，又抓住了你，又和你在一起了，你再也不会离开我了，人生又变得甘美芬芳，充满了意义。

一天，师院为那位殉教的老师举办纪念活动，这是我重返文学艺术界的一种社会回应吗？这样想来，欣然前去参加。

曼妙的钢琴声，引出从云端、从天界飘临的童声合唱。

孩子们的大姐姐们、女孩老师们齐诵散文诗，《以身相许》《为你歌哭》……

这纯真世界的无限烂漫与芳菲……如果说那些孩子是小天使，那么那些女孩老师们就是天女了。瞧那位领头诵读的女孩老师，她那甜美的微笑，不是天使，也是天使的姊妹……忽然想到了但丁，在中世纪的幽暗森林中迷了路，得遇"彬彬有礼的孟都亚的幽魂"——史学家维吉尔的幽魂，由那幽魂引领着，步入可怕的地狱，经过苦难的炼狱，当天界之光熹微，那幽魂消失了，天女出现了。他是在一条河边看到那天女的——

> 一等到她走到那青青的草
> 被美丽小溪的微波浸透的地方
> 她竟肯惠然抬起头来望着我
> 我不相信维纳斯在出乎意料地
> 被她儿子的利箭射中心房时
> 她的眼睛会发出如此明亮的光芒
> 她站在对面的右岸上盈盈微笑
> 用她的双手采折更多的花朵 ①

诗人但丁，追随着天女，走出晦暗的炼狱，飞升天界，得见了他那神明天国中的俾阿特丽丝……眼前的这个女孩，是这样一位神使吗？她将导引我重上征程？她的领诵，她的声音，似要唤醒我往昔的什么美好时刻，似要开启我的心扉……我一边观看演出，一边浮想连连，直至走出演出大厅，走在马路上，走在晚间招待宴会酒店的廊道里，依然思来想去，傻傻痴痴……听得前方一个清脆爽利的女声，似要洞开心扉，循着声音，走

---

① 引自《神曲》中的《炼狱篇》

进房间的刹那，所有的郁结、所有的想望痛快淋漓地释放了——莱伊拉，我的莱伊拉，也在今天的招待酒会上！

莱伊拉，真的是你吗？瞧你，见到我时，那副惊呆的神情，好像我们多年没见似的。我时常见到你，昨天夜里，你还和我在一块儿的……不不，那是做梦。要清楚，如今，我见到了真切的、实实在在的我的莱伊拉！

相见的幸福如此简单、轻易地降临了？

这是应该的吗？

我可以这样见到她吗？

我没有资格见到你。我只应怀抱着你的幻象，向你做出交付。你是主宰我的君王，见你一次，犹如朝拜，须走千步万步的路，付出千辛万苦。可如今，我并没有奉献什么，怎么可以如此轻易地见到你？这是一种偶然的邂逅，我清楚，我没有资格面对你，不能和你说话。

我回避了她，甚至没和她打个招呼，好像两个不认识的人一样。

她也回避着我，不说话，目光呆愣愣地落在他处，时而抬起头，似在倾听别人说什么。

说说话吧，就和别人，我只听听你的声音。那样，我就能回到学生时期的课堂，那时，天天和你在一起，我的天堂时光……

席间，有人羡慕我去了那家公司，赞叹连连，我说我不在那儿了，回了老地方了。不知怎么，在说了这句话之后，我的目光忽然径直朝向了莱伊拉。远远坐在那一端的、回避着我的莱伊拉，脸庞飞红，双唇微张着，瞟了我一眼……

  酒，独饮的时候多。今天，我要喝三百杯。有不喝酒的，我说，我是酒鬼，来，我替你喝；又有相攀的，没什么，拿过来；还有些不爽快的男人，挺烦的，我代劳了！我反感一些正襟危坐的人士，干吗那么一本正经，说起话来拿捏分寸，不累吗？为什么不醉一场，点起一把火来！看看我，来者不拒，一杯又一杯……我被一种不可抑制的力量操纵，既饮又歌，慷慨悲歌，我已不是我自己，周围也没有他人，只任由悲风千里挟裹，将我自己、将人们带到一片无边无际的旷野……我喝了个天昏地暗，第二天醒来，弄不清怎么回的自己的小屋……

  我渐渐看到朝我缓缓走来的莱伊拉了。住地不远处，就是师院校外山坡下那座小水坝，时时光顾。下了几道凹地，爬上一座山包，明净的水坝呈现在眼前了。时值暮秋，水极静，潋滟着、嫩盈盈、颤巍巍地铺展开去，铺展出一个绝尘世界。人生何如，会有如此美好的一汪澄碧，娇柔哀艳。山包左侧，是一片高地，齐齐整整笔立着几排白杨树，晚秋时节，树树金黄，映在高爽蓝天下。黄叶静静坠落，林间空地上也是遍地金黄。就从这片金黄色的世界穿过去，穿过来，穿过去，穿过来……复下到来时的凹地里，一株老柳树静静伫立，秋风尚没奈它何，满树柳叶黄黄绿绿的。柳树旁边有个树墩，就在那树墩上坐下来。凹地里，乱草丛生，纷繁杂沓。经霜的秋草，紫的、红的、黄的、绿的，斑驳陆离，清疏俊朗。凹地前方，开了个口子，映着水坝一角，见得水坝那边高高低低的柳树，柳树在水坝中黄黄绿绿的倒影……这一方自然天地，五色缤纷，安宁静谧。长时间静静地坐在树墩上，长时间独处其中，似觉自己的身心一点点地化入它的安谧、静美之中……

我知道，主宰我们的并非力量，而是那至高的无形。她的美无与伦比，我们都将无可奈何地仰望她，由她引领。

高贵的人们沉静地持守着这样的信念，大理石般的信念。

罗曼·罗兰的理想主义、英雄主义不会消泯。人类什么时候都有无数英杰，于孤独、坚忍中，做着无我、纯粹的精神担当。

他们是不会被潮流左右的，不会被潮流冲昏头脑，他们超越于潮流之上。

他们懂得生命的贵与贱，知道生命过程的短暂，务必多多珍重。

为了他们的担当，他们往往是离群的，不合于时俗，贫穷，甚至潦倒，被人们看作傻子、精神病患者，受到嘲笑、鄙薄。

他们不去注意这些。孤独、宁静是他们的原则，他们的最爱，他们一心一意沉湎在自己的世界里。

他们也不去干预世事。如果不能站在高处俯瞰世事，而总是对流俗感到愤懑，频频反击，久而久之，往往会落入和流俗同样的层面，落入一片烂泥塘。万不可毁掉宁静，万万要厮守寂寞孤独，做长久的蕴蓄，方能迎来骤然爆发，予世事以强大影响。

……

英杰们对孤独的追求，是可以理解的。

伟大的创造之光尚未闪现，美的震撼尚未发生，人们处在饶口谋衣的世俗中，平浅的认识，庸常的寻求也在所难免。

只是，这世俗的油腻积得太厚，我们本该看到、本该拥有的美丽人生几近被它遮蔽。

只是，这物质世界过于膨胀，以一种唯我的、不可一世的傲然姿态，将人的心灵挤迫、排斥到边缘。这仅有的边缘化空间，竟也被精明人盯上了，他们觉得这个空间是可以玩一把的，可以好好利用一番的。他们大声叫嚷着灵魂，高竖标杆传扬自己就代表着灵魂，掀起一派喧嚣声浪，尘土飞扬，遮天蔽日。其实，他们不过是另辟蹊径，谋求无所不到的膨胀至极的物欲。心灵的关怀本已如荒漠甘泉，不期又涌来这样的污泥浊水，肆虐猖獗，可怜的空间，又成了群丑翩跹、张牙舞爪、洋洋得意、欺世欺心的乐园……

不能任由一派混沌压得人们喘不过气来，不能任由污浊猖獗肆虐。让英杰们去守望宁静，我是他们的理解者和仰慕者，我要做的，就是成为他们和人们之间的纽带，让人们了解、理解他们。我要让美丽世界光亮乍现，我要掀开冰山一角，就这一角的微露也足以给一派庸常以刹那间的震撼，我要将那触目皆是的混沌污浊荡涤而去……

那位鬓发斑白的音乐家，你四十年如一日，走过了一条对一方地域的民族音乐从搜集整理、理论研究到交响乐创作的漫漫远征路，一生只与孤寂、清贫为伴，唯愿将民族的精神魂魄广播世界。你是人群中少有的自承重责、自承非常之苦的非凡英杰，我要呈现你四十年来从不为光怪陆离的物象所动，万里迢迢磕着等身长头虔诚朝拜、死而后已的身影。

那个沉迷于大唐诗风的诗人，受亘古诗魂的召唤，行吟天涯。一年又一年，直落得潦倒穷途、形单影只，而心志不渝。让我来呈现你流浪的路，礼赞你衷肠欲绝的文学魂。

还有你们，我的精灵们，我要呈现你们的精灵之舞，传导你们黄钟大吕、振聋发聩的声音……

长时间云霾满天，覆压得人们透不过气来。突如其来的一场大风，狂暴、浩荡，摇山撼岳，摧枯拉朽……满天云霾荡尽了，飞扬的尘土涤除了，朽败的、灰溜溜的柴草落叶一扫而光，天空又变得澄明，大地又变得净朗，耳目一新，气爽神清……

"好久没有见到这样的大风了！"

"早就应该有这样一场大风了！"

人们畅快地宣说着，相告着。

这是我唤回的——我的英杰、我的精灵们的大风，曾经有过，被人们久久遗忘，而当它再次吹来时，是那样地激发了久违的感动，震撼心魂。

我参加了久久不曾参加的同窗小聚，又见到了我的莱伊拉。我在人群中一下子就看到了我的皎洁的月亮，直向她大胆地看去，目光中带着几分挑逗的意味。我的莱伊拉迎对了我的目光，她笑了，带着激动、欢悦。我又和她在一块儿了，陶然在她整个的身影里，陶然在她温柔的云彩里。由于她，好长时间没有走进这个群体了，今天复入其中，看着大家伙儿，倾听他们，欣赏他们，我享受着久违的场景，久违的气氛。这个也祝酒，那个也祝酒，轮到她时，第一杯酒越过周围的人公然朝我端过来了。轮到我了，很少喝酒的她，一饮而尽，潮红兼着羞红。她不再说话，良久地微侧着身子，低着头，听身边的人说着什么，而在她抬头时猛地看我，水亮的双眸使我陡地感到一阵冰凉——相会将至时刹那间的冰凉。

我又回了故乡，穿过田间那条悠长的小径，去了河岸边。

那是一个夏末秋初的午后，平时，河岸少有人光顾，这样的时辰，更是杳无人迹。我来到南岸一株柳树旁，坐下来。

微风缓缓吹来，头顶的树枝树叶簌簌作响。

河滩上，唯有流水的哗哗声。

现在，只我一人独对这片自然天地了。

那北岸的林子，幽深而悄静。它是否会觉着寂寞？平时，只有个护林的老人，三天五日地去绕一遭。想来，没有了人类的滋扰，林子里自有它的热闹和乐趣吧，飞禽在林间滑翔，在枝头啼唱，走兽在经历着它们的惊险故事。林间空地上，各种各样的花啊草啊葳蕤繁茂。就是一株树和另一株树之间，也自有它们的故事吧。它们相邻多年，树和树常常拉着什么话，它们远离了尘世纷扰，它们的对话一定如古代隐居的哲人，高深得很……那北岸的林子，是一本书页萎黄的美丽的童话故事吧？

那河槽里的流水，历经了长长的旅途，不甘沉闷，时时搞个游戏，开个玩笑。这不，河道前方凸起一片泥沙，那抱作一团流淌的河水，在那里忽地分手了，分作两股，绕一个很大的

刹那间的冰凉

弯子，又在远处汇聚了，像久别的朋友重逢，发出一阵兴奋的喧闹，复向前兴冲冲地奔涌而去。

  静静地观望这片天地，宽阔的、紫色的河滩，铺向迷蒙远方，身边绿草如茵，蒹葭苍苍。天，是城市从来见不到的湛蓝，云，也是城市见不到的洁白，色彩的无瑕、纯粹令人心动。

  好一片纯净的自然天地，好一个寂静的世界。

  故乡河岸，我要告诉你，我的莱伊拉向我走来了。你如生我养我的母亲，你一次次救拔我脱出迷津，今天，我特意来到你身边，将隐秘的巨大欢欣呈给你。

  故乡河岸，我今天来，还为了洗涤自己，净洁自己，在面对我的莱伊拉，和她对话时，不能有丝毫不洁、污渎。只有在你的纯净、宁静中，洗礼才会完成。

  多少年了，她只在我的梦里、心里、虚幻里。在这河岸边，自学生时期至今，每当思念之情无法排解时，来到这里，汨汨的河水，清清的池塘，凄迷的芦苇丛，阴郁的天空……她的幻美映满了整条河川。如今，就要真真切切地见到我的莱伊拉、拜谒我的女神了，几多惶恐，几多不安。故乡河岸，请检点我，在面对她时，有无污渎，有无不洁？

  微风轻拂，河水汨汨：

  "你一个人，在这样的时辰，特意来到我身边，来到僻远的河岸，这本身，难道不足以清澈地映出你的纯净？

  "我一次次看到你徘徊低首的身影，这身影孑遗、孤绝，非比寻常——你的爱之真、爱之纯、爱之彻底，美丽无伦，堪叹人间，发此绝响。

"和你的欢欣相会吧，我的孩子。如你总是来到我身边，我最愿看到的是你的身影。记着，不论什么时候，我都在期待你的归来……"

又一阵微风吹来，身边草地上的那一泓清水，泛起粼粼波纹，水底金黄的细沙上，金项圈般的万千光影相互牵挂，在水波的轻起柔伏中连环滚动。

池塘里的芦苇随风摇曳起来。

依然没有人来这河岸边。

河水依旧哗哗地响。

洗礼完成。再会，河岸妈妈。我将启程，以无比清洁的身心，谒见我的莱伊拉，划出生命轨迹中最艳丽的弧光！

神秘的符咒

你最初给我的印象是一抹蓝色,那抹蓝色从此映在心中。又见校园里蓝色的魅影闪现,勾起潮涌般的温柔辗转追寻。你穿着中学时的蓝色衣服,在校园里忙什么清洁方面的活。你仰起圆圆的娃娃脸,哭哭啼啼地说自己受了什么委屈,我便拿过你手中的工具,替你干起来。

你求我不要打你的主意,可我贼心不死,依然躲在一角偷看你,被你发觉了,"好啊,你还偷看我,还打我的主意!"你气得哭了。

我决心为你独身,你找到我,哭诉开了,说些给我回信时那种一针见血的凌厉的话:"你孤傲独身,专门要刺痛我,你做的一切都是为了伤害我……"

……

频频的梦境,又让我看到了孩子气的、任性淘气的莱伊拉,让我回到了十多年前。

回到从前并不难,时光本来就是相对的,回想起来,那时约她相见的一幕，就像发生在昨天。十多年，不过转瞬之间，她只是晚来了这么一会儿，我不过等待了转瞬之间。

这梦境，又是导引但丁得见俾阿特丽丝的神使，是温柔之乡的熹微，天国曙色的乍现。

终于又续起了等待的功课，等待的滋味永远是这么紧张而又揪心的甜蜜。屏息谛听，楼梯口终于传来高跟鞋的清响，我的血涌上来了——莱伊拉应我之约而来。那清响已点到了这层楼上，迟疑、轻捷。近了，已经来到门前。屋门洞开，荒漠中惠然涌现渴念的甘泉，我的莱伊拉，近在眼前，如此清晰，圆圆的脸，初秋苹果一般，黑色风衣，灰黄底色上撒满黑色小圆点的围巾——豹子皮色。

她进了我的房间，坐在了我的沙发上。这一回真真切切，不是梦。我清楚地意识到，她和我单独在一起的伟大事实发生了，这贯穿我全身的崇高力量，这团温柔的云彩，就在面前。她炫目的美丽让我目光闪烁，不敢正视。女神面前，本来就得俯首，不能直面相对。

我垂首禀告："约你来，是送你两盒录音带，录的是黄梅戏《天仙配》全剧。围绕这两盒带，还有，这十多年，想和你……对一回话。这周的周日，可以吗？"

事先想到的阻力一点没有发生，她没有一点犹疑地答应了，甚至于觉得如果我不邀约就不对了。

我目送她走下几级台阶，她驻了足，瞥我……我们的心魂，在她依依的最后一瞥中相会了，万劫不复的一瞬降临了。

神秘的符咒

她走了，我瘫软地陷在椅子上，心里只想到两个字：独身。为我的莱伊拉独身吧。她是那么美好，那么知我识我，寄情寄爱于我。别以为我有资格走向她了，我离她还很远很远。而我是一定要走向她的，一定要拥有她。可我要的不是什么生活、世俗的拥有，我要的是精神上整个的、无限的拥有。怎么办？只有独身，唯有独身。唯有在未来的独身小屋里，才无处不有她的芳华，无时不有她的神韵，才能完全融入她的美好，独身于我，不是痛苦，而是无上幸福。

这么说来，过往的一切，只是序幕。根本的过程——将自己完全交付出去，就要开始了。

这么说来，苍茫一世，这仅仅一次的相会，更应倍加怜惜。

为什么，周日的天气变成这样，一大早，西北风凛冽无比地劲吹，似要掀翻屋顶，似要以它如刀的冷冽削平世上的一切。上午时分，大雪漫天，而风势半点没有消减，地上几乎积不住雪，雪团在马路上翻滚啸叫着，冲天蔽日，顺着大路狂奔到了野外。狂风暴雪似要卷走世上的一切，除了几辆小轿车挣扎于风雪中，马路上空无一人。

今天，应该是我的精神典礼。上苍何以降下如此严酷、如刀如剑的风雪，阻止我的相会，阻止我的庆典，它在预告我未来岁月的雪冷冰寒？

又一个周日，十一月二十二日。"一一二二"，神秘的符咒。"一一二二"无雪，无风，天空湛蓝，阳光明媚，这样的好天，是上苍赐我的，她就是主宰我的精神之爱，我的莱伊拉。

她来了，比约的时间只迟了十来分钟。依旧是黑色风衣，长长的围巾。她微微地笑，不说话，只听我说，只悄然随了我走。酒店雅间对坐，她要摘下围巾时，我说，一会儿摘，让我看看你这个样子，她的脸上泛起了红晕……

你终于上了我的船，坐在了我的船头，我的好妹妹。你坐在那儿，腼腆、顺从、姣好，你一定做好了接受我的一切的准备。好啊，就让我享有这一生中仅几个小时的、珍稀无比的幸福时光，就让我掘开堤坝，将十多年思念的海水倾泻而去，载着你，载着我，载着我们的船，漂荡到那只属于我们两人的、人迹罕至的远海……

你一定能感应到，这么多年，我的方向，就是朝你走去，见到你。这是一条远征路，一次艰难的朝拜。你是不可以轻易见的，轻易见你，是亵渎、贬低。因而，偶然见到你，我就避开你、躲着你。可我无时不想着见你，以独特的方式秘密享有着和你的幽会，并从中看到轨迹，摸清途径，一点一滴、一分一寸地开凿着、搭建着通向你的路。

最初，是哀艳的水波助成我的幽会。那是学生时期。校园南边的那处水坝，每每于黄昏时分，一个人去了水坝，选一处土坎坐下来，溶溶溢溢的一湾碧水偎在身边，波光荡漾如你的身影，如你偎在身边了。狂烈的情绪被温柔的水波抚慰，渐渐吸纳融通，内心变作那哀艳的一泓，平和恬静。

后来，劳燕分飞。每每星期天，去了师院操场西侧的那个

神秘的符咒

角落，躺在那株老柳树下。想回到从前，就请躺在一株老树下，什么都可以改变，而老树聚合的岁月精气不会弥散——躺在一株老树下，微风轻拂，满眼的枝枝叶叶摇来晃去，从前也曾这样躺下过，也曾看到这满树枝叶的摇晃。时空定格了，往昔的气息袭来了，细节毫无二致。而你，还坐在那跳高的沙堆上，长发搭在右肩，是个老师称道的、埋头读书的好孩子，被我偷窥。

那片小天地，总想独个拥有它。于是，夜晚，甚至雨天，雨下得不是很大，披雨披，穿雨鞋，骑自行车，去了那里。操场上微雨迷蒙，空无一人，我就这样将那片小天地独揽怀抱。

音乐中有你，那是孤独苦行到了暗黑一片，甚至恐惧时，暗黑的屋子里，让音乐响起来。贝多芬，《D大调小提琴协奏曲》，他一生中唯一的小提琴协奏曲，从孤独、忧伤中抽拔出来的，只第一声，仿佛从遥远的美好之乡传来一声呼唤。举目仰望，就看到了，主宰自己的女神，在那儿望着我呢。冰冷的心顿时被温暖、柔化，明白自己的一生本来就游走在悲怆和崇高间，只因为有了主宰，没有承受不了的，什么时候都活得有滋味有意义……于是紧紧怀抱着渺远的幻象，抵御孤独苦厄的力量又唤回来了。

倍加珍爱的，是芬兰音乐之父西贝柳斯的《黄泉的天鹅》。闭上眼睛，听这支曲子，让黄泉宁静明澈的湖水淹没我的心田，让那只离群失伴的美丽天鹅从湖畔蓊蓊郁郁的草木间缓缓地游来，停在我的心湖中，徘徊低首，顾影自怜。当抒情的主题忧郁地奏起，我完全被那一泓湖水、被天鹅的美丽忧伤吸摄浸淫了。我将天鹅的美丽、孤独看作你的美丽、孤独，很少有人能走进你的内心，很少有人能打开你向往的世界，天鹅的孤独忧伤，是一种从你的内心发出的呼唤。

还有好些曲子，德彪西的小提琴独奏曲《月光》，描写月亮情狂比埃罗对月亮的求之不得，长歌当哭，是极其热烈和飞扬的。巴赫—古诺的《圣母颂》，十八世纪巴赫的一支钢琴曲和十九世纪古诺的小提琴曲天然契合，两个相隔一个世纪的灵魂结伴飞翔，令人无奈地成为信仰的柔弱羔羊……

这些曲子，收在一盒叫作《世界古典抒情名曲》的磁带里，它在我心中的分量是很重的。我将它锁在一个专门的抽屉里，预备着终有一天，赠予你。可是，在一次搬离办公室的过程中，竟把它给搞丢了。我的心仿佛被揪去了一块，我不能接受这个事实，我要找到它。我数次托人，到各地的外文书店买，均没买到。我找到了装那盘磁带的纸盒，按上面的地址，把电话打到出版这盒磁带的音像公司，回答是时隔六年，那盒磁带早就没有存货了。我仍然不能相信它已经绝迹，今年夏天远地出差，跑遍各地的书店，仍然没有找到。返回时，路经当时买到这盒带的城市，又去找，又扑了空……从书店出来，走在大街上，不由得一阵悲苦。这世上的事，你喜欢的，并且得到了，还要失之交臂，而你得不到的，更不可以痴心妄想……

懒懒地在街上走，瞥见一家小音像店，随意拐进去，懒懒地在货架上看。忽地，看到一行字：黄梅戏经典《天仙配》。我连忙拿下来，那是一个精美的纸盒，里面是两盒磁带，录的是《天仙配》全剧，封面印有剧照，以及七仙女扮演者严凤英的简历。喜出望外，那盒磁带找不到了，《天仙配》却失而复得，我甚至觉得，这是不是冥冥中一个什么神秘造物感知了我的苦心，予我以补偿？

　　《天仙配》是什么？《天仙配》，是荒郊野外的一方神域，吸附我踏上寻觅、皈依的路。有资料讲，一九六五年是中国的《天仙配》年，严凤英主演的黄梅戏《天仙配》倾倒了亿万观众，而我恰恰生在那一年，神秘的痴狂种子早在那时就种下了。十年后，在故乡小镇的露天影剧院，第一次看黑白电影《天仙配》，一个小孩子竟痴到这种程度：放映行将结束，我望着镜头最后阴云密布的天空，久久不知离去。回家的路上，竟不和随行的小伙伴们说一句话，一路呆想着，痴望天空，幻想美丽的七仙女会在我的仰望中又一次纱衣飘飘飞临人间，抚慰她的昏厥于地的董永哥……从那以后，我被一个美丽忧伤的世界俘获，如聊斋中的白衣书生，在一座古老的林子里，遇到了狐仙，追随那仙踪而去。每演《天仙配》时，没钱买门票，就想尽一切办法，进那个高高的院墙围就的露天影剧院，趴墙、上树，无所不至。有一回，又上映严凤英主演的《牛郎织女》，已经开演了，我还是无法进去。西墙下有一个大窟窿，是孩子们趁白天影院无人时凿开的，凿开被堵上，堵上又被凿开，愈堵窟窿愈大。可很少有孩子敢钻那个洞，太显眼，太容易被抓住，因为气恨那些毁坏围墙的孩子们，所以钻洞的一旦被抓住，非得挨一顿狠揍。我那天急了，独自一人跑去那个洞口，毫不犹豫地钻了过去，简直有点视死如归的气概。一直以来很少有人钻那个洞，他们打洞也不过是恶作剧、报复。我冒天下之大不韪，大大方方进去，放电影的看我一眼，吃惊于我的无畏气概，竟也作罢……

　　这类旧影片后来自然不演了，可我念念不忘。二十多年过去，几年前，城里开了一家小型影院，专放旧片子，跑去问，没有。直到去年，和文化部门有了接触，去电影管理办的旧影片库存里找，也没找到。没想到的是，那盒音乐带没找回来，《天仙配》却失而复得。音乐带丢了，感觉把你搞丢了，《天仙配》找回来了，觉得又把你找回来了，我的日子又将过得有滋有味，我要好好会会久别重逢的你。

　　回来后的一天，我把自己一个人关在屋子里。十几年前的感觉，又一次朝我幽幽袭来……

　　　　天宫岁月太凄清
　　　　朝朝暮暮数行云

　　天女的声音，又向我飘来了。恍惚间，我又回到了十多年前的那个夜晚，看到了黑白电影《天仙配》的画面……

　　　　我本住在蓬莱村
　　　　千里迢迢来投亲
　　　　又谁知
　　　　亲朋故旧无踪影
　　　　天涯冷落叹飘零
　　　　……

是啊，她本住在仙界蓬莱，她也有自己的孤独。她与董永在荒郊野外的槐荫树下相遇，互诉孤凄，互诉衷情，而那憨厚的董永，竟不知她是天女下凡，赐他以真，赐他以善，赐他以美啊……

> 董郎昏迷在荒郊
> 哭得七女泪如涛
> 你我夫妻多和好
> 我怎忍心，董郎夫啊
> 将你丢抛
> 将你丢抛
> ……

依旧是雷鸣电闪，依旧是狂风怒号，依旧是满地落叶，人仙之间，顷刻离散，七仙女又一次飞升而去了，连她的扮演者严凤英也被迫害而死了。原以为找回了《天仙配》，有了陪伴，没想到它给予我的依然是仙踪杳然、心肺寸断的无尽怅惘……

那一天，我流了很多的泪。说不清，是为了逝去的岁月，为了七仙女的飘然而去，为了人间仙子严凤英的香消玉殒，还是为了将她们的音容寄寓于文学而作的十多年孤独凄苦的追寻……我的痴狂，在来到这世界之初就注定了。追逐《天仙配》的杳然仙踪，一路寻觅，找到了你。而这么多年与你，感觉如董永与七仙女，永远思念，永不可得。这是你我之间的注定吗？纵使这样，我也心甘情愿。我渴望见到你，但也拥抱那神魂被摄走的永不可得的虚空，这虚空，注定造就我迥异寻常的生命旅程。

自然，我的方向、目标，就是朝你走去，无时不寻求着通向你的路。为那位殉教者，或者说——殉道者抒写赞美歌，其实，就是要走进你的内心，和你的内心对话。在歌声引发山鸣谷应、引发回声的那天夜里，我梦见你，穿着那次讲台上白底黑点的连衣裙，坐在我的床沿。我不由得抓住你的双臂，摇了摇，问你是来看我的吗？你回避着我的盯视微微侧过身，你的柔弱无力的挣脱——你柔柔的女子动作使我更疯狂地抓紧你，用力摇晃，想把自己的幸福搞清楚，唉，用力太猛，把自己给摇醒了⋯⋯你托梦来看我了，你感慨于我的歌哭，用你的身影来慰问我了。

我远离人群，将自己放逐到僻远的伊和乌素草原。这是我多年的一个心愿，我想在那通接着亘古的草原上，感应中古阿拉伯的诗魂，他们骄傲的神魂定然云游在那里。尤其是那个疯子阿米里叶，我想弄明白，为什么这么多年，他时时游荡在我的幻觉中、梦境里⋯⋯我看到了遍野的羊群，这儿撒了一簇，那儿漫了一摊。那座沙丘，是盖斯吟唱的胡麦里的沙丘？那处沙湾，是弥格拉的沙湾？雨下起来了，朵朵野花，泪光点点，那就是阿拉伯女子莱伊拉的娇容，她在阿拉伯美丽了千百年。风刮起来了，凄惶而苍凉，乱云飞渡，我想起了莱伊拉的痴情人——阿米凄绝的流浪。我不禁向他们呼唤，呼唤他们的神魂与我融通。他们高蹈于净洁之域，与嘈杂人世隔了很远的距离，当有人从人群中脱出，来到那远天远地，感念、呼唤他们，不

神秘的符咒

禁让他们感怀。尤其是莱伊拉,我恍惚看到她在草原上跑来跑去,采撷野花,飘飘黑袍流动着温柔,遮面黑纱掩藏着幽韵,黑袍两侧雪白的双手令人心旌摇荡,她在返回帐篷时蓦然回首惊鸿顾盼,长长的睫毛下大大的双眸如小鹿一般,她是在顾盼藏在沙湾一角偷窥她的阿米?那目光使我陡地感到一阵刺痛,那是——你,我的莱伊拉,一张黑白旧照上,你和几个女孩合照的,黑发垂肩,骄傲冷艳的目光……你的目光刺痛了我,却又勾起汹涌的思念。唉,我去偏远的草原,就是为了思念你、呼唤你的。总觉得,市井的喧闹扰乱我的思绪,高楼大厦阻隔我的呼唤。只有在那里,伊和乌素草原,在一片空旷之域,我的呼唤不被阻挡,不被隔断。我就在那里呼唤,呼唤你朝我走来。而那天夜里,我就梦见你,坐在床沿,伏在我身上,你双乳温软的摩压让我好感动感伤……你听到了我的呼唤,朝我走来,用你隐秘的美好来抚慰我了。

原本就觉得,你那淡漠、冷艳、孤傲的神情,隐含着对庸常的拒绝,隐含了难以言说的人生奥秘。如今更觉得,世俗生活、世俗方式无法走进你的内心。走向你,必须是以常人看作荒唐的方式,难以知晓,难以理解,唯你我能感知、感应的方式。

《红楼梦》里讲,西方灵河岸上三生石畔,有一棵绛珠草,娇娜可爱,赤霞宫神瑛侍者,日以甘露灌溉,这绛珠草得以久延岁月,脱却草胎木质,修成个女体——绛珠仙子,终日游于离恨天外,饥餐蜜青果,渴饮灌愁海水。只因未曾报答神瑛的灌溉之恩,身心中便郁结着一段缠绵不尽之意。闻得神瑛侍者思凡下界,投胎贾府王夫人腹中,衔玉而生,名曰贾宝玉,绛珠想："他是甘露之惠，我并无此水还他。他既下世为人，我也去下世为人，但把我一生所有的眼泪还他，也偿还得过他了。"于是，凡间的贾宝玉身边有了一个天仙似的林妹妹，为他洒泪泣血，直哭到宝玉、宝钗成亲，她的泪流尽了。苦绛珠，终得以，魂归离恨天，使得贾宝玉——病神瑛，泪洒相思地，绛珠报恩的心愿终于实现。而那凡间的曹雪芹，也不知哪个女子为他流了一世眼泪，使得他，索居悼红轩，茅椽蓬牖，瓦灶绳床，披阅十载，增删五次，只为写出《石头记》，呈给那女子，回报她的恩爱。然而竟是，书稿未及完成，未及整理，却贫病交加，撒手而去，留下的只有琴剑在壁……爱的至高，必是将自己整个呈献出去，方能与所爱合而为一。红楼中绛珠报恩的神话，曹雪芹的字字皆血，是对爱的交付多么天才的、震撼心魂的注解啊。

《红楼梦》里，痴情女子尤三姐自刎于柳湘莲面前，揉碎桃花红满地，玉山倾倒再难扶。湘莲没想到三姐竟是如此纯情刚烈的女子，大哭一场，追悔莫及。出门无所之，昏昏默默，独步荒郊，神思恍惚。忽听得环佩叮当，尤三姐飘然来到她的面前，涕泣曰："妾痴情待君五年矣，不期君果冷心冷面，妾以死报此痴情。今前往太虚幻境，不忍分别，故来一会，从此永不能相见。"湘莲忙欲拉住时，香风袅袅，杳不知何去。湘莲猛醒，想起刚才一梦，不觉冷然如寒冰侵骨，遂抽出鸳鸯剑，将万根烦恼丝一挥而尽，冷郎君一冷入空门……一个以身相献，一个遁入空门，成就了红楼中一段令人痴狂的传奇。万般不能承受那绝色纯情女子的离去，唯有冷遁，方能唤回芳魂，与她永不分离,冷遁并非苦难,而是幸福。美丽的孤独,令人神往。

《红楼梦》里,怡红公子贾宝玉月夜跪于芙蓉花影下,一字一咽,一句一啼,吟念长歌,召唤芙蓉女儿晴雯归来和他相会。我在上周未能等到你,那天又打数遍电话约你而未得接听,我拿起笔,工工整整地默写起怡红公子的长歌:

> ……为了迎接你归来,素女将在桂花盛开的岩石上鼓瑟,宓妃将在兰草芳香的洛水沙洲上弹琴,奏起笛箫,吹起芦笙,清雅的管弦乐伴随着铿锵的打击木敔的声音①……

默写毕,吟念毕,再拨电话时,你接起来了。是我的默写、默念,是红楼中的神秘长歌,呼唤你朝我走来,坐我身边的……

"你看,这么多年,许多话,终于能和你说了,一说开,没完没了的。"

"你说吧,我从来没听过这样的话。"

我走到她跟前,抓起她的两只手,盯着她圆圆的脸,无奈地摇摇头,跪下来,一头伏入她的怀中……几乎同时,我的莱伊拉伏下身来,胸脯紧紧地贴着我,抱住我的双肩……

"没想到你爱我到这种程度,你刻骨铭心,让我好感动……你原来是这样非同凡响,你生活在一个一般人做梦都到不了的

---

① 《红楼梦》中的《芙蓉女儿诔》的一段译文。

地方，你让我迷失自己了……这些天，我的工作、生活都弄得很不像样……"

"你不知道现在这个时刻对我的意义，让我记住这个时刻……"我用力拱她，一遍不得满足，再来几次。向上游移，伏在她的胸乳间，真真切切嗅闻到了她的乳香。两只手轻轻抚着她的颈项、脸颊，再向下，到两只手，一个手指一个手指地握过，攥紧。松手，张开双臂，抱紧她，狠狠地、狠狠地……

"记住了，每个动作，每个细节，都记得死死的了！"又埋头用力拱，搂紧她，让她的身体更紧地伏在我身上。

"这是我的膜拜仪式，向往了好多年，今天终于完成了……虽然只有几分钟，可我不羡慕那些和你工作、生活在一起的，这几分钟，胜却平常的数年，数十年。你赐给了我这个时刻，你不知道这恩惠有多大，接下来，该我来感戴它了……我再无别的奢求，你……可以走了……"

"我不走，我要和你在一起……"

我更紧地拥住她，摇晃着她，许久、许久……抬头，脸庞在她的胸乳间左右摩压，再紧紧贴地在她的胸脯上。

"你给我的太多太多了，你不知道这恩惠有多大，我知足了，你真的可以走了。"

"我不走，我就要和你在一块儿。"

这么说，一生中这段幸福时光竟要延长些了？这样的时光，从来不曾有过，今后也不会再有。我该怎么珍惜，怎么度过？我抬起头，第一次细细端详她的娇容，美女的眉黛是这样的啊，弯弯的，垂首低眉、微微含笑中，蕴含着无限的温婉，娇羞的

神秘的符咒

承受，无尽的柔情蜜意。睫毛如丝丝蜜蕊，皓齿如粒粒珠玉，我们的娇颜，没有一点不似玉。纤腰楚楚，面对我的粗鲁攻击显得那么不胜其力。对了，以前街头偷窥她，看她骑摩托车驶过，她的身体在摩托车的冲力下微颤了颤，显得那么轻盈，摩托车简直不屑承载那轻盈的身体。如今这身体就在我的怀抱，我将她抱起来，真就这么轻盈啊，柔弱而温馨，我伏于腰际，贪婪嗅闻那身体的芬芳……不仅她的身体，属于她的一切我都不会放过的，她的头盔那么艳红、光亮，我把它抱在怀里，我贴贴它，吻吻它。眼镜什么时候让我给摘下来了，我给它擦得干干净净，我再给她戴上。头发被我搞乱了，我来给她理好，像装扮一个孩子一样。围巾，长长的围巾，在衣架上垂挂下来——豹子皮色，寸断柔肠的魅影……她学生时期就穿这样一件豹子皮色的上装，后来，在街头，远远看到一个穿那样衣服的姑娘，追逐而去，看清并不是她，却依然追随良久……我将那团魅影攫过来，良久埋首其上，再给她慢慢地围上。我的动作，使她显得如孩子般柔弱、乖巧，我跪伏下来，再将柔弱的人儿搂入怀中……

"你渴念我，可又要我离开你……"

"虽说现在和你这么近，实际上，我离你还很远很远，还要走漫漫二万五千里远征路。"

"你的话，像游离于这个世界之外，虚幻而渺茫，你来自一个别样的、遥远的王国。"

"我的王国就是你。我要寻求、抵达的，就是你的王国。"

"我孤傲，是因为拒绝寻常。多少年了，唯有你，走进了我心里。"

"我来这世间的意义,就是为了穷尽你的奥秘,印证你的美好。"

莱伊拉更紧地贴附于我,我也更紧地抱着她。脱去风衣的莱伊拉,穿一件黑色羊毛连衣裙,腹部有一颗深红色的晶莹的纽扣,我将那点深红色吸入口中,贪婪吮咂……

黄昏的天光,映得屋内一片柔黄,映着我的天堂时光。天堂的光泽想必就是这样吧。

我的莱伊拉紧紧依偎着我,好长时间了,悄悄的,不说话。难道她知道这是我平生最幸福的时光,难道她已在可怜我未来的漫漫孤独。这时光的回味,将是厮守孤独的支柱、伴侣、食粮,她就以这种悄然的、紧紧的依偎,将她身心的一切竭力输入我的记忆?

而夜幕紧接着拥住了我和莱伊拉。

今天是我的精神典礼,神圣的夜来临了。燃起两支红烛,烛泪盈盈,火苗时而平静,时而蹿起来,烛光中的莱伊拉更加姣美了。

搂抱了烛光中娇美的莱伊拉,抵抵她的额头,就着艳艳烛光,盈盈烛泪,一个关于湖海的梦漫溢而来……

小时候,听人们说,我们村边那条小河,流向数十里外沙漠中一个很大的湖。一群孩子总想弄清那河的究竟,起先,是想弄清它的源头,曾挎着挽猪菜的柳筐,蹚着河水溯上游一路寻去,竟蹚了十几公里河滩,看到一个小水库,便将那水库当作河的源头了。再往回返，又是十几公里，蹚得又累又饿，总算是回来了。自那以后，没人敢再提去看河的尽头，那沙漠湖，对孩子们，如"海客谈瀛洲，烟涛微茫信难求"了。

后来，河滩上不见了小脚丫印。村里孩子们的童年，也早已不是我们往昔的那种苦涩而又多彩。唯有我的大脚印，孤单的一串，到河岸边，驻足良久。河岸勾起童年记忆，而童年时对远方沙漠湖的向往，多少年过去，依然没有忘怀。

有一回，驱车沿着河边的便道一路寻去，穿越十多公里沙漠，远远看到一片明净碧绿的光彩闪烁，时隐时现。难道是由于那沙漠太浩瀚荒凉，一个美丽的湖就惠然下降，心甘情愿置身其间，以它的溶溶溢溢，以它的蔚蓝明净予荒凉以抚爱？急切地奔向那荒漠中的美好，起先到达的是一处避风的水湾，水湾辽远而平静，岸边泊着几条打鱼船，在微风中轻轻摇晃。一些不知名的鸟在岸上悠闲踱步，受了我的惊吓，其中一只起飞了，宽大优美的双翅轻轻掠着湖面，潇洒滑翔，滑向远处的一片蒹葭苍苍，这才看到，远远近近的芦苇丛周围凫了数不清的水鸟。湖的风景，大概就是这样平静柔和吧，然而，我分明听得一种震耳的轰响。沿着湖岸走，绕过水湾前方的"尖沙咀"，于是，浩瀚沙漠中方圆好几十公里的奇迹般的湖，一方被墨绿色濡染了的浩大狂烈的世界，呈现在我的面前——天空深蓝，湖水墨绿。南风烈烈，鼓噪起铺天盖地的浪涌，天水之间，弥散着幽暗的水汽，充斥了浪涛高昂热烈的喧响。不远处，一波很高的浪头涌来了，前面的浪波张皇地向岸边飞蹿，终于，那很高的浪头扑上岸来，漫湿了我的双腿……一条渔船离我近了，只见船尾摇橹的渔夫奋力开合着紫铜色的双臂,船头顶风斗浪,艰难行进。老旧的木船,衬着深蓝的远天,墨绿色的湖水,孤独地出入于波谷浪尖,痛快淋漓地呈现了我的童年迷梦,那个我曾在信中讲给你的老家纸夹上的旧式彩画:一叶张起帆的小木船在波涛汹涌的海上漂荡……

从此,那方荒漠湖泊就漫成一片海,在我的梦中澎湃汹涌了。梦中与海的神交,时而是淋漓尽致的尽兴——梦中的海,茫茫无边,深邃幽远,我立在海中礁石上,看到海浪砰然撞击陡立的崖壁,掀起万丈狂澜;梦中的海,时而又波平如镜,在远方以它仙境般的万种柔情召唤我。我划着一条小木船漂泊于乡河,划到那海上来了。这时,我的木船忽然变作竹筏,手中的桨变作长长的竹篙,海面蔚蓝平静得令人心醉,梦中的撑筏人非凡无比,只需几下撑动,竹筏便由这一岸唰唰驶向另一岸。我又弃掉竹筏,扑入海里,我的水性好极了,只需几下抡圆臂膀的划动,便由这一岸游向那一岸。我又潜入海底,在阳光热烈地照射下,海底的景色十分清晰,我看到了海底白色的细沙,火红的鲤鱼,古怪的礁石……可有时,梦中的海又令我备受煎熬,海在遥远的地方翻腾怒吼,它的声息令我激动。我要到海上去,阻隔我的却是重重大漠,我走啊走,分明看见那明净碧绿的光彩闪烁,可怎么就是到不了?继续顽强地走,海却突然不见了,迷乱中苦苦追寻,烦躁难耐……

自那次一见,每隔一段时日,海便浩浩荡荡地涌入我的梦里,我感觉自己的每一根神经都被海水浸淫了。

我要平息这种似乎永无休止的对海的向往,如同饥饿至极

神秘的符咒

的胃渴望满足，我几乎想把那片墨绿色恶狠狠地吞吸下去。

我独自一人，又一次去了那沙漠湖。

绕过前方的"尖沙咀"，那铺天盖地的墨绿色浪涛又向我涌来了，哗哗哗哗，热烈的喧唱响彻天宇。我沿着湖岸一直走下去，走下去，赶飞了岸边所有的鸟儿，它们在天和海之间，在我的头顶盘来绕去……这就是我梦中的风景啊，我伫立岸边，望穿深邃幽远的湖面，又闭上眼睛，长久倾听浪涛的轰响……

那天，是农历七月十六，渔民们回家过节去了，海面上看不到一叶渔帆，只有海、飞鸟和我。这就好。越孤独越好。这片湿漉漉的、澎湃有声的孤独世界只让我独自享用吧，只让我和它默默对话吧……

为什么它在我的梦中长久澎湃，而且注定还将汹涌不息，我只能任由它浸淫，任由它焦渴我折磨我了……那时候就觉得，我与那沙漠湖，有一种说不清的未尽的缘分，不知该怎么了结，有一种道不明的爱和力量，不知该怎么宣泄。

如今，迷雾散去，谜团解开了：我将索居于那湖畔的渔村，与湖长相厮守，以了此梦，以完此债。如果海的梦依然澎湃不息，我就干脆，在那湖边，结庐而居，耕田捕鱼，这样，那墨绿色的湖水就永远在我身边荡漾起伏，古老的木船永远在波峰浪谷间漂荡。沙原中的那片蔚蓝是少有的魅影，唯长相厮守，方能拥住她的美丽，今生既与那片魅影相遇，再也挥之不去，那就以身相许，与她永远在一起，足慰平生了。

"以身相许……你给我说这些干什么啊？"

我悲凉地抱紧了她……

"《天仙配》赠你了。你是天宫中玉帝的七女儿,我是董永,属于我的只有不可得见的魂断……"

"你……你这是怎么说的?"莱伊拉挣脱开我。

"还有一本书,罗曼·罗兰的《贝多芬传》。罗曼·罗兰以贝多芬为原型,创作了巨著《约翰·克利斯朵夫》,那是我案头必备的宝典。后来又知道,罗曼·罗兰还写过《贝多芬传》,就找到了这本小册子,它已陪我多年。可怜的贝多芬,终生未曾升起家室的炊烟,这本书中,有他的苦难呻吟:6∣4·4 3·4∣2———∣——孤独、孤独、孤独……有他对苛酷命运的数次道别——'如秋天的树叶摇落枯萎……'这是他遗嘱中的话。他曾数次写下遗嘱,可最终顽强地挺过来了,如他自己后来所言:'我要扼住命运的咽喉,它休想让我屈服!'尤其是书中呈现了他稀世的骄傲和高贵:'别人休想到达我的王国!''我的王国是在天上。'……多少年了,这本小册子成为心灵寻求者的伴侣,精神斗士的支柱,今天,将它赠你,我相信它的力量将通过你来传输给我。"

莱伊拉异样地看着我……

"你给我的太多太多了,我再无奢求,今后,如能有张照片就好了。"

"你现在就看我吧……"

这是最后的机会,再次抱紧她,将她拥倒在怀中,吻吻她的额头,我吻过了;贴贴她的脸庞,我贴过了;吻遍每一根手指,吻遍了;再次伏入怀抱,嗅闻芳泽,再将那枚深红、晶莹、心形的纽扣吸入口中贪婪吮咂……

将围巾拿过来,一端递给她,自己抓着另一端,长长地展开,将自己的一端贴着脖颈,向着她的那一端绕过来,绕到她面前,跪下来。

"我的魂被你的围巾牵走了……"

"你喜欢,给你吧……"

"不,不要给我围巾……"

莱伊拉一怔,定定地看我。

"我的膜拜实现了,完成了。莱伊拉,我的女神,你启示我,踏上更漫长、艰难的旅途。你将引领我,开始新的飞升!"

谵妄的呓语

昨夜,沙漠湖波涛怒卷,鱼在湖水的翻滚中被卷到岸边,大大小小的,透过湖水,尾尾可见,色彩斑斓。风息,浪止,鱼已从湖底上来,一群渔民出海打鱼。我的船棒极了,冲出船阵,独自前行。湖面平滑,船悠然行驶了很久很远。我刚刚用网兜猛力兜住湖中一条大鱼,忽又有一条大红鲤鱼跌出水面,被我双手捧住,抱进船舱里。天渐渐黑下来,湖面看不清楚了,方返回。返回时顺风,扯帆,船追逐着浪涛前行。愈行天光愈亮,是在月夜,湖面一片银亮。这天光忽然间又化作黄昏,见一条河,注入沙漠湖的河,是乡河吧,河水清明,两岸草木苍翠葱茏,落日余晖映照着,美得无以言说。急喊船夫,往那河上划,那河却倏然不见……

昨夜,一只雪白的雏鸟被我拢抱着,拢抱间,那小雏一点点地长大,长成一只大天鹅,雪白的身子,柔长的颈项,温绒绒的。我轻轻地、极爱抚地拢抱着它,深恐它飞走了。美丽而高贵的鸟儿,你可千万不要飞走啊。

昨夜，你与我重返童年，在故乡的树园子里挽羊草和猪菜。我不一会儿就将自己的筐子挽满了，就来帮助你。那羊草和叫作"老来红"的野菜都是红色的，满满的、艳艳的两筐。你不用提筐子了，我有的是力气，两个筐子都被我挎在胳膊上。我们将去前方的树林，前方树林里浮着一层甘美的雾……

是你，过来和我说什么话。我不和你说话，只看着你笑。你觉出我是在逗弄你戏玩你，你感到不好意思了，转身离去，走的当中，回望了我一下。

是你，我与你对坐一张桌子，搜寻一篇论文的资料，我举手拿什么东西时，无意间触到了你的脸，一阵温融融的爱欲瞬时漫上来，你又将我浸入一片柔曼的雾……

是你，又是那种孩子气的任性。以往，在人们面前，你一直对我是含蓄的，可如今，咱们本来和大伙儿一块，谈论什么话题，你忽然对那些话题不耐烦了，公然在人们面前拉了我的手跑了出去，跑去操场。有两株树之间拴了一张网式吊床，我将你抱进那摇床里，你无顾忌地热烈地搂抱我，我将吊床里的你摇来荡去……

是你，我又拥住你了，埋头于你的怀抱中，用力抵拱，柔情缱绻盈溢，俯仰低首膜拜。你想冲淡我的狂热，就说起别的什么事，我不听，只管拱。你问和你在一起什么感觉，我说跌进云彩里了，有一句话讲，爱一个女子，是一次返回母体的努力，说不清你的怀抱，是恋人还是母亲……

在生命步入一九九七年，我清楚发生了什么事：渴念已久的女子朝我走来，两个生命交汇了。我的目光中有了她的清澈明朗，她的目光中流露我的忧郁感伤，我的身影中看到了她，她的身影中蕴含了我，我和我的莱伊拉相汇相融了。

仅仅十一个小时，她将我整个身心吸去，一生中再没有什么力量能和莱伊拉的吸力相比。

梦非梦，幻非幻，梦幻是提纯于现实之上的更高真实。十一个小时之后的夜夜欢会，一次次将这样的幸福赋予我：没有爱的日子已经远去，那个美丽而高贵的女子已经与我融而为一。

伟大的事实已然发生，我清楚我该做什么：她是那么美好，我为这种美好做的事情太少了。我已和莱伊拉相汇相融，独身，将是这种融汇的表现形式。对我的莱伊拉，我要的不是生活的、世俗的拥有，我要的是精神上整个的、无限的拥有。唯有独身，唯有在未来独身的小屋里，才无处不有她的芳华，无时不怀抱她的神韵，才能完全融于她的美好，独身于我，不是痛苦，而是幸福。

独身的过程，是生命的燃烧。漫漫孤独，将化作一阕长流如水的赞歌，这长歌，就是我的伴侣，我的莱伊拉。

你在干什么？一个多月后，才收到你寄来的照片。一张黑白照，你穿着黑色连衣裙，披着长长的白围巾，光着胳膊，歪躺着，冲我微笑，笑得那么明朗、甜美、无忧无虑。

谵妄的呓语

惶惑的心踏实了。一个多月，我以为你不理我了。寄来的照片，说明相会的一幕不是梦境，我没有将你搞丢，确实能将你抱定心中了。

只是，我清楚，你已觉出我要做什么了。虽然，照片中的你笑得那么无忧无虑，可我透过它，看到了一个多月来你的忧郁。

你遭遇了如此执着、持久、疯狂的爱，你的自我中心被它的非凡搞乱。感动与迷乱中，他坚韧不拔的频频进攻使你无可奈何地做出了回报，而这回报又招致了更巨大狂烈的爱的波澜，他将为你独身，踏上宗教般的、苦行僧式的、自我受难的、自我放逐的路。你该阻止他，可那狂涛巨澜已无法阻挡。你觉得不应该和他再有联系，可终究又于心不忍，寄给照片，你希望他能使你像照片中那样无忧无虑。

不要为我担心吧，不要因我而忧郁。如果你觉出我的独身，不要将它看作苦难，不要从生活的角度看待它。我追求的是爱的根本，唯有孤独才能抓获它。孤独，将使我尽享世俗的庸人所不知的欢愉。我们生命的融合必须灿放出火花，独身，承受俗人所不能承受的，才能使生命燃烧，这是天赋予我和你的实现生之意义的充分形式……

我将一个纸盒取出。那照片如今配了相框，装在这个纸盒里。十一个小时已去，有了这张照片，美好的感觉依旧，你已和我朝夕相处。现在，我又想看你了，即将抽出照片的刹那，心头掠过一阵甜美的悸动。来吧，出来吧，你就又笑盈盈地歪躺在我面前了，笑盈盈地看着我。瞧你，笑得多亲近啊，呼之欲出，要和我说话？好，我来告诉你：我要成为你一生最有力的补充，我要让你感到生为女儿身的意义。不要为我忧郁，要为我骄傲……

宗教化的、精神受难的路，贯通古今。一代代先贤在这条路上留下了他们踽踽独行、虔诚礼拜的身影。先贤们，请接纳我，做你们的走卒，请予我以启示，予我以引领。

先知般的纪伯伦，引我一窥精神之爱的奥秘：精神之爱原本不属于物质世界，接近它必须以常人视为的"疯狂"，即非理性的方式——疯狂、孤独，这是开启精神之爱的密钥。他与他的"神启之爱"，那个他将思乡情、爱国情和爱情融而为一的东方祖国黎巴嫩的恋人梅伊，一个终身未娶，一个毕生未嫁，一个积劳成疾抱病而逝，一个因之崩溃抑郁而终，两人竟终生未曾见得一面。然而，正是这缘悭一面、生死以许的精神绝恋，上苍向他降示了爱的真谛，先知般的了悟如电波震颤——

爱是令你惊醒的迅猛一击。

第一眼虽只是一瞬，却将人生的醉与醒截然划开，那是一道光芒，将心的各个角落都照亮。

爱情一如死亡，改变着一切。

物欲使人痛苦死去，爱用痛苦使人重生。

爱使我们告别了宿命中的旧路，踏入圣洁的丛林，映照着比我们的天空更深远的天空的光明。

……

先知纪伯伦启示我，精神之爱，不配属于世上的精明人，而要属于常人看来的孤独症、抑郁症患者，疯子，狂人。

努埃曼，被纪伯伦邀约同作疯人，疯人努埃曼，蛰居山洞。在故乡黎巴嫩大自然的怀抱中，在静静的山谷里，他的胸怀像原野一样宽阔，思想像鹰眼一样敏锐。他"向世界闭上了眼睛，以便看到世界之外的事物；向大地的喧嚣堵上了耳朵，以便听到无限的吟唱"（纪伯伦）。他看到了一个神秘世界，那神秘世界里，有一位活了数百年的国王的牧人，他吹奏的芦笛使三位公主爱上了他，她们不约而同地出宫去寻找牧人，不得而伤心痛哭，泪水化作神秘山谷少女谷中的泪泉。牧人也爱着公主们，渴望着与公主相会。世间的一次订婚典礼，牧人认出那即将订婚的美丽姑娘就是转世的公主，数百年的炽烈相思化作了他拉响的提琴声，激情燃烧的琴曲令姑娘当场昏厥于地，相会的愿望失败了。他的目的是要超越时间和空间的界限，同她结合，而他的欲念却要在时间和空间的范围内占有她，琴声中的一丝欲念毁掉了他的目的。他返回山谷，再度制服欲念。数日后，悄然接近昏睡的姑娘，当他闭上眼睛，再度拉起小提琴时，除了提琴和姑娘，他对大地上的一切都已茫然无知……姑娘被唤醒了，牧人与公主相会了，他们"从人间迁徙到了天界，一条光辉的彩带把他俩系在一起，他们从地面冉冉上升，就像寺院里的香烟缭绕而起，那时，天空被灰白色的云幕遮盖着……"[①]

---

① 引自努埃曼的《相会》。

疯人努埃曼，在伟大的宁静中，相逢精神之爱，实现了与她的超时空结合。

他们，苏非神秘主义的翘楚，抵达了苏非的顶峰。苏非，精神的贵族，只求与心目中的精神美合而为一。多少个世代，物质主义盛行之时，惊世骇俗的苏非，以他们的绝尘而去，以他们献身般的行为，予唯利唯益者以响亮鞭笞，高扬精神之爱的至高，标举精神之美的至贵。

难道说，漫漫生命旅程，经历了一番艰辛，我将投奔如此高贵的队伍？感戴上苍，要我追求清明，追求高尚。

今天又要看看你了，取出照片来，那柔和色调的黑白照显出一种奶气十足的温润柔濡。美不胜收的你，多情地笑着，似乎要冲我戏谑地摇摇头了。舌尖冲你打着戏谑小孩的"嗒嗒"声，指头轻轻弹几回，再印一个你无法抗拒的长吻，才算善罢甘休。

今天去做公，遇了些草样的人和事，生出些草情绪。本来很想看看你，觉得不配，只能抚抚相框盒了。

今天心情很好，那些个草人草事均已应对妥当。抽出你的照片来看，顿有一种脱俗奇美、灵异烂漫的风神袭来，将前些天的俗陋气息荡涤个干干净净。在下午两点多的时光盯着看，照片似乎显得大了，十分醒目，逼真得几乎能将你一把拽出来。瞧你笑得多明朗甜美，似在告诉我生活于你是那么美好，没有

谵妄的呓语

丝毫阴霾，有的只是对光明的绝对拥有。不仅你拥有光明，你这样笑对我，荡走我的阴霾，你又将光明赐给了我。

每每想到我将为她独身，悲思如沙漠湖的湖水澎湃汹涌。将来，去了那沙漠湖，人生的全部，是一个装在心中的女子，一片湖，一阕长歌。当攀上荒凉西海岸那座高高的沙丘，坐下来，独自一人，面对湖面，我的身影举目孑遗。来一场风，大风，风使湖面巨浪滔滔，风使沙丘顶金蛇狂舞。屈原《九章》中有《悲回风》，悲怆于回旋舞蹈的风，风沙将使我的孤独悲怆苍凉。

年关说来就来了。

这年关如今让我惶惶然的……

啥也别想，让我好好过过年吧。

我挑起一盏大灯笼，红艳艳的光将院落四围的积雪映得粉红，映出温馨热烈的家园氛围。

我又敲出一些平整的、大小不一的炭块，找几截木柴竖起来，围绕着木柴将炭块垒成一个小小的火塔。接近零点时，夹几块红彤彤的炭火顺火塔底部的小洞塞进去，不一会儿，烟火就冒起来了。先别管它，回去再坐一会儿。零点钟声响过，爆竹由疯狂炸响至渐渐稀落，搬一个小凳子，坐火塔旁。背面的炭块还没有燃旺，对着屋门的这一面则燃烧得很热烈了，透过底部的小洞，透过缝隙望进去，左侧的塔壁红彤彤的，静静燃烧，右侧则灿烂夺目，艳若桃花……坐在那小小的火塔旁良久，

谵妄的呓语

观赏、发呆,不知夜静更深……

正月里拜访多,走了许多亲戚、朋友的家。

现在大搞室内装修。朋友某某的家,釉面砖换成了光可鉴人的深红色大理石,乳白色的丝绸墙壁,橘黄色的木质墙围,粉红的窗帘帷幕般从屋顶垂挂至地面,晶莹剔透的玻璃大吊灯又为这一切罩了一层华美的金光。

朋友某某将一百多平方米的楼房租出去,又建起一幢二百多平方米的别墅,两尊石狮威严地守卫在门口,院墙顶上安装了严防小偷入内的漂亮的绿色玻璃罩。

朋友某某爱花草,客厅里,大花盆中那一大束茎秆如芦苇、叶片如竹叶的三尾葵,枝枝叶叶向四方伸展开去,蓬生做茂盛的一丛,将客厅一角的风光悉数独占。另一侧,一丛虎皮令箭竞相比高,有的蹿到两米多,大有刺穿屋顶之势。又见一盆高大的龙骨,主枝生侧枝,侧枝生旁枝,好些旁枝蹿得高越了主枝。卧室里,古雅娉婷的花盆架上,是一蓬吊兰,主蓬生出数个小蓬,垂吊于花盆架的半腰。青白相融的丛生兰草,立于窈窕的花盆架上,如亭亭玉立的豆蔻女子,柔嫩芳纯,楚楚动人。书房中,书柜顶的一挂吊莲,莲茎莲叶顺着柜壁披垂而下,蔓生至地面……

家,许许多多的家,漂亮的、豪华的、温馨的家……

一个人的日子过得会好吗?

会不会羡慕别人的家?

怎么，也喜欢那份堂皇富丽？

怎么，放不下那份安逸温馨？

你也是个有血有肉的人，对人间烟火的几分眷顾，是可以理解的。

只是，那条"宿命中的旧路"，你已和它告别了。

你的爱，如死亡一样，改变了一切。

你清楚，你未来的日子不是一个人的日子，你的莱伊拉日日夜夜和你相伴相随。你一直渴望和她在一起，而你独身多少年月，就是和她生活了多少年月。你一心一意、全心全意和她的内心生活在一起，你的日子的滋味，你的幸福，是世俗幸福不可与之相比、相提并论的。

既然莱伊拉和你在一起，你就有了家，谈何羡慕别人的家？人们说你的家是虚无缥缈的家，他们才是实实在在的家，这话说反了。世间看上去实实在在的，不过是一场转瞬即逝的虚幻，心灵的家才有着永恒的真实，才能留驻岁月，永驻岁月甘美芳华。

上苍让你得遇了她，无上殊遇，岂可辜负？

满世界精明人，哪有人去受难，去牺牲，想都不曾想到。因为他们没有爱，他们活得荒凉。而你得遇了爱，你心中有爱，你必受难，你必牺牲。

没什么可说的，全力以赴奔向自己孤独的满足。

接下来，让我先尝尝孤独的甘美，孤独中悄然歌吟的滋味，再到郊外的水库边，厮守日月。

初夏的城郊野外，草木疯长得遍地接天。从山头下到山谷，穿过山谷中的小径，陶然于"野径草合"的意趣。抬头看两边的山，去年崖壁上悬挂的数蓬野苜蓿，又绽放出金灿灿的花，依然是那么可望而不可即。

柔软的沙滩，凝脂般的碧水，一只燕子贴着水面飞过，掠起一串水花，平滑的水面泛起一圈圈涟漪，微微漾开去。

白杨林里，静穆疏朗。选个土圪垯，坐下来。"独坐幽篁里，弹琴复长啸。深林人不知，明月来相照。"这诗，是古人为我而写的。一瓶水，一包方便食品，可以从晨光斜照一直独守到黄昏。

有时，又移至林子北侧的那片凹地，那株老柳树旁的树墩上。身边，是绿色的树，绿色的草地；前方，是绿莹莹的水，水对岸的绿树倒映水中，那影子也是绿的……好一个绿莹莹的幽深幽美的洞天啊，我就置身在这样的洞天中，浸润在这样的洞天中啊……

如今是暮秋。白杨林里，黄叶纷纷飘落，配着我孤单的身影，树木的枝杈日渐光秃秃了。

那个半身不遂的老农，又拄着木棍，颤颤地挪到山脚下的那几分马铃薯地上来，坐在地边的土坎上，静静地晒着秋阳。那是个一声不响的老头，城市的发展占据了绝大部分田地，只在这城郊的山脚下还残存他几分薄田。他是个偏执狂？有生以来，田园一直是他的支柱，田园的支柱失去了，他就半身不遂了？他痴痴不忘自己的田园，知道自己还有这几分薄田，就来守护着它，耕耘着它。冬春时颤巍巍地捡拾人畜粪便，倒进地里，铲土埋好；夏秋时颤巍巍地耕耘、收获，而多半时间，是坐在地边的土坎上晒太阳、发呆。城郊这方寂寞天地，只我们两人，各自守着各自的风景，默然相对多时了。

水面清纯、冷寂。秋风刮来，林间的黄叶追逐着我的脚步，绕去旋来，旋来绕去……

孤独的佳酿，原本就是最喜啜饮的，有了莱伊拉，韵味弥足。

对孤独岁月，没有什么可顾虑的。

那么，可以启程，踏上孤旅了吗？

你要清楚——

你将因对生活的断然弃绝而招致议论纷纷，责难声声，形形色色的流言传闻将使你声名狼藉。

你将被看作一个神经有问题的人，一个不可思议的怪物，许多朋友将弃你而去。你自己在投奔孤独，社会也将弃绝你，将你扔向鳏寡孤独。

你将一贫如洗，两手空空，居无定所，身如飘蓬，成为一个流浪汉，饱尝人们的冷眼甚至羞辱。

每天只有你自己的影子伴着你，独数晨夕，独度春秋，前后左右包围着你的只有漫无边际的寂寞。

没有家园，没有女人，你的小屋里不会有人等着你回去。

你面对的是一场漫漫远征，将与你的人生甚至生命等长，四季轮回，寒暑易节，你都必须一路磕着等身头，丈量那山高水远朝拜般的路。

也许，彼岸辽远，圣地遥遥。青藏高原巍峨的雪山脚下，常有一磕不起的倒毙的朝圣者，也许，你会成为那种牺牲中的一个。

……

这些，你都想清楚了吗？

你能承受吗？

别再怀疑我，别再拷问我。这个过程，本来就是交付。爱的化入，是我的追求，它是力量之源，是主宰、灵魂，是宿地、归依。日月昭昭，明鉴我心。

又一个年关悄然而至，让我既恐慌又兴奋。下午，将自己穿戴整齐，尤其是灰眉土眼的皮鞋，被擦了个锃亮，连胶底的边都擦亮了。独自一人，又去了水坝。春光明媚，照得浑身暖阳阳的，瓦亮的皮鞋踩在山谷小道上，十分惹眼、舒心。人们现在都忙忙碌碌地准备过年，而我已是自由身，来到这春光明媚的郊外原野，以这种方式迎接除夕的到来。

水库早已厚厚地封冻，冰面裂缝边，闲抛着一块冰，大概是冰面冻裂时崩出的，拳头样大小，纤尘不染，晶莹剔透如水晶宝石。拾起，迎着蓝天，迎着太阳抛玩数次，那冰块折射着太阳的七彩光，炫目至极。

见一家三口，那孩子四五岁的样子，穿一身红艳艳的年装，被父母一左一右地拖着，从冰面横穿过去。孩子滑倒了，被拽起来，又滑倒了，又拽起来，一家子乐个不止。他们是路经水库，去老人家过年的吧？

零点,独立街头,听爆竹疯炸,整个城市发了狂,爆裂着、爆裂着……那一刻,每个人对新的一年的希冀得到了白热化的大宣泄,疯狂的爆响使每个人坚信自己在那一刻告别了什么,迎来了什么,狂烈地向世界宣告着……

谵妄的呓语

吾将行兮

春寒料峭,水库依然冰封着。几个卖观赏鱼的小贩,凿开冰层,穿着水皮裤,浸在半腰深的冰水中,就着凛冽寒风,打捞一种用来喂金鱼的小生物。

一处隆起的冰层裂开一条宽缝,冰层下的水露出来了。风钻入裂缝,刺耳地呼哨着,冰面不时发出"咔吧吧"的锐响。

我得见见同窗挚友,我的优秀的兄弟姊妹。鳏居后,不再见莱伊拉,也就见不到他们了。我是在那个集体里得遇恩师,得遇莱伊拉,找到这一世的感觉的。我从那个集体出发,一路行来,如今,将踏上放逐的路,我要和他们道个别。世间将多一个傻子、疯子、精神病患者,能理解的,只能靠他们了。

近处的来了,远地的也风尘仆仆地赶过来了,连向来多拒绝的、寂寞的东方先生也参加了我的酒会。

先生本以治学为主。由于声望极高,社会力促先生致用,委以极高职位。这世间太热闹,大概是社会的诸多热闹为先生所拒绝,而先生的寂寞学问又为社会排斥,久之,在一派喧闹中，先生渐渐复归于寂寞。他的本应属于显达的门庭却很冷落，少有问津。今天，是心有灵犀，寂寞的先生感应到了我的寂寞之旅，来为我壮行？

师妹莱伊拉，我已向你道别，不应该再享有见你的幸福。可又想望着，临行前，以这种侧面的方式再见到你。又觉得，你一定觉出我要做什么了，那么今天的聚会，你会知晓是道别之聚，你是不会为我这样做而辞行的，那么，也就不能指望见到你了。

没想到，东方先生、师妹莱伊拉都来了。

多少个年头了，生命内在的火静静燃烧，不为人知，连自己也不知它烧到什么程度。忽然有一天，引发那火的要素汇聚，火山在骤然间喷发，那力量、激情的大爆发，连自己都感到吃惊——我怎么是这样呢……让生命之花绽放吧，漫漫一生，辽阔一世，哪怕几分几秒，哪怕随后就陨落，也让生命绽放在那一刻吧，那是蕴积已久、压抑已久的必然的大宣泄，那是生命以毕生之力呈给养育他的上苍的赞歌，就让他呈献吧……今夜，我的内在之火就这样不由自主地白热化爆发，今宵之聚须尽欢，开怀痛饮三百杯，狂饮就长路，歌啸从此辞。

敬爱的东方先生，我来朗诵您教过的诗句，屈原的《涉江》。《哀郢》《涉江》《思美人》《悲回风》《怀沙》《惜往日》……屈平辞赋悬日月，与日月齐光的屈子的《九章》，《怀沙》是屈子自沉前不久作的，《惜往日》是他的绝笔……我来朗诵《涉江》，再放江南、从水而流的忧伤行吟之作，我想到了我的湖，放逐者都是这样从水而流吗？……老师、师妹，记不清哪部电

吾将行兮

影了，有一句话："为了师父，我终身不仕；为了师妹，我终身不娶。"那种磐石不渝的感觉，老师、师妹，我来给你们朗诵《涉江》，我的誓言、血字，我必一字一句、坚忍不拔践行之——带长铗，冠切云，披明月，佩宝璐，登昆仑啊食玉英……乘鄂渚余反顾，入溆浦余儃徊，吾将行兮，再眷顾一回师友，恋念一回你。

同窗的兄弟姐妹，一定还记得咱们的那支老歌，福斯特的《故乡的亲人》。十多年前的那个集体，就是咱们的心灵故园，如今，我将再次作别，天涯浪迹：

> 沿着那亲爱的斯瓦尼河畔
> 千里迢迢
> 在那里有我故乡的亲人
> 我终日在想念
>
> 走遍天涯，到处流浪
> 历尽辛酸
> 离开了我那故乡的亲人
> 使我永远怀念
>
> 何时再相见
> 蜜蜂歌唱在蜂窝边
> 何时再听见悠扬的琴声
> 在我可爱的果园
> ……

当女同学们用简谱视唱，将回环的主旋律、将我的歌回应起来，我一下子又回到了往昔的音乐课堂，那温软的、教堂穹庐般的、天国般的感觉又将我浸漫……

让我今夜神游万里吧，我既在大伙儿当中，又好像只我一人，只我袒露无遗，无绊无羁的内心，在白热化燃烧。我是划破沉沉阴霾的闪电，摇山撼岳的滚滚惊雷，广袤草原上狂奔不羁的烈马，天地灵秀钟情于我，我拉开一片神秘帷幕，人们看到了遗世独立的高蹈，我洞开一扇久封的门，人们目睹了从未得见的美丽世界……我不仅燃烧自己，又是"纵火犯"，将别人引燃，与酒无缘的东方先生频频举杯，我们的"钢琴王子"又弹起了《渔光曲》，女同学们唱起毕业时的歌：

> 人们说你就要离开村庄
> 我们将怀念你的微笑
> 你的眼睛比太阳更明亮
> 照耀在我们心上
> ……

可是，我无论如何难以点燃你了。唯有你，回避着我，回避着欢乐今宵的澎湃热浪。歌罢"吾将行兮"，紧握一回先生的手，蓦然回首，却不见你……虽然，过了一会儿你回来了，可我知道发生了什么……

千古悲风吹得莱伊拉泪眼婆娑，高贵灵魂苦难经历永无终止,莱伊拉的痴情人,阿米里叶的苦难流浪永无终止。

你完全明白我要做什么了。

知道就知道吧。这是你降予我的必由之路。美是什么?纪伯伦说过,是"甘愿为之献身而不愿索取的一种为之倾心的魅力",因而,我的选择自然而然,我找到的活法滋味足足。你今天来了,就是为我送行了,又能见你一回,我知足了。你依然穿了去年的黑色风衣,围了去年的长长的围巾,席散人离,纷然下楼,魂不守舍的主持人萧萧然随在最后。穿好了风衣、围好了围巾的我的莱伊拉慢慢地走在了后面,只在我前方……你就是这样让我最后独自地、好好地看看你的身影,看看铭记心间的你的衣饰,以此最后怜惜我,填充我那一刻掏空的心……

又一个星期天,独坐室内,翻一部诗集,读了几页,心头忽地漫过一阵烦乱……

天空一大早就阴沉着,如今飘起了雨夹雪,漫天雪团从灰暗的云天绵软地、湿漉漉地飘落。

> 这是什么声音在高高的天上
> 是慈母悲伤的呢喃声?
> 这些戴头罩的人群是谁?
> 在无边的平原上蜂拥向前
> 在裂开的土地上蹒跚而行 ①

---

① 引自美国诗人艾略特(1888—1965)的《荒原》。

这诗句如这暗灰的天空，如漫天雪团，凄迷地飘落在我心里。是什么晦暗、苍凉的宿命，引得天上的慈母悲伤呢喃，引来她深重的牵念，她温柔手掌的摩挲。

母亲过世已经七年了，音容只在梦里得见。梦里的母亲，倚在老屋的炕沿边，和我叨家常。我意识到大概一会儿就见不着她了，就忽然对母亲说："怎样做才能长久地留住你呢？"母亲顿了顿："你给我唱歌吧，你一唱歌，我就不走了。"我懂了，我小时候爱唱歌，母亲特喜欢听。我就唱起逝去岁月里的歌谣，母亲向我微笑，平和而慈祥。昨夜梦见母亲，像是那回带她回老家的路上，汽车站，人流熙熙攘攘，母子走散了，母亲叫我的小名："二小！二小！二……"叫到第三声时我跑过去抓住了她的手，老人家一脸凄然，流露出如果走散了的无依感，母子遂紧拉着手，不分开……

母亲的喊声后来只在梦里听到，而她的身影梦里也难得一见，昨夜是音容宛在了。多数时候，梦回旧家园，已经将那朽败的柴门推开了，门轴的吱吱呀呀勾起一阵甜蜜的悸动。迈入门槛，得见的却是现今坍塌的老屋残破的景象。独步老屋前的土道上，隐约听得母亲在叫我，忙回头循声找寻，却不见她老人家的身影。凄然独行间，老屋、故道都消失了，猛然间置身在一片荒芜晦暗的旷野……

雨夹雪停了，却又风声大作，马路边的水桐树东摇西晃，啸吼声时而低沉地旋下去，时而尖啸着扬起来，回环往复，无止无休，无边无际，充斥了礼拜天里枯寂的办公楼。这回旋啸

吾将行兮

叫的风声将人心里的一切都吹走了，旋去了，留下的只有无边的虚空，无尽的恓惶。

躺卧床上，孤影对四壁，对着墙角上方一片发黄、斑驳的水渍，想起了辽远往昔。母亲出去了，卧病的孩子躺在家里，对着火炉筒子上深黄的、斑驳的锈迹发呆，它们或是马牛羊的形状，或是高山幽谷、森林湖泊……母亲回来了，屋子里暖和了。母亲从凉房里拿回了冻猪肉，切着、炒着，屋里弥漫着水蒸气和炒肉香。纸窗下嵌的那一小块玻璃上水滴淋漓成行，我兴奋地从被窝里钻出来，拿指头擦划玻璃，听那"咕咕嘟嘟"的唱歌般动听的声音……母亲将新棉裤套在我腿上，拽我起来，一遍遍地抚平着，摩挲着，一种感伤、凄楚而又流连、温柔的感觉在小小的身心里回旋着……我不禁拉过被子，抱在怀里……莱伊拉、莱伊拉……我抱着你了……那天多么遗憾，没法这样做，现在好了……我已嗅到你软软的温香了，这使我更紧地抱着你，让你的身体充分地贴着我……你就是这样的柔顺啊，一任我蹂躏般地、虐待般地勒紧你纤弱的腰肢，不做一点抗拒……你颈后的毛发如胎儿一样，凌乱而娇弱，耳后的肌肤很白，引得我不由得印上一通狂吻……再来端详我们的娇容，先抵抵额头，再看看弯弯的眉黛，那低眉垂首的微微回避中无尽的温婉、无尽的柔情蜜意。再用指头摁摁鼻尖，点一点珠玉般的皓齿，将围巾理顺些，让我们的娇颜完美地显出来，可抚到胸前的围巾时，却又迫不及待一头拱入围巾里……和莱伊拉在一起，令我长醉不醒。让童年的船载着我漂荡吧，一路风景都是美好的，一切都是美好的，那最初的师院校园，花池里星星点点摇曳的粉楚楚的花朵,坐在水泥护栏上的莱伊拉,膝上摊了一本书,咬咬铅笔头,身体微微摇来摇去……我的花朵终于来赴我的约了,当那"噔噔"的脚步声响起时,我的心是怎样骤然地狂跳不止啊,那声音……听,越来越清晰了,它掀起怎样柔曼甘芳的浪潮涌向我啊,听——那清响……真的点到这层楼上了!像上次那样!近了,近了,迟疑、轻捷,来到门前,顿住了——

一跃而起——

"莱伊拉……"

渴念的莱伊拉突然间莅临,她随身将门带上,背了手,倚在门上。

"莱伊拉!"我一下子跪在她脚前,如饥似渴地抱紧了她,狂嗅芳泽,"莱伊拉、莱伊拉……"

"你抱吧,吻吧,这是最后一次了……"

"莱伊拉……你……你这是怎么说的?"

倚靠在门上的莱伊拉,忧苦而平静,目光中又是那惊鸿照影之初在劫难逃的冷艳。她的话,说给我听,又像是她在呓语,自言自语,说给自己听,却又如从天而来,清清楚楚,掷落而下:

"你的梦做到哪了?你回到了遥远往昔的牧园,那里天空湛蓝、云朵洁白,珠玉般的羊群洒落金色沙丘和碧绿草原。清澈的河水淙淙流淌,两岸野花芬芳拂面。当河岸上薄雾横浮,草原深处隐隐飘来牧女清歌,你被那种无以言说的美吸化了,化作那清清河水,流向牧园……

"你的梦,是一个田园牧歌式的旧梦。厂矿的烟囱指向蓝天，疾驰的动车穿越牧园，那里的宁静早已被打破。飞船被推向太空，地面控制系统的无数按钮必须准确地开启和关闭，不能有丝毫差错疏漏……我们身不由己地追赶大潮，使自己能成为其中的一个分子。为了不至于被旋出去，我们行色匆匆，学会了严格遵守它的组织、程序和规定。有一天，当我们回首自己参与的现代游戏，不禁被震撼了——物质文明的巍峨大厦高山仰止般屹立面前，我们明白了科学、理性主宰着一切……你的牧歌迷梦早已弥散，而那清歌却是吟唱于、生长于你内心的美的极致，你为人们的无视、弃置而沉重、忧郁，你奔走、呐喊，甚至于生出悲凉的献身情怀——当人们都朝着一个方向赶去时，你却孤独地朝着反方向行去，决心以对往昔牧园的坚执厮守，向世间发出呼唤。

"你的路是叛逆的路，不归路。你做的努力是无力回天的努力，徒然消耗掉自己。你远离人群，人们也会将你遗弃。你的境遇将十分悲惨，等待你的是孤独、抑郁，甚至毁灭。你的寂寞，你做的牺牲，不会有人知晓，不会有人理解。

"旧梦已去，留下的只有清晰、实在、不容置辩的现实世界。偶尔的，我们相遇了古典情结，柔软的情怀令我们感动……那像是一个梦境，醒过来，还得随了时代的车轮疾行，这是铁一般早已铺就的轨道，不可改变。

"因而……不要把我当作你的支柱，我只不过是与你一道回味了一回古典情怀，我只能属于时代，不可能离弃。

"不要对我寄托感情，不要把我当作你的莱伊拉，不要做阿米里叶那样的傻事。我今天来，是向你道别，今日一会，从此不再相见……"

"莱伊拉!"我猛地又抱住了她,"你怎么了?怎么了?不要这样,不要这样对我……"

"你需要什么,我给你什么……这是咱们最后一次了。"

"莱伊拉?!"我又一次松开了双臂。

"不会再有今天的脚步声,不会再有我的来临,往日的一切都不会再来!"

她说完这句话,拉开了门,我伸出双臂,她已不见踪影……

发生了什么事?今天天阴下雪,没看进书去。后来,莱伊拉……莱伊拉来了?她说了些话,说了什么?不清楚了,我有点头痛……后来,后来她匆匆走了,我都没送送她。我累了,疲乏极了,让我好好睡一觉……

醒来时,已是黑夜,屋子里黑乎乎的,死寂一片。心口忽然感到一阵尖锐的刺痛,一阵衰竭般的恐惧……

莱伊拉今天忽然来了,她对我说,她是来和我道别的,从此不再相见。

是这样的,说得很清楚,和我道别,从此不再相见。

这屋子太黑,这楼上再没有一个人,我一个待在这里好可怕,快离开……拉开门,走廊也是黑洞洞的,慌忙摁开临近一盏灯的开关。前面几个开关也摁了,灯却不亮,长长的走廊里就那一盏灯亮着。不敢回头看后边,惶惶地下楼去。

马路上,霓虹夜幕,花红柳绿的,心头亮活起来,感到莫名的暖暖的惬意。这么多的人,有人好,人多了好,这么多的女孩子……转眼间，我把我的莱伊拉搞丢了，没有她我怎么活下去，这么多的女子，就没有我的莱伊拉吗？找找看，没有她我怎么活下去……

电影院门前的小广场上，一拨拨的青年男女，三五成群，说说闹闹地走来了，我知道，那是师院的学生们来看周末夜场的。这情景，使我又回到从前，我也曾是这群体中的一员啊。我走在那一拨拨的行列里，在前面的身影中搜寻着莱伊拉……我在看完电影返回校园的路上也是这样干的，那样的时光，多幸福啊……我又在这行列中了，我在他们当中走来走去，找遍一个个生动活泼的女孩子，搜寻着莱伊拉，而当她们一个个毫不留情地消失于影院大门，抛下我时，陡然意识到在她们当中是找不到我的莱伊拉的。

公园里，一对对情侣相嬉，一对对伴侣双栖……唉，这人间幸福之地，不属于我，不是我该涉足的，走错地方了。

站在路灯下，金黄的、温融融的灯光，让我想起去年的烛光……我陶然在金黄色的光晕里，陶然在那段幸福时光的回味里……复朝去年那家酒店赶过去，急切地推开那个房间的门，里面无人，黑乎乎的……我害怕没有人，害怕没有光亮，害怕黑暗，复来到大街上，哪儿亮堂去哪儿，哪里热闹去哪里，直到亮堂的地方不亮堂了，热闹的地方变冷清了……忽想到她总是忙，常常加夜班，或许今夜也这样，还在办公室，或许，现在她终于下班了，要回家了，路上会碰到她的。迎着她回家的方向一路赶过去，十几里路，精疲力竭，一直走到那幢办公楼前，整幢楼，不见一扇窗户亮着灯，黑乎乎的。

寻人，寻人，朵莉雷斯
头发：棕色；嘴唇：赤红
年龄：5300天
职业：无，或"小明星"

你藏在哪儿啦，朵莉雷斯？
你为啥藏起来，亲爱的？
你在哪儿飞翔，我的小洛丽塔？
你把车停在哪儿啦，我的小东西？

哦，洛丽塔
你还在跳舞吗？
蓝色牛仔裤，破旧T恤衫
还有角落里的我，愤怒嚎叫

又是一个寒冷的夜晚，你使我卧床不起
声音嘶哑，如醉如痴
下雪啦，世界崩溃啦，洛丽塔！
洛丽塔，让我拿你怎么办呀？①
……

---

① 引自美籍俄裔作家纳波科夫的长篇小说《洛丽塔·鳏夫忏悔录》。

美国老流氓、老鳏夫亨伯特丧心病狂地寻找着他拐来的又逃跑了的小情人、少女洛丽塔，满口疯话，呓语联翩，我和那头野兽差不多了……

理智啊，清醒吧，治治我的癫狂症，让我弄明白现在的处境。

我又把我的莱伊拉搞丢了。

在我即将启程之际，这是要抽走我赖以上路的支柱。

这到底怎么回事？

我确信赢得了她的理解、赢得了她的感情。但是，当她意识到我将要做什么时，她说我是叛逆，徒然耗尽自己而不会有结果。她认为我是没有理性的、疯狂的，她不再认同一个疯子，支持一个狂人。

她不知道，滚烫的岩浆沸腾已久，火山必须喷发、宣泄，否则何以承受煎熬？我必做我该做的，否则虽生犹死。

问题是，漫漫孤旅，已经得不到莱伊拉的感情滋润了。

她可以抛却我，而我不可能不爱她，这是活在世间的基本支撑。

没有她的爱，你对前路不感到畏惧吗？

我畏惧失去她的爱，才走这条路，这永远是一条通向她的路。

我又回了故乡，去了河岸。

记得前一回沿西河滩走，见一只叫不上名来的鸟儿，洁白的羽毛，红红的尖嘴，比燕子稍大一点。燕子式的剪刀样的双翅，在我的头顶盘绕了好几周，"夹唧、夹唧"地鸣叫着，飞向对岸的树林，精灵一样。

这一回，依旧沿了西河滩走，望断云天，不见了那精灵般的鸟儿。

西河滩对岸的那栋灰色瓦屋，荒弃多年，只有屋前屋后的老榆树伴着它。今天，见那瓦屋的烟囱冒出了炊烟。什么人住进去了？远离村镇，孤孤单单，摇来晃去的老榆树，纤弱的孤烟，那老旧的瓦屋显出几分异样的神秘。

河边滩地上，一个老大娘腰背伛偻着侍弄庄稼地，身边跟着个小女孩。想大概是那弃屋的住户，从外地来的。老大娘扭过身来时，竟见她长得特像母亲。

走出一段路，止步，复来到老人身边。

"老人家多大啦？"

"七十二啦。"

"不是我们镇上的呀？"

"南面过来的。"

"就住在那间瓦房？"

"噢……"

"……老人家，您长得挺像我妈。我妈现在活着的话六十九了，殁了七年了……我兜里就装了这几个钱，您老别嫌弃，拿上买几盒烟。"我将几十块钱给老人递过去。

迟疑一会儿，推托一番，老人家也就接了。

"看见我想娘了。"老人对身边的孙女儿说。

……

吾将行兮

母亲，今天就如真的见到您了……您老人家守在河边，也是想念我、牵挂我，要看看我吗？

乌云布散天空，河滩上蹿起了风沙，要下雨了。经过自家菜园时，风刮大了，挟裹着雨腥味儿，园子边上的几株老树萧萧飒飒，树枝树叶如吹散的长发飘舞着……

母亲过世前不久，我陪母亲回了一趟南面老家，一个遥远而偏僻的小山村。头发花白的母亲，拄着木棍，艰难地行进在崎岖山路上，她苍老的身影，映着山顶苍黄的塬地和一株孤独的老树，成为我久久难忘的一帧风景……夜里，梦见母亲又回了南面老家，我去往回找。去了那小山村，问乡人，说母亲随老舅搬走了。搬哪儿啦？他们大致指了个方向。问还活着吗，说不清楚，好像是前年下世了。我便泪如泉涌，不再听乡人们说东说西，扭转身，复踏上寻找之路，有一种悲风千里，"收泪即长路"①的苍凉……

你没有弄清楚自己的处境，你是如此的忧伤，如此的愁云惨雾，何以启程，何以上路？你要擦亮自己的眼睛，看清自己的前程！

我没有失去她的爱——试想，她怎么可能支持我为她独身，怎么可能支持我自甘受难？她说出那样的话，那样的与我断然决绝，无非是想以极端方式阻止我独身罢了，这恰恰反映出她对我的感情，我没有失去她的爱！

---

① 曹植《赠白马王彪》诗句："收泪即长路，援笔从此辞。"

而在我自己，为了我的莱伊拉，过往的一切只是序曲，根本的过程，将自己完全彻底交出去，将要开始了。

何以如此——以前不甚明白，只在相会后才懂得：以往，她的美好多在梦境中，想象里，虚幻缥缈，心向往之。只在她终于赴了我的约，只在真真切切见到她，真真切切和她在一起，我更被她强烈震撼了。今生既然得见她，岂能辜负？唯有完全交付，方能印证我的莱伊拉，彰显我的莱伊拉，压抑多年的火山方得以爆发喷涌，焦灼多年的灵魂方得以平和安宁。

既然是完全交付，那么，在我自己，就不存在得到或失去的考虑。现在并没有失去她的爱，即使有一天失去了，也没什么，那只能说明我做得不够。不去在意她怎么对待我，不管她怎么对我，我的爱是无条件的，我只有孤独，只在爱中满足，这才是完全交出去。

懂了吗？纵使有一天失去她的爱，也不在意，只求孤独，只在爱中满足，这才叫完全交出自己。

而你，在这次危局中，竟是如此的恐惧、癫狂、六神无主，说明你特别在意在莱伊拉那儿的得到和失去，你是有私念的！你的身心不净洁，并没有做到交出自己，你还没有具备为莱伊拉独身的资格！

——明白了。这次危局，是上路之前对我资格的一次严格的拷问、检验。

那么，让我来清除私念，净洁身心吧。

魂兮归来，奉呈给我的莱伊拉。

恰在这时，遇了离别校园十多年来的首次全体同窗聚。

已经都道了别，不要再见大家伙儿了。

又一想，以前的道别，是尚存私念的时候。如今，私念已清。那么……上路之前，最后再满足一回人间私念。

我又置身在兄弟姊妹中了，置身在一个群体中了，这是多么让我贪恋的一刻……世事华彩、人间景致、生活情节，多么芳馨，多么亲爱，让我好好享有这一刻吧。我坐在大伙儿当中，他们笑，我也笑，他们拍手鼓掌，我也拍手鼓掌，我人模狗样，看上去和他们一样自然、正常，谁都不知道这一刻于我的珍贵。我时而倾听、欣赏着大伙儿的言谈、举动，时而看上去在倾听欣赏，实则并没注意他们说什么做什么，我只享受于和大伙儿在一块儿的情境中……

再最后看看你，莱伊拉，将你的影像镌刻心中。今天，你穿了一身蓝色套裙，最初见到你时就是一抹蓝色，后来，蓝色魅影频频飘游梦境。记得给你说起过那些蓝色的梦，今天，当看到一派喧闹中的那一抹蔚蓝，没错，一点儿没错，我没有失去你的感情，你就是我此生的红颜、知己，值得以身相献的恋人，你以最初的纯净蔚蓝为我送行了。

酒宴上不见了那抹温柔的云彩，心肺又被掏了去……走出宴会大厅，一条无形的线牵引着，穿过几道长长的走廊，来到聚会酒店她的房间，轻轻一拍，竟然是扑开了虚掩的门，跌跌撞撞进去，一下子跪抱住了站在窗前、背对着我的莱伊拉。

"看一看，再让看一看……从今以后，不用躲避我，不是你、你们，而是我……掉过来，再让看一看、看一看……"

脆弱的莱伊拉，被我摇晃着，跪卧在了地毯上：

"我再也没有一点办法阻拦你了，我无路可走了……不该发生的还是要发生了，不该看到的注定要看到了……我不愿你做一个异类，被包围、淹没在飞蝗般的蜚语中；我不愿你为我承受遥遥孤苦，无边寂寞；我不愿你穷困潦倒，挣扎在最底层的生存线上；我尤其不愿看到你的艰难叵测，踏上一条不归路……可是，一切都无法挽回了……为什么，你要做出这样的牺牲？为什么，留给我的只有伤心和万般无奈？为什么咱们的结果是一场悲剧？为什么老天选中了我，让我做了悲剧制造者？"

我将脆弱的人儿抱起，最后一次留恋于温软怀抱，将最后的真实铭记心中。

"我没有失去你，感戴上苍。你的内心最珍贵的感觉只永远为我珍藏。

"你的美好不是过错，她带来的不是悲剧，她将我引向本来归宿，她要我呈现生命真谛。

"我今生不会有生活的幸福。独身的幸福，再不失去。

"我将依托你，划出生命轨迹，走过这一世，完成这一世。

"我看到了古代的游吟诗人，白衣飘举，披头散发，天涯浪迹。

"我看到一片空旷，无边的空旷，期待一阕笛韵悠扬。

"别为我难过，这是我终于找到的活法，我的活法自有一般人难得一尝的好滋味。

"又能见你一回，满足了，这一回，可以上路了。"

……

我喝得大醉，沉沉睡去……好像有人叫我、推我，我支撑不起自己，依然沉沉睡去。

醒过来，客房里只我一人。

曾经闹哄哄的走廊、各个房间，静悄悄的。

宴会厅、舞厅，空空荡荡的，不见一个人影。

步出酒店，孤零零一人，长久地坐在门前台阶上，同学们踪迹杳然了，一切都踪迹杳然了。

一阵乱风，门前角落里的碎纸片，绕去旋来，飞落飞起……

每次回到故乡，和老父叨起家常，老父说起故里故人，某某还活着，某某老去了，或患了绝症的，或遭遇什么事故的，有老人，有孩子，也有我的同龄人。城里多陌生面孔，对发生在城里的生生死死觉不出什么，回了老家，听到故人故事，因为熟知，他们的生生灭灭总给我很大的震动。

记得有一次回家，村道上遇了高老爷子。老爷子都老得傻了，弯着腰，曲着背，左肩斜搭了一领老棉袄，慢腾腾、笑眯眯地赶着两只大绵羊，别人家的羊，吃了他圈里的草，他想把它们赶得远远的。遇到我，站住，笑眯眯地说："把这两只羊给我赶一下吧！"我问："往哪赶？"老爷子答："赶天上！"用手指指天。我笑了，老爷子也笑眯眯的，多么憨顽可掬的老人啊。

这次回家，老父说起，高老爷子撒手西去了，某某的侄儿做活时让电打了，某某的儿子遇车祸了……父亲又讲起乡人们的生生灭灭。第二天早晨，和大哥去母亲的坟上做七周年祭扫，见祖茔附近的野地里又多了一座新坟，问是谁，大哥竟不知道。

生生死死，灰飞烟灭，须臾间的事，被父亲，被乡人们轻描淡写地谈起。而特别忙碌的，也就连村人的生死也不知晓了。

……

如果，你踏上的是不归路，真的想清楚了吗？

你做的本是交付自己的事，你愿意交付。

独身是交付的形式。不归，也是交付的形式。

无论独身，还是不归，为的都是融入、化入——你生命、心魂的主宰，你向往的宿地、归依……

我珍重自己。但是，如果需要，我愿意为我的所爱献出一切，不留下什么。

海又在夜深人静时与我相会了。捡一根海滩上的竹竿，去浅水湾里蹚水。水是那么纯明澄澈，水底的细沙漾出纯黄一色的波纹，明澈的海水舔着我，金黄的细沙吻着我，望着蓝雾迷蒙的辽远海面，多么让我心醉神迷。

又见一幅波澜壮阔的海的图画，观赏间，忽已乘着渔船置身海上，船儿时而跃上波峰，时而滑入浪谷，我的身体随着渔船大起大伏，优哉游哉。望着四下里蔚蓝、激昂的海波，我兴奋难抑，脱去衣服，纵身入海，我用双臂奋力划拨着海水，用双腿奋力踢蹬着海水，又仰浮着猛蹬，仿佛有使不完的力量，爱个不够，亲个不够。海水大幅波荡，将我悠然入谷，又捧上浪尖。海中有礁石,我追波逐浪,游上礁石丛,白色的浪涛竞相追逐,如千万条大鱼跃出海面。一个巨浪朝礁石砸过来了,发出震撼的轰响,撞得乱碎,珠玉飞溅,泼落到我的身上,使我愈加血脉偾张、澎湃昂扬……

荒城望月

　　一株大树，树旁一座古庙，古庙一侧一片枣树林，林中一处颓败的小院，一条砖砌的小路通向院中一间矮屋的衰朽的木门……这是一帧旧日风景。

　　树是榆树，远看是一株，近看方知是连理榆，底部相接，至一米多高处相互缠抱一周，合而为一，直上云天。不知它们相拥了多少年，这连理榆长得高大粗壮，三人方能围拢。

　　庙不大，只二百多平方米。地处荒凉，香客甚少，庙门时常吊着锁，野鸽子、乌鸦在庙顶成群结阵，盘来绕去，叽叽喳喳。

　　是庙宇因树而建，还是树因庙宇而生，不得而知。荒野中这一株树与一座庙的组合，使得那位住持——那位守庙人，从年轻时，就独居于庙堂东侧枣树林中的矮屋，读几卷经书，看花开花落，厮守着树，厮守着庙堂，直至人老黄昏。

　　他听到了一支歌，是他静默多年后听到的，那是连理榆的萧萧飒飒，庙顶风铃的叮叮当当，以及野鸟叽叽喳喳的交响幻化……自从听到这支歌，他脸上、身上的一些粗俗僵硬的线条消失了，垂暮之年的守庙人，双眸清明如水，安恬而慈祥，寂然凝神时，闪烁着异乎寻常的光彩，那是他看到了人间最美的景致，那景致在他眸子里的折光……

二〇〇〇年前夕，暮秋一个枯叶飘零的日子，孤鳏一介匹夫，踏上了通往独居小屋的路。

城郊村落的一片高地上有一处院落，原本是家小工厂，后来厂子壮大，迁到市区，这院落只留了个看门老头，也时常不在。院子里乱草丛生，纷繁杂沓，相比较于市街，这院落不能说僻静，而应该称得上荒凉了。

院落东南，是城外一片广大的草滩和湿地，牛羊骡马星星点点布散其间。

这院落就是我的鳏居之所了。

再过数天才立冬，近些日子却冷得像冬天一样。这屋子地势高，风大，兼着几年无人居住，冰冷而潮湿。只顾收拾屋子，安顿杂七杂八，天已经黑下来了，拉不成煤了。

夜间和衣钻进被窝，将被子裹得严严的，蜷缩作一团……怎么是睡在一间残破的土屋，窗户的麻纸让谁撕掉了，冷风从洞开的窗户呼呼刮入，吹得彻身冰寒。躺不得了，起身穿拖鞋欲逃离土屋，而寒风如利刃，似要将伸进拖鞋的脚割掉……猛然醒来，方知是一只脚蹬到被子外边了。

第二天拉回了煤，狠烧一天。晚间，又是满满一炉火旺了，艳艳的桃红光亮迷人。台灯拧亮了，洒下一桌柔柔的橘黄，水烧开了，屋子里弥散着水蒸气，窗玻璃上水汽迷蒙，淌着一条条水道……这下好了，过日子的气氛浓了。

看门老头好几天不在,荒寂的院落里只我一人。鳏居周遭,除了疯长的菅草、野苜蓿,还有十五株树。屋前是两株水桐,一株挺拔壮硕,一株窈窕清秀。屋子西侧是八株白杨树,傲然笔立,直刺苍穹。屋后又是五株水桐。由屋前绕着半圆数这十五株树,数到第十一株,是屋后一株很弱小的水桐。"一一"往往代表孤单,这第十一株树,一如我,鳏居之人伶仃的身影。而第十四株和第十五株,是两株高大粗壮的水桐,它俩的根部连在一起,躯干紧相依偎,冲天而上,巨大的株冠拢抱作一团,俯视呵护着我的小屋。

夜幕又降临了,屋子里悄无声息。

环顾屋子四周,与我相伴的,只一桌、一椅、一床、一盏灯、几卷书而已。对了,屋外,尚有丛生的乱草,十五株树,还有那草滩,定是个好伴儿……孤独降临了,完美无缺地将我包围。孤影对四壁,孤影对孤灯,我所期望的孤独已然降临。

默然独坐,生命轨迹何以划到了这样的院落,何以怀抱这样的孤独,从头想来,时光倒影,一帧帧一幅幅……我明白了——

我的命运早在十多年前就已宿命般注定。我被一幕中古阿拉伯悲剧击中,它的魔力吸附了我,走进它千年不散的愁云惨雾。千年符咒令流浪的脚步永不停息,使得我,成为我的莱伊拉的痴情人,续上了阿米里叶的流浪、吟哦。

我的命运,在看到那株大树、那座古庙和枣林小屋时就已注定。记得当时被那间枣林小屋异样的美吸引,定定地望了许久,思思谋谋,恍恍惚惚,原来,我已被它施了魔咒,我看到

荒城望月

了自己宿命的缩影，不由得迷迷怔怔。如今，我已走进魔咒，走进了如那枣林僧居般的小屋，开始了如那守庙人对他的殿堂和大树那般的厮守。

再次打量鳏居，屋顶拐角的漏雨处印着一圈圈水痕，如一道道年轮。往昔的炉火将墙壁熏烤得发黄发暗，屋子显得更老旧清寒。一只小蜘蛛贴在墙壁高处，纹丝不动，昨晚就见它在那儿贴着，几线蛛丝在它的上方粘连着、垂挂着……

岁月染白了我的头发
是因为与她分离
我常翘首远望
盼她归来重聚在一起

忆往昔，在里瓦谷地
那时日子多么甜蜜
从那以后，她一离去
就再也没有幸福可提

人们问我说
你何苦如此憔悴，折磨自己
你本不必受风吹日晒
又享有荣华富贵

我回答他们说

荒城望月

你们不必将我责备
你们可曾看见身居异乡的囚徒
他们与我何其相似
……

当年，莱伊拉朗诵加米勒的《岁月染白了我的头发》，霁月光风耀玉堂，我陶然于她清爽、甜美的语声。现在明白了，早在那时，她的魔网已通过她的声音将我罩定。在劫难逃，莱伊拉，让我开始加米勒和阿米里叶的流浪、吟哦。

出了院子，下一道坡，来到草滩上。秋尽冬至时分，白草纷披，萧萧天涯。拄一根木棍径直行去，草地时而舒缓起伏，时而坦荡如砥。刚刚从闹市走出，穿行于开阔原野中，大自然的、童年的、故园般的芳香扑鼻而来，沁人心脾。扶棍而立，环顾草滩，见得一条河沟，蜿蜒曲折，伸向远方。草滩东侧，几户人家，隐在一片树林中。南边，是一片高地，高地脚下隐约见得几间土屋，土屋旁一条乡间便道，蛇行着爬向高地，探究秘密似的。

远远近近，羊群几簇，牛马数匹，不时地传来几声牛哞马嘶。这里，草到枯萎的时候就枯萎了，到荣发的时候就荣发了，牛的反刍总是那么平静安恬，羊群的游弋像天上的云一样散漫闲逸……这里的一切似乎都在平静地说：本来就是这样的，生来就是这样的，不用改变，不会改变……天地间的气息、大自然的气息，古老而永恒，朴素而神秘。

这草滩，是个好伴儿。闷了时，多和它聊聊。

寒风浩荡，十五株树上最后的黄叶唰啦啦离树而去，空留下光秃秃的枝杈。

那风，在这地势高的孤寂的院落，显得特别大，呜呜呼呼，似乎充斥了世界，主宰了世界，似要将单薄的鳏居一扫而去。

夜里，时常不开灯，一个人坐在黑暗中，可以使思绪集中。今天晚上，也没有开灯，坐椅子上，发呆。后来，又移到床上，盘腿而坐，朝着城里的方向，垂着头，想：她在干什么？现在快九点了，晚餐已过，她做饭时孩子在客厅里玩，玩具弄得东一件西一件，还整出些别的乱七八糟的东西，她现在打算收拾这些东西？她穿着紧身的黑色羊毛套裙，她蹲下来，将那些东西一一捡拾着，归整着，头发垂到面前了，她将它们一次次地理到身后……她将客厅收拾好了，就走到电视机前，调至少儿频道，将音量调小些。又挑选几件孩子最喜欢的玩具放沙发上，再将孩子抱过来，叮嘱他不要再弄得一地东西。孩子大概对这样的夜生活早就习惯了，呢呢喃喃地自顾玩乐，而母亲就匆匆走进书房，关上门。有一份材料只差收尾了，晚上得把它写完，再好好推敲推敲，她伏案紧张工作起来……这个过程用的时间很长，她静静地写着、改着，我也静静地坐着、陪着……不知过了多久，怎么听不见客厅里孩子的呢喃了？打开门，见孩子歪在地毯上睡着了，可怜的孩子，她叹息着，忙走过去，将孩子轻轻抱起。这孩子睡觉轻，母亲一抱就醒了，哭着要妈妈，她知道母亲这时候是不睡的。她只好坐床上，将孩子抱在怀里，

荒城望月

轻轻地摇着、哄着，哼着一支摇篮曲，身子随着曲子的节拍轻轻摇晃。一个女人、好女人，需要她的人很多啊，大人、孩子，都需要她，这对她来说是一件无奈的事情……孩子睡熟了，她蹑手蹑脚又回了书房……现在十一点多了，她终于做完了活，写好的材料齐齐整整地摆放在桌子上。她没有立刻就休息，也像我一样，坐椅子上发了一会儿呆。她在想什么？这是个关键时刻，我垂着头，狠劲地想，你也在发呆，我也在默想，让我们的思绪联结起来，联结起来吧……

钻进被窝里，将被子抱得紧紧的，继续来，继续想……那回，她下楼梯间，驻了足，瞥我，我们的心魂在她依依的一瞥中相会……那天，风那么大，雪那么猛，如这个深夜——户外呼呼的风声。你呼呼吧，我有这间小屋，有我的莱伊拉，我不怕，听来还有几分快意……那天，天朗气清，无风，她随我走进酒店，我没让她摘下围巾、脱去风衣……咦，怎么脱去了，穿一身睡衣，坐我床上，给我缝被子，厚厚的、大红绸面被子，被面将她的脸庞映得桃红。我从背后抱住她，连同被子拥在一起，轻轻摇晃，她和被子都是那么温绒绒的……

白雪覆盖在草滩上，牛马羊群销声匿迹了，只见得白茫茫一片雪原。

上午九点多，太阳升起几竿子高了，明媚的阳光照耀在雪原上，银辉闪耀天地间。昨夜的风，使天空中隐约飘着些银粉——雪的微粒，雪子、雪粉，阳光洒在那些雪粉上，雪原的光景更加绚丽迷人。

我的长歌的初步构想，在这孤寂的院落，在这银光闪耀的雪原上成形了。接下来，可以吟唱了。

而二〇〇〇年，在这时，也悄然朝我走来。

一座荒凉的古城堡，颓垣断壁如犬牙参差，周围是绿茵茵的原野。

一片澎湃的海。天空中黑色的云使海水呈墨色的汹涌，几座礁山屹立海中。

深情而飞扬的小提琴声响起了，向着那古城堡，向着汹涌的海和礁山。

明月西斜，诗人们凝望月亮，吟哦着：大漠之月将下，那吹箫的人是谁？

……

全世界在狂欢之后，在一派神圣的静默中，期待二〇〇〇年零点钟声的敲响。静默中，小提琴拉响了，诗人们在深情吟哦。

深情而飞扬的小提琴曲，是在追怀往昔，是要穿透未来世纪的神秘帷幕，寄托人类善良而美好的祈愿。

那吹箫的人，深知人类在这特殊的时刻，需要幽怨、洞穿的箫声。他要在世纪交替之际，在新世纪之初，远离尘嚣，向着人类的心灵深处深情吹奏……

零点钟声敲响，欢呼声汇成热烈的海洋……

早晨，飘了一阵子小雪。雪止，天空依然阴沉沉的。到了下午，下起了大雪，鹅毛雪片翻滚飞扬。黄昏，雪停，大风刮起，天地间灰蒙蒙一片。

荒城望月

院落旁边有条土道，据说，通向后方的一家看守所。

一天，顺着那土道一路溜下去，竟去了看守所。见门前聚了一大片人，男女老少的。当听说，他们是羁押人犯的亲属，来跑门路说情，想领犯人回家过个年，方知，旧历年关来临了。

除夕下午，我将屋子洒扫干净，将洗好的衣服、擦亮的皮鞋换上，看看表，五点了，就骑车进城去。

我想在街头走走，闻一闻大年夜将至的气息。

行人、车辆已稀稀落落，多见一家三口站路边等车，他们是去父母家、岳父母家过年的，三三两两的出租车风风火火地接揽最后的生意。

单位门口、住宅院里挑起了红灯笼，垒起了火塔，大大小小的，满街满巷到处贴着红底黑字、红底金字的对联。

黄昏一点点地深沉，爆竹开始在各处炸响，路灯、高楼大厦的霓虹灯，家家户户的红灯笼渐次亮了，这一处、那一处，看门人将单位门口的火塔引燃了，火药味、煤烟味扑鼻而来，年关的气息浓了。

我的身影与这大年夜的欢乐温馨不甚协调，该返回那没有人等着我的小屋了。

院落里寂无声息。

屋子里里寂无声息。

附近人家燃放的烟火不时将院子映亮，将屋子映亮。

我摁亮了电灯。

屋子比平日展亮多了，门窗玻璃、旧桌子都擦得干干净净，行李也洗干净了，一切都那么整洁爽目。桌上早摆好了平日喜欢的酒、下酒菜和烟，炉子里的火艳艳地旺着，只需接上插头，电热杯里的鸡汤一个多小时就煨出来了……

　　检查一遍，还有没有没弄好的地方，自己的穿着……都满意了，遂坐下来，将酒斟上。

　　我爱我的小屋，爱我的大年夜。我的通身上下，我的小屋的每一件物品，每一处角落，都在净洁虔诚地迎接我的大年夜，现在，可以举杯了。今夜的欢乐和温馨如海洋般浩大，烟火的艳光不时将院子映亮，你的心情要汇入这片欢乐的海，你想想往事，遥远往昔的欢乐与温馨。

　　你想起了童年，那时的年味儿，腊月初几就酿上了，就像家里酿的那一坛子米酒。你是一条欢畅的小鱼，整日游走在捣糕的咚咚声、蒸糕蒸馒头的热气和炸糕炸豆腐的香气里。打扫房子，忙乱一整天，晚间上灯时分，粉刷过的墙壁刚刚泛干，兴奋的孩子们就嚷嚷着将年画贴了上去。那些个山水画、仙女图，你站炕头盯看，站地下端详，吃饭时看，躺被窝里看。灯灭了，年画引起的兴奋感还没消退，火炉红红黄黄的光映在墙壁上，映在年画上，望着依稀可见的年画，松林、仙鹤、牛郎织女图，沉浸在一种天上人间般晕乎乎的幸福感里……大年夜，你的小脚丫子踏遍了家家户户的门槛，跳遍了家家户户的火塔。你舞动着一块燃烧的荬木，和一帮小伙伴满街转，燃放完自己的爆竹，又挨院捡拾人家没放响的。夜深了，天冷了，然而，只那夜家家户户不灭的灯笼，好些未熄灭的火塔，让一群孩子恋恋难舍，从傍晚守岁到天明……童年的踢踢踏踏的小脚声踏出了永不消散的年味儿。至今回了老家，夜间，走在家门前的

荒城望月

土道上，鼻子一嗅，那股年味儿又飘来了……故园，那条印满童年脚印的老街，早先时还是平整的，后来，一年年的风剥雨蚀，车轮搜刮，残破成一条坑坑洼洼的沟……兄弟姊妹们的屋舍都换成新的了，老屋一院荒草，两年前干脆坍塌了。那次，你回了家，端详半晌坍塌的老屋，你推开门，闻到一股朽败的气息。屋顶虽然塌了，墙壁还是白的，有幅年画还在墙上斜吊着……走进里间，见墙壁的木橛上挂着一个人造革皮包，泥污皱巴的，取下来打开，里面有些破布头，一条红领巾，棉布的。想，这不是弟弟的，弟弟念书时红领巾已换成绸子的了，那么，这是我的了，就将它收起。返回外间，炕头一角扔着家里那台破旧的梳妆镜，只镜框镜子还显得完整。就将梳妆盒及镜框边残破的饰物取掉，将镜子擦拭干净，镜框钉牢，连同红领巾带回来了。镜子锁起来了，将来是要摆在书室的，红领巾就压在如今的床铺底下，日日夜夜相伴相陪……

是你，靠在师院教室外的墙上，远远地望着我，有一种盼我走过来，和你说话的意思。你又穿着蓝衣服。你问我穿上这件衫子好看吗？你将身子转一圈，在背对我时，像往常那样两手在后衣襟上拉了拉……

是你，在老家的菜园里忙乎着什么，摘黄瓜，摘柿子吗？红灯笼样的柿子，一嘟噜一嘟噜，沉甸甸的……我在家园，家园中有你，你走进菜园，那么自然而然的。你来了，我领你好好看一看，好好看看咱们的家园，我幻想过好多回，现在可以实现了。咱们先去家园东南侧治沙站的偌大的树园子，来，从树园南门进去，顺一条笔直的白杨夹道往北走，白杨夹道两边，有成林的树，也有各种各样的苗圃。看那一大片绿茵茵的苗圃中央，独立一株硕大的木瓜树，树干低矮、粗实而弯曲，枝枝杈杈却向四面八方伸展开去，形成一朵巨大的伞盖。这里可有我的童年啊，几个小不点儿聚在巨大的伞盖下，猴子似的在树上蹿上蹿下，将枝杈当作靠椅，当作摇床。来，我扶你上去坐坐……感觉怎么样？你说就像走进了童话。再看这一大片松树，它们还是小树苗时，我在里面挽猪菜挽草，如今已成林，密森森的，里面一地的松针乱草，莫测幽深，不领你进去了，会吓着你的……再看树园北边这些高大的水桐树，它们可有些年头了，在我小时候它们就这么高大着，每每看到这些水桐树，觉得时间是凝然不动的，什么时候都是这个样子……现在来到树园子的北围墙了，来，我扶你上去，我自己翻过去，再抱你下来，一落脚，就在一条砂石路上了，直通咱的家门。走了不几步，噢，咱们的菜园原来就在这儿，你说。菜园你才刚进去过了，现在到了关键时刻，你看，菜园旁边这条北向的田间小路，咱们沿这条小路走，小路被沙柳、老柳树夹着，幽美悠长，路两边的玉米地、向日葵和平平展展的草甸，草甸中那几株静静的大树，真是一步一幅田园画……你看，小路的尽头是什么呀？是你的河岸，是吧？你终于来到了我的河岸！河中清流涓涓，我背着你过河，咱们到对岸的林子去……这下可是到了世外，没有人来这林子的，这世间只咱们两人了，这片河岸，这片自然天地，终于由咱们两人独享了……

荒城望月

这院子,早先时,还能听到朝我的屋子响过来的脚步声,那是看门老头高兴有了个伴,来说些事,说说话。后来,老头觉出我求安静,就不过来了。老头又看到我整日整月待在院子里不出去,等于来了个义务看院的,就常常好多天不来,来了也泡在外边的麻将馆里,只夜深时回来休息。于是,这院子常常连续几十天听不到脚步声,连续几个月没有人走进我的小屋,枯寂似乎达到了绝对状态,如梭罗在《瓦尔登湖》中说的"我仿佛是人类中的第一个人或最后一个人"。

那几株笔直的白杨树,光秃秃的躯干枝条忍受着风刀霜剑,可枯瘦的笔锋却直指蓝天,直叩苍穹,似要以蓝天为稿纸,抒写它的诗行。

我的笔,应像这白杨树,孤高傲岸,超然于俗世之上,写出我的爱的诗行,叩天问地的诗行。

我的莱伊拉,我就以这样的方式拥有了她,我不仅拥有她的现在,也正唤回她的过去,她的一切与我朝朝暮暮在一起,有所拥有所抱的幸福感柔婉无限。

是夜半她来过,还是午休时她来过?她的肌肤和我厮磨过,总觉得梦会了她的,可醒来后回想,又想不起来了。

不经意间看天上的云,它们不是往日那种如粉如沙,或条条缕缕,或细浪般在高空卷曲,它们变成大朵的了,很柔和,有白色的、灰色的,棉花团样软软的在低空飘浮着,似乎能伏下来,润泽每一张脸。

温润的东南风吹来,柔和的雨云飘来,春天里第一场雨淅淅沥沥落在草滩上，声音那么悦耳动听。

这雨到了早晨，化作了草滩上的一摊银霜，银色世界，和冬天做最后的惜别。

春光明媚的日子，原野上散发着熟透的土地醉人的芳香。在柔软的、极富弹性的草滩上漫步，觅得一根率先冒出来的嫩草，拔出来，连根带叶食之。

当原野的生机完全孕发出来，当微雨落在绿茸茸的草滩上，好一幅烟雨茫茫、绿意蒙蒙的幽美洞天图。

芨芨草个头蹿得真快，仲春时节，已蹿至三尺多高。草滩漫步，选一个枯干的草圪垯坐下来，周围是一大片芨芨草，风吹来时，在我面前摇来摆去。芨芨草在我心中摇曳出何等的远离尘嚣、融于自然的惬意啊。

我在这城郊荒院，在这草滩边上已独居好几个月了，邻近的人们像看稀有动物一样打量我。这人是干什么的啊，每天一个人待在那座孤院，偶尔拄一根木棍去草滩走走，不和人往来，不和人说话。他待在那院子里怎么就不害怕，他怎么就能好几个月一个人待着，没有憋疯？他每天夜里自己和自己睡觉，咋睡得那么安然？他是人，还是非人？

荒城望月

是你，来看望我？还有几个同窗，你们坐一块闲聊，谈得很热烈。我不说话，呆坐一边。忽然想起自己是不能随便见你、随便见大伙儿的，现在和你们坐一块儿不对。遂站起，也没和你们打个招呼，就往外走。走到外边，发觉自己赤脚走路，忘穿鞋了，又折回。一只鞋在我刚才坐的沙发边，另一只却在你的脚边。我穿起一只，你把那只拨到我脚边。是一双布鞋，又旧又脏，你问怎么穿这么旧的鞋呢？我支吾着不知说什么……

夜半醒来，想起刚才的梦，这日子是过得清寒了。比方，这屋子，灰眉土眼的，标本式的乡下光棍汉的狗窝，几十年前贫苦、落后的乡村生活的复返，半点没沾上当代生活的边。

之所以选择这样的角落作为鳏居，一是为了远离人群，另一个，这屋子的主人巴不得有人在这里住，就短倒贴了。

只是，由于年久失修，门窗裂了好多缝。好在这些问题在搬进来之初就已搞定。瞧，门上那几条缝早用报纸糊好了。门的顶端和门框之间，老旧走形，已不再弥合，缝子开得较宽，就寻来一块旧毡片，剪作长方形，钉在门框外端，大体能堵住风了。单层窗子也透风，冬天曾严严实实钉了块塑料布，前几天才拆下来，用不着担心风灌进屋子里的。

只是，这身行头好几年了，确实旧得没个样子，太寒碜可悲了。

那就去城郊的地摊市场，换身行头。

那个常常在街头碰到的垃圾童，今天也来到这城郊地带，拎一个硕大的塑料袋，捡拾废纸。他刚从一个垃圾池出来，袋子里空空的。他疾步前行，兴致勃勃，奔向另一处，他要抢在别人前头。

那个进城揽搬运活的农人，背着一大捆笤帚，送到前面的土产门市去。他穿一双破旧的布鞋，敞着衣襟。背上的压力很大，他的嘴张得大大的，粗重地喘息着，抬眼望前方。他走累了，靠在路边一个水泥墩上。不远了，这儿是药店，前面是商厦，商厦左拐过十字街，再走一段路，就到了。

那个钉鞋女工，为了揽到生意，从市场门廊里移到外边来了。骄阳似火，烤得她黑黑的。她接过一双又脏又破的凉鞋，低头忙碌起来，她的手好粗糙。

……

地摊市场，衣服堆成一堆堆的，鞋子也胡乱放着，人来人往，熙熙攘攘。

T恤十元，裤子二十元，凉鞋二十五元，再加一顶三元的遮阳帽，总共五十八元，一身行头从头到脚，全有了。

那些个沿街叫卖的小商贩，他们在世上没有立足之地。他们刚刚偷偷摸摸找到一个位置，城管忽然出动了，撵得他们四下里逃，边逃边给不知情的同伙转告，相互狡黠、卑微地笑着。

那个背着一卷地图叫卖的小贩，被城管抓住了，推推搡搡往车里塞。小贩哀求着，拽着车门，死活不肯上去。上了车就完了，货得没收，还要缴罚款，不缴，就屋里蹲着，听蹲过的说，那屋里尿尿都不让出去，就让憋着，城管说，谁敢在屋里尿尿，打断你的狗腿！这车上不成，绝不能上！可终究还是被塞进去了。

夜幕沉沉，推车返回。路边一幢二层楼门檐下，躺着一个流浪汉，有铺有盖的。他甚至将上衣脱了，蜡黄的膀子露在外边。夜风凉了，他将膀子收回，侧转面向墙壁，避开路灯、刺眼的车灯，腿和臂膀蠕动着，将身体裹严实。

一个双腿残废的乞丐，坐地上，双臂为腿，撑着地拖着残

荒城望月

腿倒着走，寻找可以过夜的角落。有几个路人走过去，问询那乞丐什么，有个孩子跑进一家商店，买来几根火腿肠，递给那乞丐。

我取出几张零钱，塞到他的手里。

很晚才踱回鳏居。不开灯，闷坐半晌。和衣钻进被窝，夏夜屋子里本不凉的，却下意识地将毯子的四角拉一拉、裹一裹，盖严自己……

水桐树呼啦啦、唰啦啦地响，大风、微风，甚至感觉无风时，它也只是乱响。

除此之外，这院子听不到别的声音。

多长时间没有听到说话声，也没有听到自己的说话声，弄不清了。

夜间，开门出去，黑乎乎的院落黑影幢幢。匆匆办了该办的事，匆匆返回屋子，将门关上。

渴望听到说话声，渴望听到朝屋子响过来的脚步声，可是没有。

要是有个朋友，和我说一会儿话，多好啊。我的话塞满了脑壳子，像这一院乱草疯长蹿长着，让我把它们说出去，倒出去吧。

黑暗中，枯坐良久，摸索着爬上孤床。这是第几百次爬上这孤床？忽地感到一阵窒息，一阵血液被抽干、意识被抽空的苍白……

你觉着孤寂难耐吗？你就出去走一走，散一散，到街头走一走，散一散。

城里好。城里的"好"，在于"女子"满街都是。她们生为"女子"时，她们天生就是"好"的。

前面走来一位白裙姑娘，深情幽怨的眼睛，阴柔脉脉，风吹仙袂，飘摇漫举。我看着她缓缓走来，温柔忧伤的音乐如浪潮铺漫……

    美丽的金达莱，从山坡上采来
    粉红的杏花儿，从山麓下折来①
    ……

那浪潮卷着我，带我到了山花烂漫、柔情弥漫的原野……那女子朝我走过来了，我心头的浪潮铺漫，铺漫，让它涌向那女子心里，冲开她紧闭的心扉……

前面又走来一位姑娘，鸡蛋清样嫩嫩的、姣好的眼睛，棉布做的深色方格子半腿裙，微挺的胸乳将洁白的衬衫托起，一个多么素洁、芬芳的姑娘。

又来一位穿桃红色运动休闲装的女子，显得那么淑气，软乎乎、温乎乎的。风撩拨她的一把青丝，她将那青丝拢了，披于胸前，我看到了她雪白柔嫩的脖颈，百合花一样。

走在前面的女子，红色半袖，黑色半腿裤，她蹲下来整理

---

① 朝鲜电影《卖花姑娘》的序曲音乐。

鞋带，我看到了她腰际一线嫩白的肌肤……她又站起来朝前走去，我看到了她苗条的曲线，蓬勃的臀部……

女人们，陪陪我，只一小会儿。红半袖女子，你走得无影无踪了，你回来，到我的小院来，只让我再看看你的背影。那个桃红色休闲装女子，你在我身边坐一会儿，最多，让我再看看你的百合花般的颈项。那个白裙女子……怎么，她站在床边，洁白的裸体！不由得跪下来，抱住她，紧紧贴着她的胸腹……将她抱床上，这衣服怎么回事，将双脚缠住了，忙乱间，一回头，女子不见了，到哪去了，一定要找到她……怎么，又是一面土炕，炕上跪着一个铺被褥的女人，奶子翘得高高的，将宽松的雪青竹布衫顶起来，像二十世纪二三十年代的乡间女子。地上站着一个穿黑布绑腿裤白布汗衫的男人，络腮胡子，一脸杀气，盯定炕上的女人，女人的动作哆哆嗦嗦的……土匪，土匪，野兽般的男人，狼一般快乐的嗥叫……

蓦地从床头坐起，孤影对四壁。

昏昏漠漠中，开门出去，钻进附近一家小酒馆。

点了酒菜，坐在一张小桌边。

桌上放一份广告报，拿起来看。

"虎哥，请你来沐浴！"题图是一个水淋淋的半裸女人。

"黑天鹅夜总会零点激情奉献，火爆艳舞闪亮登场！"

酒菜上来了，一个人默默喝，听旁边一张桌子上几个汉子拉拉杂杂的说话声。

进来几个姑娘，问老板有没有肉包子，老板说没有了，又笑嘻嘻问几个姑娘，你们也想吃肉包子？一屋子哈哈的笑声。

汉子们到柜台付账,看一看老板娘,又看一看老板说,肉包子全让你吃了,回头又看老板娘,小媳妇的脸飞红了。

这女人,肌肤微丰,身材合中,白底淡花的衬衣,白里泛着微红的脸庞,总是颇具风情地微笑,不说话。一个敏感的、花遮柳隐的女人。

眼睛都喝红了吧,小媳妇看你的眼神透着几分惶恐……

出了酒馆,夜色茫茫,茫茫不知何往。

忽然一阵香风拂面,身边跑过一个女子,一身红套服,窸窸窣窣跑着小碎步,穿过马路。

……黑天鹅夜总会,激情奉献……

会会那只夜游的黑天鹅!

跌跌撞撞进了"黑天鹅",迎面撞着一幅画:一个赤裸的女人伏在床上,头枕在一个跪坐的赤裸男人腿上。男人叉开双手轻抚女人的背脊,因为巨大欢乐的降临,他在抚摸时神色近乎悲戚。

深入地下的台阶。

光怪陆离的灯光。

雪白的脸儿。

艳红的双唇。

只遮住乳头的鼓胀的乳房。

歌舞翩翩,被壮汉搂着的小女人,紧紧地贴着,柔柔地移动,微扬着头,小鸟依人,蜜意浓浓。

舞女的双手勾着舞客的脖子,舞客的双手扳着情欲蓬勃的丰臀。

荒城望月

……

歌手突然爆出一串连珠炮般火爆热烈的台词，灯光熄灭。全场漆黑一片，声息悄无一丝。

风暴骤降，蹦迪乐骤降，两个披挂着几片轻纱的玉人儿出现在舞台上，被一束红光罩定，轻纱下艳白的肉体依稀可见。放纵、疯狂的蹦迪乐爆响，两团烟笼雾罩的身影如银蛇狂舞，片片轻纱在狂舞中飞落，雪白的牡丹次第绽放。一个粉红纱轻掩三点，粉红纱胜过三点本身；一个黑纱轻掩三点，衬托得肉体更加艳白。两条银蛇一会儿面向人们疯狂扭动，极尽挑逗召唤之能，一会儿又背转身，扭摆着她们丰润的双臀……她们兵分两路，扭到台下来了，黑纱女郎扭到舞厅正面男人们面前，叉着腰肢仰着面，放纵至极地朝着他们扭动，又仰躺于男人们的沙发扶手上，面向整个大厅疯狂扭动……她们会合到舞厅中央了，两团金黄的头发舞成两团狂放的烈焰。两团烈焰烧到一起了，粉红纱抱起丰腴的黑纱，抱了她的脖子和一条腿，将她的双腿劈开，绕着舞厅周遭漫游，漫游过我身边……

浑身的燥热就要炸裂，逃离舞厅，登台阶出去，迎头又撞着一幅画，在巨大的玻璃墙镜上：一个体态丰腴、穿肉色比基尼泳装的女人，跪在地毯上，畏怯地扭转头，闭着眼睛，回避着男人将要施加于她的风暴……

不行了，受不了了……女人、女人，我要疯了……这深夜的街头，沙漠一样空荡荡……听说，车站附近夜间有那种女人，把她攫回鳏居，倾泻我的暴风骤雨……车站附近也是这么黑寂空荡，没辙了，烈火将吞噬我了……这鳏居，黑得伸手不见五指，沉沉黑暗，扑不灭心头烈烈的火，那百合花般的颈项，那朝着我劈开的双腿，那柔弱羔羊般回避的女人……受不了了，打开抽屉，取出那把水果刀，朝着脖子唰地一拉，就可脱离苦海……别，别这样想，明天就去找女人，听说馨园宾馆有这样的女人，抚慰天底下孤鳏男人的，肉体的园丁，她们将医治你的癫狂，救你于焦渴欲绝。刀子张着，快快合入刀鞘，合紧了。明天弄俩钱，一定要去找她们，眼前这一刻，你就怀抱着那两个艳舞女郎的幻象，怀抱着镜子上那只羔羊，狠狠地想她们，想、想、想……

早晨醒来，想起昨天晚上，心头一颤：

你昨晚做了什么？

我去了夜总会，看了艳舞，发疯似的找女人。我在车站附近找，没有找到，如果找到，肯定领回来了，而如今那个女人就会在身边躺着。

我打定主意今天一定去找女人，那种迫切，达到了欲死欲活的地步。

你清楚你做了什么样的事，你可意识到它的后果？

我……

你还不快快将罪孽之身绑了，押到审判台前，跪下来，讲清楚了，你做了什么样的事，它的后果是什么？！

我……我跪下来了……我与我的莱伊拉结为精神之合，以独身拥有她，活在她的气息里，活在她的感觉里。抛弃一切，净洁身心，唯一沉浸，只求与她精神上的融而为一。一旦屈从欲念，亵渎背叛，独身的资格就丧失了，莱伊拉的神韵不会再浸入我的小屋，我就不会再拥有她，不可能为她礼赞歌吟，不可能实现与她的合一……独身的失败，意味着作为一个人的灵魂不复存在。也许我活着，其实已经死了，只是个躯壳。也许自我了结，那不是为莱伊拉而绝，那只不过如世上猪狗虫豸的死灭罢了——屈从欲念，就是死灭。

你的头脑还算清楚……问题是，现在谈不上质问你将来会怎么做，是否还要屈从于欲念，就讲现在，你昨夜的一切，已经将你所持守的污渎，你觉得你还有资格待在这间小屋吗？

别、别驱逐我，别让我毁灭，让我活着……我一定要走向我的莱伊拉，我不会污渎她，昨天酒喝多了……我不会污渎她的！让我活着，让我走向我的莱伊拉！

别说下去了……我知道你的一念真诚。现在和你对话的，是苛酷的意志。你就要被欲念毁掉，好好做一次忏悔，做一回洗礼，万不可被欲念击败。

我忏悔，让我忏悔……主宰我的神明啊，你知道，我所得遇的非比寻常，我必须献出一切，才能完全地感觉到她的美好，走进她的世界。我已经这样做了，我以独身来拥有她，日日夜夜沉浸在她的感觉里……可是，昨天夜里，我做了许多亵渎的事，当我清醒过来，意识到这一点，发现自己已失去了独身资格，我以孤独拥有她失败了，死神的翅膀在上方掠过，一双黑翅，遮得一片漆黑……听得一个声音说：你忏悔吧，你的真诚天地可鉴，你不会污渎你的所爱，你是可以忏悔的……我懂得，这是你神明的声音，来降示于我，来救赎我……我的莱伊拉可怜我，她不抛弃我，我又拥住她了……好比判了刑的罪孽之身忽然间又得赦免，新的生命怎能不万般感恩和珍重？是的，根本地讲，不论思想上，还是行为上，我绝不会污渎我的莱伊拉，只愿将自己完全交出……我不会再去街头看女人了，不会再走进那家小酒馆，尤其不会再闯进"黑天鹅"。如果有一天，又屈服于欲念，那时还活着，其实虽生犹死，只是个无魂的躯壳；如果自绝，那是自寻痛快，谈何为莱伊拉而绝，他的死毫无意义，如猪狗虫豸的死灭一样……

你知道，你的路，如筑造通往天庭的漫长高远的万段阶梯，每一段筑九千九百九十九个台阶，筑九千九百九十九个平台将它们联结。云雾迷离，孤影清寒，天路漫漫，天步艰难。劳累、困苦、寂寞的噬咬和欲念的折磨如影随形，承受的惨烈已显现，你要找找应对的办法，疏导的办法。

寂寞时，你可以用心来召唤朋友，召唤他们来和你闲话、神聊，试过几回，很管用的，有时还超过真的坐一块儿的感觉，很投入，很热烈。今天晚上，你把师院时的老同窗伊和召来了，伊和今夜干净整洁，脸上有肉了，眼睛也亮了，冲着你笑。你和伊和都是单身汉，他本来在城里待得好好的，不料有一天突然跑到乡下，在老家的草原上牧羊去了，据说变得衣衫不整，形容憔悴，不知怎么回事。你说，伊和是你啊，挺牵挂你的，怎么想起跑到乡下？伊和说想去找牧羊姑娘，你说看你气色这么好，天上掉馅饼了吗？伊和掩饰不住一肚子高兴，说他找着了。找着牧羊姑娘了？怎么搞到手的？野合。野合？伊和笑，

荒城望月

冲你点点头。一坡羊和一坡羊相遇了，牧羊人和牧羊女相遇了，空旷的草原，难得遇见人的草原，鳏男遇到孤女，你晓得相互间火烧火燎的劲儿吗？第一次相遇只说几句话，火就点着了，狠劲压抑，牧归后悔之不迭。第二次相遇，斗胆进击，哪知那女子更野，如饥似渴胶在一起了。咋这么容易？让你和一个陌生女子在沙漠走走，就你们两人，沙海漫漫，杳无人烟，你想会发生什么？噢，自然的、本真的、粗犷的、野性的，会做出好事儿来的。这不对了？而且呀，我们已经有孩子了，九斤半的胖小子。九斤半？！好小子，干得不错！这小子出生的时候，可把他的母亲折腾苦了，生下来后，女人气息奄奄，好几天里使不出一点气力照顾孩子。我又得牧羊，又得照应女人和孩子，劈成了几瓣儿，忙了个焦头烂额不亦乐乎。孩子单独卧一张床上，顾不上抱他、理他时，那个哭，嘎嘎嘎嘎，好响亮！九斤半的小子，自然哭声倍儿亮！你听我说，别打断我，走过去看看他，立马不哭了，眼睛转得滴溜溜地看我，盼我理他、抱他，一走开，又放开嗓门抗议起来……你瞧，我的草原家园怎么样，本色吧？牛哞、羊咩、鸡叫、狗咬、娃娃吵。草原养育着马牛羊，我的女人像草原一样，我们爷俩儿一左一右偎在她身边，被她滋养着……你猜猜，我的儿子叫什么？叫……九斤半？好小子，猜了个准。可虽说九斤半，坐在我巨大的怀抱里，依然是很小的，小小的身体，被我翻来倒去赏玩着。一小了就妙，捏捏他的小手指，捏捏他的小脚，妙不可言啊。我说这你别给我吹，我晓得那滋味，我喜欢给孩子洗澡，小澡盆里，泼泼溅溅，欢欢闹闹的，洗濯摩挲那圆溜光滑的小小的肉体，那才妙不可言。给他穿好衣服，躺下来，把奶气十足的小东西抱到便便大腹上，让他爬着，吻他的小脸蛋、小鼻子。他感觉爬着不舒服，而且胡子又扎痛了他，可又拗不过这个巨大的人，无奈忍受。终于是气不过，以他的方式抗议起来，哭闹个不休，这可怎么办？毕竟我的脑袋大、办法多，坐沙发上，把孩子抱卧在腿上，左腿轻微地、频率很快地上下摇动，不一会儿工夫，小东西就安静了，入睡了……唉，哥们儿，我如今特别喜欢那些小孩子，前几天去一家小卖部，听到里屋婴儿的呢喃，就进去看，伏下身，端详半晌，看他小脚的踢蹬，小手的抓拿。临走，在那小脸蛋上摸了一下，将一张钱按在孩子枕边，弄得当妈妈的很不好意思。你小子是喜欢那孩子，还是讨孩子妈妈的好？别瞎说，我就是喜欢小孩子，前一回在街上，路过一家幼儿园，一院孩子在玩耍，我趴在栅栏前看，孩子们看到我，哗啦啦跑过来一大群，一张张小嘴叽叽喳喳不知冲我嚷嚷些什么。后来，又听电台一档少儿节目，听着那娇嫩的童音，陶陶然，乐融融，你听过那个少儿节目吗？我听它干什么，我的九斤半虽然还不会说话、唱歌，可不会说话的婴儿的呢呢喃喃更动听……

这是一种办法。再找找别的办法。

你可以唱歌，从童年谣曲到你和大伙儿道别时的歌，海海漫漫。盲艺人阿炳拉出了名曲《二泉映月》，古代宫廷的乐师也多由盲人充任。寂寞的人多用歌来排遣寂寞，寂寞中的心曲美着呢。你今天唱一个时段的，明天唱一个时段的。唱完了，再来一遍，喜欢的，多唱几天，如此往复，不惧寂寞无涯。

你可以喝酒，不多，只一口杯。酒力载着你重返往昔，如

荒城望月

烟往事，美好的时刻，你可以一遍遍回味，经历一回，再经历一回。

……

只是，欲念，与之相连的对人间烟火的想望，如影随形，无孔不入。

那天，去小卖部买东西，少妇一个人抱着婴孩坐着，朝你温软地微笑。你说我给你抱孩子，你去拿东西。你从少妇怀中接过孩子时，少妇眼睛睁得大大地看你。是受了和伊和夜话的影响吧，你不仅迎视了她大大的眼睛，还扫了一眼她哺乳期的饱满的胸脯。一个孤鳏的男人，被他渴念的女人，她在抱住胸脯的瞬间，母性的体内一定回旋着怜惜、温存。她在取东西时，回头看看你；又有一个人进来了，少妇在为那人忙乱中，又回头看看你……

而这小卖部是无法回避着不去的，附近仅此一家。只能用严酷的规则来管束鳏夫的眼睛了。

鳏居坡下有户人家，紧挨着草滩，种几亩水田，养几头乳牛。常见那对夫妇田里耕耘，草滩放牛，身后跟着两个人伢儿，一个扎小辫，蹦蹦跳跳，一个鼻涕眼泪小子，跌跌爬爬。一对憨厚、勤劳、和睦、恩爱的夫妇，男耕女织的夫妇。那天，夫妻俩从东村拉回一车干草，男人开车，女人坐在高高的干草车上，罩一块红纱巾。路上有一道坎，车驶过时猛颠一下，男人从驾驶台上站起，回头看看车顶……他的女人，他幸福生活的维系，养育着他们爷仨儿的女人，可别颠下来……高高的干草车上，陷在金黄的干草堆里，罩着红纱巾的女人，多好啊，繁衍生息、恩恩爱爱，风雨同舟，多甘美啊。

一块床单都对你生出魅惑。那天出去买东西，路过一家大院，见一个姑娘将一块洗好的床单晾在绳子上，扭身回去。那姑娘的白色底子、桃色小圆点的床单，温馨的、软和的、芬芳的床单，你竟然驻足，盯看良久。

甚至于，草滩上的野花，也引发你的联想。那天草滩闲步，摘回几朵喇叭花，置于案头。那花儿，吹一吹，簌簌地颤动，如一个被无奈戏弄的女子的愁颜戚容。你不吹她了，盯看她，她大概羞愧难当吧，粉红色的花瓣渐渐羞缩了，然而，女子玉体般修长白嫩的花萼花颈却袒露无遗……

你变态了吗？神经之弦会绷断，你会被逼疯……

不妨这样，压抑时，你可以把自己看得和从前一样，你再走进人群，或许心态会稳静、平和。

可是，当又走进人群，和人们坐一块，发现自己已不会和人们说话，默默的、呆愣愣的，一言不发，也确实和人们无话可说。既要和人们在一块儿，又和人们没话，弄得别人也挺别扭。

"这人咋这么不入群呢，怪怪的。"

"以前，就听说他成天在城郊的水库边、树林子里走来走去，神神魔魔的。如今，连那儿他都觉得不清静，去了城外，住进一个破院子，等于自己给自己盖了一座庙，做了和尚，与世隔绝了。"

"将近一年没见他了，一直在那个院子待着，出奇了，怎么能待得住。现在突然又出来了，他要做什么？"

人们以异样的目光看着我，窃窃私语着。

荒城望月

而那些觉得你一直以来总好像和人们做对似的,违众忤俗、异类、忤逆般的,他们看到你返转来了,一副失魂落魄的样子,这就是忤逆的下场,他们想。他们看着你走来,倚在一旁窃笑了。

而他们的私语更可怕:

"那人受刺激了,一言不发。"

"待在那样的院子里,人不人鬼不鬼的,按说早该发疯了,怎么还没发疯?"

……

慌慌地逃离人群,逃回鳏居,再将自己关起来……

你想起最初使你走进这座孤院荒宅的,一是它离了城,二是它惠及了你的囊中羞涩,再一个,它的孤寂荒凉,暗合了你的一种心境。

怎么就独钟于孤寂荒凉?你想起最初影响你的,驻于你内心深处的中古阿拉伯诗人,他们的诗歌,多是从咏唱废墟荒宅开始的,被称为"废墟诗人"。

传奇英雄昂泰拉就在《情人远去》中咏叹道:

> 对哪块遗址诗人们尚未咏唱
> 而迷惘的你啊,可认出情人的故乡?
>
> 告诉我,这就是阿卜莱家的院墙
> 祝故园早,愿你安然无恙

> 情人的家园里我停下骆驼
> 恰似漫游在巍峨的殿堂
>
> 阿卜莱住在吉瓦依这宽广的地方
> 哈兹尼、萨马尼、穆太萨赖米是我家乡
>
> 凭吊着这一片被遗弃的废墟
> 阿卜莱离开后变得空旷凄凉
> ……

贞情诗人加米勒,在经过情人布赛娜的旧居时,哀哀吟咏:

> 可有那古宅老院,被北风吹去痕迹
> 阴冷的山风,在清晨又把它寻觅
>
> 多少冬夏,心上的人儿曾居住此地
> 而今却已荒芜,破旧废弃
>
> 当我经过一片断垣残壁
> 禁不住热泪盈眶,涌流难息
> ……

废墟荒宅……忽然想起,西部那片广袤的沙漠中,有一座古城遗迹,荒弃一千多年,何不循着中古阿拉伯诗人的心路,做一回荒原废墟之旅？

  那古城堡在数百公里的沙漠深处，曾是一处"临广泽而带清流"的人间佳境。如今，"广泽"早已化作漫漫沙漠，唯"清流"尤在，那是一条嵌入漠海中的陡深而宽阔的河谷，风沙千百年尚未奈它何。

  穿越浩浩沙漠，下临陡深河谷，渡过数公里宽的平坦的河谷地，对岸又是高而陡的沙岭，一步一个脚窝向那沙岭攀去。岭上簇生着沙柳、沙蒿，耸立着白杨、胡杨。想那些中古阿拉伯诗人，他们是骑着骆驼穿行沙漠的，如果遇了这样的陡坡，大概也只能下来攀爬了。他们攀爬时，大概感到的是行旅艰难。而我，从都市来到这自然天地，望着低垂而洁白的云朵，幽蓝而纯净的天空，秋日里一树树黄爽爽的树叶，艳红如火的树叶，脚下棕黄色的绵软的细沙，身心被清洁个干干净净，感到少有的气爽神清。

  攀至顶端，喘息一阵，继续朝前走。穿过几片沙柳林，翻过几座沙丘，远远的，浩瀚黄沙中一座银灰色的古堡，兀然映入眼帘。

  平沙莽莽中，千百年的荒城，千百年的孤寂，一点点地，将我吸引到它身边了。

  这里寂静得异乎寻常，一种瘆人的寂静。仿佛潜伏、深藏着什么可怕的威灵，你不由得诚惶诚恐、轻手轻脚，不敢弄出什么声响，不敢说话，屏了呼吸，唯恐惊动了那个神灵。

城池西南角这座高大的"敌楼",只残存了墙体,却如孤峰屹立,由一种似土非土、似石非石的银灰色材料垒筑而成,占地数百平方米,高达十余丈。一千多年的风剥雨蚀,它坑坑洼洼、千疮百孔,肢残体缺,却依然那么壮伟挺拔,在蔚蓝天空中流动的白云的映衬下,高耸的身躯似乎摇摇欲坠,朝我覆压下来。

单就眼前,浩浩黄沙中这一峰巍然屹立,已令人震撼,而它尚有许多深埋于流沙之下。可以想见,一千多年前,这敌楼是何等的拔地高举,巍峨壮观。

这分明是一座不朽巨碑,向人们宣说着:在这片荒原上,曾经矗立过撼天动地的伟绩,生发过惊神泣鬼的壮举。

爬上一段城墙,沿着城墙朝这座敌楼攀去。攀至半腰,有一大平台,站平台边俯瞰,如临深渊,一阵眩晕。抬头再望敌楼顶端,尚有十多米高,陡峭凶险,不可继续登攀。

放眼望去,城池西北角的这座敌楼,城池中央的两座,都还壮硕挺拔,东北角和东南角的两座已被流沙掩埋成了两个小山包。

沙海深处一道若隐若现的白线,大概是外城的城墙了。

据说,这城建成之初,这样的敌楼有八十座,内城外城,远近呼应,蔚为大观。如今,一段段城墙被吞噬,一座座敌楼被掩埋,只残留了内城这几座,悲哀而不屈地同沙漠抗争着。

独立高高的敌楼平台,独立苍茫,见得野鸟数只,在敌楼上空盘来绕去,发出声声悲号。

几株老榆,不知何时落种在此,陪伴着枯寂的荒城。

荒城望月

遍地沙蒿，将灰黑的色调漫向迷茫天涯。

而毛茸茸的又大又圆的沙蓬，秋日里或呈浅绿，或呈粉红，或浅绿和粉红交融，更浴了夕阳斜照，荒城内外这儿一丛那儿一片，绝艳惊人地静静燃烧。

……

这毁灭太惨烈。惊天动地的强大，万众仰望的辉煌，转眼间，严杀尽，弃原野，湮灭于万古荒原。

这哀哭太久远，一哭一千多年。没遇过这么浩大的悲情，总也不能忘怀，总是哀哀欲绝，时空愈久远，哭声愈惊心动魄。

这精神又是何等刚直的不倒不屈，形的辉煌可以消灭，精神是不死的。那敌楼残体悲壮地昂首向天，任凭十几个世纪风刀霜剑严相摧残，绝不倒下，就是要宣示：我的精神不死，我的魂魄长存。

它怀抱着不屈的精魂，吸收凝聚着千年时空中厚重的精光灵气，渐渐地化作亘古，化作永恒。

它洞悉了过往，看透了现在，看穿了未来，知道形的强大都是过眼云烟，唯有精神将成为永恒。那夕阳余晖中绝艳惊人的沙蓬，映着它内在的静美，遗世独立，拔俗超尘。

……

西天的晚霞燃烧得只剩余烬，东方现出一抹鱼肚白，消融入渐渐深蓝的暮色。

暮色四合。农历九月十六的大月早早从荒原上升起了，硕大金黄的圆盘如童话般，映照得千古荒城神异瑰奇。

她一点点地升高了，明朗的、圆鼓鼓的脸庞，温情脉脉，含笑微微，轻移莲步，朝着荒城款款而来。

只因为天地间，有这皎洁美好的一轮，年年，月月，有盼了，有滋味了。千古荒城，又浸润在美好的、充满着爱的、充满着情的朗朗乾坤下……为什么我被毁灭了，精神却千百年不屈不倒，只因为这皎洁的一轮。千古的美，千古的爱，才是主宰我的神魂……

娇柔的月亮，俯看了依稀的外城墙，安慰了隐约的内城墙，在城中央的两座敌楼间徘徊良久，朝着最高的这一座移近、移近，定定地立住，怜爱的光辉映遍它全身，映在陪伴它的几株老榆树上，映在周围一丛一簇簇静穆萧索的沙蒿沙蓬上。

> ……
> 荒城十五明月夜，四野何凄凉
> 月儿依然旧时月，泠泠发清光
> 颓垣断壁留痕迹，枯藤绕残墙
> 松林唯听风雨急，不闻弦歌响
>
> 浩渺太空临千古，千古此月光
> 人世枯荣与兴亡，瞬息化沧桑
> 云烟过眼朝复暮，残梦已渺茫
> 今宵荒城明月光，照我独彷徨①

荒城望月

---

① 日本歌曲《荒城之月》。

下沙岭，涉河谷，翻越对岸的陡坡。到达顶端，回转身，坐下来，再次回望对岸的荒城，荒城的月亮。

皎皎明月，辉印出一个无遮无碍、开阔净洁的美好乾坤。沙漠河谷深而宽，衬托出对岸沙岭的高高在上，高高的沙岭又托举出荒城敌楼的高高耸立，而这一切，河谷、沙岭、荒城，一层高越一层，都是为了捧出——一轮明月的高挂中天。一切都在仰望着她，而温良娇美的明月，将她的银辉洒遍荒城，洒向沙原，洒越河谷，拂照在了我的身上。今夜，不论什么时候看她，荒城脚下，返回路上的时时回望，还是如今在沙岭之上，她总是那么明朗着、柔和着、美丽着，现在看，更有一种活泼的、热烈的、笑盈盈的意味。她的明朗、美丽是永恒的。因为有了她，天地间永将净洁光亮；因为她的银辉，世间不会有孤独，不会有凄凉。

荒城、明月，亘古的美，亘古的爱。在这夜深人静、僻远的沙原上，孤鸿之我目睹了荒城和月亮的相会，我的心，浸润在荒城之月茫茫一片的银辉中……

少年维特，早早映显出歌德的心声，毕生去追求那"更高的存在"——

　　……崇高的诗人呀，你引我到一个何等样的世界！漫游在旷野上，周围狂风怒号，浓雾弥漫，祖先的鬼魂在朦胧的月光里飘忽不定，听那群山丛中，急流穿过森林，奔腾呼啸，夹杂着一阵阵隐隐约约的鬼魂的叹息，从它们的洞窟里传来。悲恸欲绝的少女伏在墓旁痛哭，哀悼战死了的高贵的情人，墓边的四块石板已经青苔盖覆，杂草丛生。我看见白发苍苍的游吟诗人徘徊在茫茫的旷野里，追寻祖先的遗迹，唉！他找到他们的墓碑，伤心地向隐藏在滚滚海浪中的晚星凝视，往昔的岁月活生生地在这位英雄的心头重现，那时候，它亲切的光辉照耀过危急中的勇士，月亮也曾照耀过他们盛饰着花环凯旋的战船。我看见他们额上铭刻着深沉的悲戚，看见这位硕果仅存的英雄已精疲力竭，跟跟跄跄地向墓地走去，在逝者若隐若现的幻影前悲欢交集，他俯视着冷飕飕的大地和随风摇摆的细草，喊道："浪迹天涯的人会来的，会来的，目睹我美妙年华的人会来问道：'那位吟游诗人，芬戈尔的杰出的儿子，现在在哪里？'他的脚步会走过我的坟头，他徒然地在地面上找我。"——唉，朋友，我真想像个全身披挂的高贵的勇士，拔出剑来，一下子使我的君侯脱离苦海，免受生命缓缓死去的折磨，我的灵魂也将追随这位被解放了的半个神明。①

荒城望月

文森特·凡高，不管怎样艰难苦厄，一定要继续坚定地走

---

① 引自歌德《少年维特的烦恼》。

那条"除了殉道者的经历以外不追求别的什么东西"①的道路。

> 我现在完全被衬着群山的广大无边的麦田吸引住了。平原辽阔如海洋,美妙的黄色,美妙的、温柔的绿色,一小片犁过与播下种子的土地的美妙的紫色——这片土地被开了花的土豆画上了绿色的格子;在这一切的上面,是带着美妙的蓝色、白色、粉红、紫色调子的天空。②

罗曼·罗兰,近十载激情汹涌,心灵世界化作了一条大江河——

> 江声浩荡……盈溢的河水庄严地流着,缓缓的,差不多静止了。而在遥远的天边,像一道钢铁的闪光,有一股银色的巨流在阳光底下粼粼波动,隐隐夹带着海洋的声音……③

这是一条人类征服内心世界的大江河,精神大江河。潮头搏击着精神斗士约翰·克利斯朵夫,他将去携手"受苦、奋斗、而必战胜的自由灵魂"④共上征程。艰苦的战争岁月,精神走

---

①② 均引自美国欧文·斯通、珍妮·斯通夫妇合编的凡·高书信体自传《致亲爱的提奥》。

③ 引自罗曼·罗兰的长篇音乐小说《约翰·克利斯朵夫》。

④ 引自《约翰·克利斯朵夫》扉页的作者赠言。原文为"献给:各国的受苦、奋斗而必战胜的自由灵魂。"

卒傅雷将罗曼·罗兰的大江河导引而来了，一路深切呼唤："战士啊，当你知道世界上受苦的不止你一个时，你定会减少痛楚，而你的希望也将永远在绝望中再生了罢！"①

……

重回鲦居，重新打量我的院落，它不再显得清寒、衰败、枯寂、荒凉，它在我眼中有了新形象。

瞧，它远离尘嚣，又在一片高地上，本身就是一种超脱。大风起时，一院子大树飘来舞去，分明是一种高蹈。

院子西侧的八株白杨树，是如椽巨笔，浓墨重彩，向着高天抒写赞美诗。它们整齐划一的排列，本身就是印在蓝色天幕下的绝美诗行。

十五株树的环绕，是在怀抱着我，护佑着我。而对于尘俗，它们又以高傲的风姿做出拒斥。

每个月，总有好多个夜晚，圆圆的大月从草滩升起，最早俯临了我的院落，将她美丽的银辉、爱的银辉洒向我的小屋。是崇高的诗人——沙漠诗人、废墟诗人引领我仰望明月，他们让我晓得不论什么时候，总将浸润在皎皎明月的银辉里。

那明月，是中古阿拉伯美女莱伊拉的脸庞，是她的大落落的睫毛长长的双眸，在忧伤地俯望她的流浪的阿米。

那明月，是我的莱伊拉，夜夜将我陪伴。

我有拥有抱，夜夜怀中抱着月亮。这辈子终究是找到了拥

---

① 引自傅雷为译作《约翰·克利斯朵夫》作的序言。

荒城望月

有我的莱伊拉的方式，我确确实实拥有着她，确确实实得到了她，我所尝到的滋味、幸福，是世俗方式无法得到的。每每夜间拉紧被盖，我就有这种确切的体验。

不仅和我的莱伊拉在一起，我和阿米，和中古的诗人们在一起，更多的，古往今来高贵的心灵，他们纷至沓来，我与他们彻夜长谈，倾怀相诉。能与无数高贵的心灵神交融融，共翔共舞，人生及此，亦复何求？

又是树色深黄、萧萧木落的晚秋。十五株树上片片金黄飘落，时密时疏，院子里铺下厚厚的一层。我在一地金黄中走来走去，它们不时落在我身上，有的被我接在手中。

又是寒风凌厉的隆冬。那寒流往往夜半袭来，摇山撼岳，摧枯拉朽，壮伟、狂暴、浩荡。我蜷缩在被窝里，为拥有一间屋、一炉火而感到快慰。任它嘶叫吧，任它怒吼吧，那暴烈的嘶吼声，听来甚至有几分快意。

夜空中又是焰火绚烂，礼炮隆隆，这是干什么啊，原来，是人们迎新年，迎接二〇〇一年的来临。

新世纪的帷幕，向着鳏夫开启了。

十几年前，学生时期，曾经幻想，二〇〇〇年、二十一世纪到来时，我是怎样的一个人？

现在，答案是清楚的：两手空空、形单影只的人；远离人群、索居斗室的人；夜间做梦、白日也做梦的人——"二〇〇〇"，新世纪之初，天地孤身，就是这样的一个人。

这身影，寂然度过又一个万众欢腾的旧历年关，而新世纪第一年的春夏秋冬，又次第朝我走来了。

每天夜里，漏尽更深，窸窸窣窣钻进被窝，蠕动、蜷缩，将被子四角捂严实。

枕边电热毯上一豆艳红的灯光，抚弄一会儿，把玩一会儿。

一天里悄无声息，钻被窝时悄无声息，黑黑的眼睛对着黑黑的夜，悄无声息。

偶尔的，有一回，风将附近孩子的玩闹声隐约吹到耳畔，他们合诵着一支童谣，按着那节拍，是在拍手，还是做着别的什么动作？想听清那童谣唱的什么，声音邈远，只大致听得那些小嘴儿发出的音节：七口七口呀呀呀／七八七口气卡啦……

小家伙们的声音多美妙啊，摸摸那些小脑袋瓜子，多好啊。

春天里风大，空荡荡的院落中只见得十五株树摇来晃去，呜呜呼呼，不停地响。

这院落咋再就一个人也没有，这风咋就刮得这么大，这树咋就这么不停地响，好像这世间什么都没有了，唯贯穿了十五株树的呜呜呼呼。

望望草滩，南边山岭上那条曲折蛇行的山道，与我相对了这么多时日，不妨去走走，看看山岭上面有什么，顺道再看看山脚下那户孤零零的人家，它也与我相对多时。

拄一根木棍，横穿草滩。

一个多小时后，来到山脚下，来到那户宅院旁。却发现，那是一处农人的弃院，土屋，有的已经坍塌。也是几株树，陪伴着荒弃的宅院。

走了这么一段路，又来到这样一处院落……它的主人是废弃了它，还是已经故去……再望那条山道，拧拧扭扭伸向山岭。山岭上，风声似乎更响，低垂着几片稀薄的铅灰色的云。

不再攀爬山道，拄木棍，顶着寒风返回，走至草滩中央，驻足，歇息，旷野的风声"啸——啸——"，苍凉、凄厉。

一个身影在前方一闪而过，蓬头散发，破烂而脏污的羊皮袄，跌跌撞撞，含混不清地自言自语着什么，定睛看时，消隐不见……又是他，疯诗人阿米的幻觉，失魂落魄的，如一团被寒风挟裹的、自己煎熬自己的幽火。

他在寻找他的莱伊拉姑娘，她在浩浩沙漠中，在漫漫草原上，他就总是在沙漠、草原絮絮叨叨地寻找，不停歇地寻找，生魂、幽魂千年如是。

他在我的草滩上一闪而过，是由于看到了草滩边那处孤零零的弃院？他以为那是莱伊拉家游牧中废弃的宅院，他想去那里哭一场，或者，想在那里寻个角落，避避草滩上的风寒？

莱伊拉……以前想到你时，容颜是清晰的，可现在，越是想念，越模糊了。

声音的感觉倒是捕捉到一回，那次去小卖部买东西，听得后面一个女声，这声音让我脸热心跳，难道是你来到了这里？猛回头，是一位陌生女子，说话的声音，清脆爽利，太像你了。就在那女子身边转悠了好一会儿，陶然倾听，直到引起女子的注意……

我活得可怜吧，自己想望的，别说在一起了，更已是缘悭一面。

……不，不要这样想。现在是我一生中和她在一起最充实的时候。不要羡慕那些能见到她的人们，这世上真正和她在一起的只有我，唯有我走进了她内心深处，没有别的力量能抵达那里。

不要再去想见不到她，抱定这样的信念：心的得见是现实得见无法企及的。

是你，眼泪汪汪地哭，我不知该说什么，不知该怎么安慰你……

是你们，幽芳拂面，你和另一个女同学，坐在我身边。这回，你的脸庞很清晰，冷艳、淡漠的，明朗、亮丽的。你们俩谈着什么，你忽然回头，郁郁地看着我，也没顾忌身边还有一个女同学，公然清清楚楚地对我说："你不是想看我吗，你现在就好好地看吧……"

是你，站在我身边，穿着夏天里黑色的轻纱长裙。我坐在沙发上，你探过我取沙发那端的什么东西，你的胸乳就朝我伏过来了，黑纱罩着的双乳很分明。我不由得将它们拥到嘴边……其实你也并不取什么东西，你原本就是要怜惜我的，这不，你更紧地贴过来了……我说每天夜里幻想见到你，怎么怎么样，现在竟真的实现了，你喃喃着："该满足你一回了……"

四月末五月初的草地多鲜活呀，毛茸茸的、嫩盈盈的绿色铺漫天涯。

拄起木棍，朝着那一片绿色漫游而去。

河沟里的冰早化开了，兼着冻土消融后渗出的水流进来，小河沟的水丰满了。初溶的冰水、雪水，文静，清澈，水底冬日里的衰草将它映得微黄，这自然的、原野的、清澈的河令人心醉，爱之难舍，伸进杖头抚弄，伸进手去撩拨。

草地青青，和暖的南风呼呼拂面。迎风，昂首，望着草地，唱一支歌，童年的歌，梦里的歌，和着歌的节拍一步一步走，一步一点杖：

> 晚霞中的红蜻蜓请你告诉我
> 童年时代遇到你那是哪一天
>
> 提起小篮来到山上桑树绿如荫
> 采到桑果放进小篮难道是梦影
>
> 晚霞中的红蜻蜓你在哪里哟
> 停歇在那竹竿尖上是那红蜻蜓

呼呼的南风，吞吸了歌声，将那歌谣洒向这片自然的、纯洁的、遥远童年的、绝尘的天地。

掐了一把嫩草，装进衣兜里。

我要将它置于案头。

六月初的草地，绿色更加浓丽地铺展开来。黄昏，在那天然地毯上踱步，那份茵茵的绿，那份密实、绵软已使你惬意非常，而当晚霞又将它的金色、粉红色的光辉镀上去，那种无以言说的美，就是在那上面狂奔，躺下来打滚，也宣泄不尽满腔爱意。

盛夏时节，草滩的生机自不必说，连我这孤寂的院落，也蓬勃非常。院子多半是砖铺的，边上拦了两个小花池，花池之外是菅草疯长的野地，密森森的草丛中时常呼嗖嗖一阵响动，不知窜逃过一只什么小动物，便很少敢在那草丛中下脚。

数株蒲公英夹杂在草丛中，高高的秆上，起先招摇着一朵小黄花。乱草中，数朵小黄花摇来摆去，翩跹起舞，引逗着野蜂浪蝶。后来，花谢了，才撑起了它的毛茸茸的小伞。也有往昔种花时散落的一枚两枚花籽，生了根发了芽，舒藤引蔓，躺于乱草中，就有几朵紫色花、红色花，骄傲地绽放着。

就是在院子里的砖地上，砖缝里的那一小撮泥土也竟有极大的滋养力。一些贴着地皮长的野菜，多是童年铲猪菜时铲起过的，什么"地溜溜""大耳朵"、蒲公英，纷纷从砖缝里钻出来。尤其是"地溜溜"，它的每一株能贴着地皮串长成一大片，片片相连着，结成阵势，给砖地编织上绿地毯，上面再点缀那些"大耳朵"、蒲公英的图案，供我悠然独步。

"大耳朵"的叶片，小时候留下的印象好像并不大。如今朝夕相处，到了秋初，它奇大的叶片使得我摘下一片来，想做个书签，竟是大十六开的书都夹不下它。

万花争艳时，它躲在一边，默默无闻；万花纷谢，它却挑出了高高的茎秆，顶端绽着一簇芒刺状淡粉色的花，抚一抚软茸茸的。这淡粉色的花，初秋、中秋时节呈举出半院，将院落映得格外幽美。

荒城望月

萱草到了秋天，抽出一院细高的茎秆，挑着黄色的或白色的穗子，秋风中凄茫地时起时伏。

秋渐渐深了。树叶子本还是绿的，忽一日，气温骤降，零下四度，一日一夜光景，树叶全冻死了。气温回升了，它们却一树树枯灰地干死卷曲着，不几日光景，也没刮什么风，就全掉光了。

凌厉的秋风刮来了，无情地劲吹本已光秃秃的枝杈……

初来这院子时，一树树黄爽爽的树叶迎接我，黄叶成阵，纷纷扬扬，眷顾我，抚爱我。

去年秋日，我在一地金黄中走来走去，流连于秋的浓墨重彩，流连在院落的静美中。

今年，没有看到那一树树金黄，冻死的枯叶在不几天里悄然掉光，十五株树早早呈现出冬的萧索……

你在这个院落里开始孤独日月。这孤独，也许有开始而无终了。

漫漫孤独，将化作一阕长歌。这长歌，就是你的伴侣，你的莱伊拉。

你为她的美而歌，以独身、鳏居、完全献出自己来吟唱。

因而，这长歌，与你的独身等长，甚至，与你的生命等长。

这就是说，这院里的一切、屋里的一切，将长久地与你相对、相守下去。

屋子里静极了，只听到空气嗞嗞地响。

你痴对焦黄的墙壁，这墙壁的色调，白天焦黄色，夜间拉亮灯也是焦黄色，它将恒久地、颠扑不破地和你相对下去。

你有点不想面对这片焦黄，就灭了灯，钻进被窝。

你又落入沉沉黑暗。

这一个人的暗夜，你已挨过了七百多个，还将无限期地挨下去。

你神经质般忽地坐起，又拉亮了灯，于是，你又看到了焦黄的四壁、焦黄的屋顶，一只小蜘蛛一动不动地在墙上贴附着。

学生时，有一回，宿舍里只有我和另一个同学，我在下铺看书，他在上铺四仰八叉静静躺着。忽听他"啊！"大叫一声，我大吃一惊，跳起来看他，他看看我，说没什么，他看那惨白的四壁、惨白的屋顶怪闷、怪烦、怪惹火的，就叫狗日的一嗓子。

记得有一回，夜宿办公室，听见街头传来一阵叫吼声，趴窗前看，路灯还亮着，街头那个喜欢戴大檐帽的傻子，歪着脖子，一抽一颠，在深夜空荡荡的大街上孤零零地游荡，是他在喊叫。这傻子，马路是他的家，每天从早到晚，他都奔马路上人群最稠密、最热闹的地方去。在热热闹闹的人群中，他感到了自己在世上活着，在最抢眼的地方活着，热热闹闹、沸沸扬扬地活着。可这个时辰，天冷了，夜深了，马路上的人都走光了，只留下了他，他感到恐慌。他端详着橘黄色的路灯，黄亮亮的马路，那一盏盏灯，在他眼中幻化成一堆堆大火塔，烟雾缭绕，火塔燃起来了，红通通的，光焰夺目，这是正月十五元宵夜的大火塔啊，他兴奋得大叫起来，人们啊，快来吧，大火塔着起来啦……在他的大叫声中，秧歌队扭来了，高跷队走过来了，人们纷纷攘攘从四面八方涌来看红火了，邻家那几个小孩子在人群中钻来钻去，在火塔旁蹿上跳下，他兴奋得大叫、大叫，叫声中，他已是秧歌队的一员，唱着，跳着，被人们围观着、喝彩着……

你别大叫，别把你那偶尔一见的看院老头吓着，或许他今夜来值班了。你这一叫唤，他会以为你发了疯，或者做了什么可怕的事，他看你的目光早就含了异样，还有附近的人们，也是神秘兮兮地看你，他们大概已经把你看作非人。

你一跃而起，出屋，朝城里走去。

路灯还亮着，现在什么时间，到最热闹的地方去。

绿洲商城，露天夜市，你看到了那个戴大檐帽的傻子，歪在一张桌旁，喝一瓶人们喝剩的饮料。他歪着抽风的颤颤的脑袋看你。

他之所以看你，是因为这时间一般没人来了，只几个小伙子围着一台卡拉OK吼唱着。

已是深夜十二点多了。

路灯熄灭，最后几个摊子收工了。大檐帽傻子再无热闹可寻，一抽一颠离去，他又对着猪肝色的夜大声号叫起来。

起风了，在这深夜里黑乎乎、空荡荡的大街上，风似乎将其他一切都刮跑了，现在全部扑向你，这风令你恐惧，令你惶悚，又好像一双关切的手急急推搡着你："别在这黑乎乎的大街上游荡！别再游荡！"

风将你刮回鳏居，畅行无阻地呼呼起来。

你忽然听到一个女人尖细的哭声，仄了耳朵，屏息搜听。这哭声清晰、凄厉地在深夜传来了，毛发直竖，心口一阵咚咚狂跳……一阵大风叫啸而过，哭声被吞没，可不一会儿，又更凄厉地哭起，更朝着这亮灯的院子哀号进来了！你腾地站起看门，插销竟没插上！狂风又将哭声吞没，你急忙跑过去插了插销……哭声再起时，似乎出了院子，显得微弱了，惊魂稍定，又响亮地号哭过来……时近时远，时强时弱，时断时续……这大概是风吹在了某个物件上，风和那东西磨砺时"哨"出的怪啸吧。

瑟缩着钻进被窝，听屋外呼呼风声。有间屋还是好，焦黄色也罢，黑暗也罢，有间屋还是好，可以遮风挡雨，可以将恐怖挡在门外……刚才……哭声，是一个女鬼在哭？别怕，是一个美丽的女鬼，有一段聊斋般的故事。她看到你在乱草丛生的荒宅里，一年又一年，疑你是几百年前写聊斋的那个书生，她想把她的故事讲给你听。果真是这样，进来好了，这院子好多个夜晚，你曾想着有个美丽的女鬼来敲敲门，和你说说话……她现在在哪儿，在草滩上游荡？草滩什么样子了？已是暮秋，一派苍黄，那山脚下的弃院，那条通向山顶的路，上面什么样子，荒野、茫茫苍苍，前面是一座沙岭，很陡，一个衰朽丑怪的老妇拄杖从沙岭上下来，在陡坡半腰和你擦肩而过。十分虚弱的老妇，好似一阵风就会把她吹倒，快下到陡坡脚下时，右脚踩空了一下，眼看要跌倒了，却腾地站了个稳当，下到陡坡脚下。这老妇没向前走，扭转身，绕个弯子，噌噌噌就翻上了沙岭，又从沙岭下来了，迎着你走来，迎你于当道！提手中木棍朝鬼影子样的老妇猛扫过去，那身影却不动分毫，铁铸般朝你狰狞着……掀被而起！

荒城望月

梦、梦,别害怕,别害怕……

沉沉暗夜,电热毯开关上那一豆灯光艳艳地红亮着,你将那一豆红光抓过来,卧抱怀中……

初冬,常常大雾弥漫,时而浮涌在早晨,时而泛起于昏暮。夜间的雾,到了第二天,化作一片霜雪世界,每一株树,每一丛灌木,每一绺衰草,都化作一个个银色精灵。院落后方,高地上,孤单一株榆树,一树银霜映在幽蓝天幕下,净朗的、宁静的、孤单单的,那种令人窒息、令人目瞪口呆的美,说不清道不明的美,只觉得无奈,只觉得化入其中好了,化入那一片幽蓝色和银白色之中去。

化入其中……大自然的美就是这样摄人心魂。川端康成在他的《我在美丽的日本》①中,写到几位日本古代诗僧,自然之美是他们的宗教,他们追求与自然美的合一。"月亮诗人"明惠,将看月的自己变为月,将被自己看的月变为自己——

山头月落我随前
夜夜愿陪尔共眠

月亮是他的伴侣,甚至是他自己,他与月亮合而为一。而诗僧良宽更觉得:"自己没有什么可留作纪念,也不想留下什

---

① 川端康成(1899—1972),日本作家。《我在美丽的日本》是他1968年获诺贝尔文学奖时的演讲。

么。然而，自己死后的大自然仍是美的，也许这种美的大自然，就成了自己留在人世间的唯一的纪念。"这样想来，他写下了绝命诗：

秋叶春花野杜鹃
安留他物在人间

皎皎明月，古僧明惠愿与之合而为一，美丽的大自然，使良宽甘愿为之舍身……美，生来就有这种吸附融化的力量，使人不惜为之舍生忘死吗？

诗僧良宽，大自然的美是他的宗教，爱是他的宗教，美的大自然和爱，就是他生命的全部。寒风从西伯利亚越过日本海刮来，居住在北海道雪乡的良宽，内心却温暖如春，他像坐禅一样思慕着一位年轻尼姑：

望断伊人来远处
如今相见无他思
……

不经意间，我竟步入了杰出的古代歌者的世界。蓝色天幕下的玉树琼枝，还有爱，也就是我的全部。良宽的伊人，既然是"如今相见无他思"，他们在一处禅院吧，他时时得见伊人的身影。而我，不要那么具象，那么实际，一个幻影就足够参禅般厮守了，我们时时相对，夜夜欢会。昨夜，众同学同行，

荒城望月

我的伊人在我前面，她悄然、决然地牵了我的手，离了众人，顺一条小道跑去。天有点冷，她将一件银灰色的薄呢大衣给我穿上，衣领上缀的大薄帽子也给我罩头上，我们跑去沙漠，奇特的大幅度的阶梯状沙坡，我们一级一级往下跑，跑至中段最宽阔的一级，沙丘的颜色和曲线让我想到女子的胴体，不由得冲动地一把将她拉过来，而她更是紧紧地贴在了我的身上……

　　第一场雪飘起来了，毛茸茸的，阳春般的，无声无息，不紧不慢，不薄不厚，善良、美好地呈给大地一派洁白纯净。

　　后来，下了一场大雪，黄昏开始飘落，晨，开门，雪停。近一尺厚的雪，踏了几步，真有点舍不得下脚，又爱之不尽，索性在厚厚的白雪上躺下来，躺了好一会儿。

　　依然不能尽兴。穿上一双雨靴，朝大路走去，朝白茫茫的绵软净洁的世界走去。

　　郊外的路被大雪覆盖着，无一道车辙。进了城区，大街上只胡乱交织了几道辙印，那辙印竟也是净白的，无一丝污迹。建筑物上一顶顶浑圆的雪帽，线条柔柔，勾出了城市的轮廓。不见行人，不见车辆，四下里一片悄寂，只听得雨靴踩出的咯吱吱声响。

　　前面一位穿白色羽绒服的女子，侧身而立，长长的围巾披垂着，风吹来时，围巾末梢时飘时落。她好像在等谁。冰雪之晨，寂静的世界，独行的鳏夫，得见一朵白梅花儿。静静伫立的白羽绒服女子，精灵一样，使鳏夫体内回旋着温暖、甜美的柔情。朝着那朵白梅花儿走去，灵异的感觉越来越浓，越来越烈，就要走到她身边了，女子忽转身，灵犀爆裂了，狂涛巨浪般漫涌而来。

莱伊拉……

你……

你怎么在这里？

你……在这样的早晨，也爱踏雪而行？

你……知道我与雪有盟，将在雪晨出行，践行盟约，惠然在这里迎候我？

是神灵遣使了你吗？

你不说话，只凝然望着我，那目光似要看到我的一切，灼痛而又凄茫。

你要看到我的什么……我有床，抱回几摞砖头，垒几个支点，上面铺些大小不一的木板——看门老头从拆迁工地上搞来的废弃的、当柴火烧的木板，上面铺些报纸，就成了。有一块很厚的褥子，其实是母亲十多年前称了七斤重的棉花给我做的被子，如今铺到床上，上面有个窟窿，老父抽烟时不小心烫下的，这是双亲留给我的爱和纪念，要让它什么时候都陪在身边。有一条我小学时戴过的棉布做的红领巾，压在这褥子下面。还有……酒，二锅头，透明塑料壶，两升的，闷了时，想和人说话时，睡不着觉时，来一口杯。还有十五株树，围着我的小院、小屋，守护神一样，只是风大时，它们摇来晃去，响得有些太厉害了……

你……让我好好看一看你，你这几年怎么样，没有你的一点消息。

你……去过我家菜园，摘黄瓜和西红柿？

你给我缝过一床被子，大红绸面，缝制时，你和被子笼在红融融的光里。

你将一件薄呢大衣穿我身上。

大年夜，你是否在院子里垒个火塔，趋吉避凶。烟火缭绕，弥散着浓浓的年味。零点出来，燃放烟花时，你走到一边，看那灿若桃花的火塔内心，出一会儿神。

端午节到了，你在下班路上走着走着，迟疑了一下，买了些粽子回去，你无心吃，你只是看了看那些粽子。

同学们还不时聚一聚，杂七杂八说着话。我已经好长时间没听到他们说话，如能听到，什么话都无所谓，能单纯地听听声音就好了，可以感受到生在斯世、活在斯世的氛围了。

单身汉伊和还打单身？他闷得慌，就跑到同学家去。去过你那儿吗？你要给他饱吃饱喝一顿。

春天里，你穿什么颜色的衣服？夏天、秋天……我的梦里，多是蓝色、黑色的交织。初回城时，好像见过你穿红色羽绒服。后来，城南那座水库封冻，常常幻想你穿着红色羽绒服从雪原、从冰面走来。今天，真切地看到你穿白色羽绒服，你是我的绽放在莹洁世界的白梅花儿。

可是，不必让我见到真切的你，我起初就不以得到现实的你为目的。你是我的宗教，活在你的感觉、精神里特有滋味，有梦、有幻影足够了。

我是叛逆，离弃现实，活在云端里。有时候，也想到生活，想到你们，同学们，你们怎么样了？现在人们时兴吃什么、穿什么、住什么、玩什么，我一概不知。你们，奔波仕途的，是局长、处长，还是已经厅长？营求经济的，是几百万、几千万，还是已经几个亿？相信你们能走在时代前列，你们忙得像你们的车轮子，电掣风驰……而我，和这些离得很远很远了，游离尘世之外，与世隔绝。很久没和人们说话，我大概已不会和人们说话，也不知该说些什么。我放逐自己，累月经年，悄无声息，人们也已将我遗忘。

你，世间有你，还记挂着我？

风又刮起，卷起一阵雪粉扑到我身上，如你冷艳、凄茫的目光……风将你长长的围巾吹起，朝我飘飘扬扬过来，我触到了那长长的围巾的末梢。

触到末梢就可以了……不必挂念我，不必为我忧心。独居，是我的活法，我的需要，已然得到，活得很满足。

可是，已然相遇，抱抱她，或者，哪怕用手轻轻触一下脸庞。

不，不能这样做。这等于是求告，将加重她的挂念、忧心，背离了对她无私无我的初衷。

最后望一眼那伸手可及的白梅花儿，朝着白茫茫的前方行去。

……

走出一段路，驻足，回头，刚才站立过的地方，并不见一个穿白色羽绒服的女子，并不见一个人影。

怎么回事？返回，见原地有些脚印，男人的、女人的，还有小孩子的，零乱地四散开去。

是……幻觉？

荒城望月

刚才的相遇是幻觉……我是和一个幻影呓语了一番……

回屋，屋里比以往任何时候都要幽暗。

好疲乏，浑身的骨头好像被抽去，皮袋一样瘫倒床上，沉沉睡去。

醒来，想想刚才，是做了一个梦？梦见自己在雪地里走，遇见了莱伊拉，可回首之间，又不见了，自己的相遇也是一个梦幻？

看看地下，是一双雨靴，靴底汪了一片化开的雪水。

拉开门，屋外的确一派白茫茫世界。

看来，自己确实出去蹚雪了。雪中，遇见了莱伊拉，都不知该说什么，做什么，"纵使相逢应不识"，又各自走开了。

果真是这样——我真的和她雪中相遇，那说明，我的莱伊拉，她、她牵挂着我……她不知该为我做点什么，说点什么，但她一定是要见见我，要看看我怎么活着，以一次惠然的赐见来慰藉我。

她的牵挂，是那条长长的围巾，我是触到了围巾末梢的。

那是天界飘下来的一条长长的丝带，垂到我手中，牵引我飞升向天界之门。

……可是，你为什么不把你的白梅花儿攫回鲽居？你将她狠狠地摁到床上，脸、唇、耳垂、颈项、胸、腹、腿、脚、胳膊、每一根手指……决不放过！你伏到她身上，拢开她贴于脸腮的柔发，将她的花瓣花蕊看个清楚，勒断骨头似的抱紧她，一遍遍地紧箍、摇晃，定要将那白梅花儿吸入脏腑……

噌地站起，出屋，又朝一片白茫茫蹚去。

街上的积雪早已被车辆碾平，白光光的。

走至早晨发呆的地方，回转时见到的那些脚印，踪迹全无。

闭上眼睛，回思那亦真亦幻的一幕……人生本来是梦是真辨不清，自己现在处在什么状态，也许睁开眼睛，会是另一番景象。

睁开眼睛，依然是白晃晃的马路，小心翼翼的行人，缓缓的车辆，市声比往日安恬多了。

前面一个穿白羽绒服的女子，背向而行！急急赶上去，超过去，超出数十米远，回转，与她相对而行，目光如炬，紧盯着微微垂首看着路面行进的女子。女子下意识地感觉到了迎面火辣辣的目光，猛抬头，盯了鳏夫一眼。

不是鳏夫的白梅花儿。

不知走了多远的路，不知走到了这个城市的哪里，不知看了多少穿白色羽绒服的女子，一点也不觉得累，一味地走下去，走下去……

前面又是一个背向而行的白羽绒服女子，故伎重施，回转盯看时，竟发现是最先看到的那个女子，目光一对，女子顿时惊惧不已，慌慌扭转身朝路边的商店跑去。

……

怎么天已黑成这样？

怎么你又醉醺醺？

一阵凛冽的寒风扑来，你意识到自己孤零零晃悠在一爿小酒店外的雪地中。

回身避风时，看到雪地之上、小酒店屋顶圆圆的雪帽下，

荒城望月

盈然挑了一盏艳红的灯笼。入迷地端详红灯笼艳艳的光，它使你感到格外的舒心、温暖……

红灯笼……家……火炉……女人……穿着冬衣的女人格外绵软。她们坐在人们身边，编织着毛衣什么的，那编织的动作饱含着她们无限的温存……火炉温暖，而她们，那些女人，母性的温暖，赛过火炉无数分。

红灯笼、火炉、女人……

怎么你又闯入了"黑天鹅"，歪歪斜斜晃悠在廊道里的画幅前。

赤裸的女人平伏床上，头枕在跪坐的赤裸男人的腿上，男人又开大手轻抚女人的背脊，巨大的欢乐使他的神情近于悲戚。

体态丰腴、穿肉色比基尼泳装的女人，跪坐毯子上，柔弱的羔羊，畏怯地扭转头，闭着眼睛，回避着男人如刀的目光，回避着将要施加于她的暴风骤雨……

艳舞女郎肩披彩带，胸部、腰肢被花花绿绿的饰物掩着，灿然登场了。彩带飞扬，舞娘酣畅地旋舞、旋舞，彩带飞落，片片饰物摘落，舞娘身着黑色比基尼的胴体曲线袒露不遗分毫。好个丰润的女人，黑色比基尼愈显出她肉体的白皙，紧绷的比基尼愈显出她双乳的饱满鼓胀。她知道火被她的身体引燃了，她开始蛇一样游动身体的曲线，高耸蓬勃的胸脯抒发着万种情操。比基尼在束缚她吗？她烦躁难耐，肩带忽然间扯落，露出一对网状黑色乳罩，玉白的双乳依稀可辨……比基尼褪至臀下了，黑色网状三角裤如游丝一系，只象征性地做些虚掩，又被她拉拉扯扯，近乎消失……她又高擎双臂，扭动丰臀和大腿，比基尼倏地滑落足下……比基尼的束缚解除了，她情难自抑地抚摸酥胸、腰肢、丰臀，又扭转身，背对大厅，狂甩着金黄的头发，将一头金发舞成一团狂放的烈焰……她站在舞厅中央一把椅子上，扭摆良久，双手游向乳罩，将那只乳罩似要揭去又不揭去地把玩着，戏弄着，忽地公然揭去乳罩，一对雪白硕大的双乳暴露在了罩定她的红光下……

又不知是深夜什么时辰，马路空荡荡的，你一个人在白光光的马路上晃荡，不时滑倒，爬起……

你忽然发出声声长啸，为这一片空荡荡、白光光。

路边巷道里踢踢踏踏跑出一个人，站在后边看你。

扭身看那人时，"叭"地滑倒，摔个四仰八叉。

爬起，恨恨朝那人走去。

那人慌慌扭转身，跑回了巷道。

维特死了。

他死时，吟念着奥西恩① 的诗章：

黑夜来临，我孤孤单单，被遗弃在风狂雨暴的山岗上了。风儿在山上怒号，急流嚎叫着冲下了岩崖。

---

① 奥西恩：传说中的三世纪爱尔兰吟游诗人。从十二世纪至十八世纪，爱尔兰民歌中经常出现他的名字。一七六三年，苏格兰作家詹姆斯·麦克弗森出版了声称译自奥西恩原诗的《奥西恩诗集》，风行于世，在欧洲产生很大影响。但这部诗集的原作者究竟是谁，至今仍是个谜——引自一九八二年侯俊吉译《少年维特的烦恼》原注。

荒城望月

我找不到一座茅屋可以遮雨，被遗弃在风儿肆虐的山岗上了。

……流泉呀，你的低唱多么动人！但是我听到了更动人的声音，那是歌手阿尔品的声音，他在悼念逝去的亲人……阿尔品，优秀的歌手呀，你为什么独自待在寂静的山上，你为什么吐出一阵阵哀音？像狂风在浪涛中嘶鸣，像浪涛拍击荒凉的海滨！

当高山上风狂雨骤，当北边的海面巨浪滔天，我坐在喧嚷的海岸上，望着那可怕的岩崖。当月儿下沉时，我常常看见我儿女的精灵，若隐若现，悲切地相叙，结伴儿盘旋。

我凋谢的岁月已经逼近，狂风会刮得我枯叶飘零。明天有位友人将要来临，他曾见过我美丽的青春，他的眼睛会在原野上找寻，但是不会再找到我的身影。

……

加米勒死了。

他死在放逐途中，异地他乡：

> 布赛娜，你远在天边
> 我哭号，引得鸽子为我哭声连天。
>
> 据说，腿麻了，呼唤情人可以治愈
> 我腿麻时，声声都是将你呼唤。
> ……
>
> 报凶者将以最清楚、明确的语言
> 宣告加米勒在埃及长眠
>
> 也许我的幽魂会在古拉谷地高视阔步
> ——在枣椰林中，在田野间
>
> 布赛娜，为你的情人哭泣吧
> 世上没有谁像他那样对你爱恋……

阿米里叶死了。

他倒毙在荒无人烟的沙漠，倒毙在对莱伊拉的行吟中，怀揣一卷写给她的诗稿：

> 我对朋友们说：她是太阳
> 阳光虽近，本身却难企及
>
> 风从她身上吹来一阵馨香

吹进我心中，使我无比欢愉

我忍受不住，昏倒在地
一声不响，不言不语

我赤条条，只剩皮包骨头
皮骨也将不久消失

天哪，我弃绝尘世，离群索居
我对你的情谊，你要牢记

爱的风暴从四面八方向我进攻
它们轮番袭来，周而复始

  是在独步草滩吗？草滩上遍长着一人多高的竹机，白色的穗子漫滩飘舞。

  是黑云压来，还是暴风卷来，它们忽然变作黑色，倒伏着、哀嚎着，黑头发般狂舞着，纠缠着……

  见两个女同学为我起舞，戴着斗笠，弯着腰，撅着臀，一个扯着另一个的后衣襟，扭来摆去，是南方舞蹈《担菱藕》那种调皮戏弄的舞姿。

  又听得，钢琴声起，音乐老师弹奏，十五个女同学合唱一支歌：

美丽的金达莱，从山坡上采来
粉红的杏花儿，从山麓下折来
……

又见童年一帮小伙伴，我正在炕上穿过年的新衣服，他们踢踢踏踏闯进来，手里挥着马粪香，侯人家放大礼花，快点穿衣服。

又见一个小女子，圆圆的脸，大大的眼睛，文静、白皙，围着雪白的大围巾，戴着毛茸茸的雪白的绒帽，整个人毛茸茸的，如一首小诗，如乡村小河上的轻雾。我说，我累了，让我在你身上靠一靠吧，女孩很柔顺地让我把头靠在她的肩上……

一朵人间的雪花飘入鳏居，调频台的《心海晚巢》节目，主持人是一个叫"雪儿"的女孩。

雪儿……雪,幽蓝天幕下的一树霜雪,雪中的白梅花儿……就拨通了节目的热线。

"雪儿……你是个多大的孩子？"

"我……今年已经读大一啦。"

"读大一，怎么会……"

"不是快要放寒假了吗，我早早地来这儿实习的。"

"一个爱学习、爱劳动的好孩子……雪孩子，我是因了你的名字拨了电话，我觉得，以'雪'来给自己命名，想必是要汲取雪的纯洁、美好，成为一个纯而美的人。"

"能这样理解雪的人，也一定是追求纯而美的人吧？"

"……雪孩子,我想给你讲讲我见到的雪的风景。"

"雪的风景?应该讲给雪儿听。"

"这就得雪儿不能只待在城里,随了我的话,出城,去郊外,东郊一片高地上,一处孤零零的院落,院落里有许多树,许多乱草。只住了两个人,有一个还常常不在,因而平时只一个人。十五株树围了他的小院、小屋,还有一片开阔的草滩陪着他……雪的风景,最初,大雾弥漫,在这样的地方,置身大雾,弄不清是在人间还是天上……后来,冷空气袭来,大雾凝结成了霜雪,院子里的一院乱草,每一绺衰草,都化作了雪白的精灵,更兼着,围着小院的十五株树,高耸蓝天的一树树霜雪,院落变作了神奇的大花园,水晶宫,梦幻中的童话世界……在这小小的童话世界里徜徉良久,又走出去,草滩上,漫滩衰草也化作漫滩银色的精灵,心驰神往。而院落后边的高地上,孤单一株榆树,一树银霜映着纯净蓝天,那种令人目瞪口呆的美,只觉得无奈,只觉得化入其中好了,化入那株树,化入那一片幽蓝和雪白中去……后来,雪的风景,是场大雪,黄昏飘落,到了早晨,近一尺厚的雪,蹚了几步,舍不得下脚,又爱之不舍,索性躺下来,躺了好一会儿……又穿了雨靴,兴冲冲朝白茫茫世界蹚去……我看到一朵白梅,雪映白梅的美,不和雪孩子说了,或者,孩子,你,你们,穿上白色羽绒服,或红色羽绒服,雪地里走走看,你们的美丽,更胜过雪中的白梅花儿、红梅花儿吧……这雪并没有下完,雪地上走着走着,阴云越来越浓重,突然间,暴风暴雪骤降,天空中的雪流、地面上的雪流狂奔着、啸叫着,我左遮右挡,可暴风雪是那般的狂烈,那般雪冷冰寒,似要以如刀的凛冽削平大地上的一切,似要将世间的一切都席卷到荒无人烟的野地去……神奇的花园不见了,玉树琼枝消失了,白茫茫的纯洁美好的大地撕裂了,如今,耳朵里只充斥了如刀风雪凄厉的啸吼声……"

"先生!雪的风景、雪的故事是美好的。雪的故事中,有一位美丽的王后,她在刺一幅图绣时,针儿扎在手指头上,在脚下的雪里滴下了三滴血,红红的血在白白的雪里显得特别美丽。她就想,要是自己能有一个孩子,皮肤像雪一样白净,嘴唇像血一样红润,头发像乌檀木一样黑亮,那该多好。她真的生下了那样一个美丽的女孩,就是白雪公主,就有了森林里白雪公主和七个小矮人的故事……雪的风景中,有一群小孩子,他们在堆雪人,雪人的头圆圆的,他们说,秃头的雪人冷了吧,给它戴个帽子吧,就戴个水桶子吧。他们把一个小水桶扣在了雪人的头上,雪人神气得像一个大腹便便的绅士,冲孩子们乐着……雪的风景中有几个姑娘,她们被雪的美丽吸引,特意穿上了艳红的和雪白的衣服,在雪中嬉戏,跑来又跑去,她们欣赏着雪的美丽,欣赏着自己,为自己雪一样的美丽心跳不止……雪的风景,寄托着最纯洁、美好的情愫,先生是个爱雪的人,追求纯而美的人,可为什么您的心中刮着那么凶猛的暴风雪,以致将您见到的雪的风景都刮跑了呢?"

"当我听到了雪儿的话,眼前又浮现出美丽的雪花,纷纷扬扬,轻盈飘舞着。"

"真的吗,雪儿的话又让雪的风景映在您的心间?"

"雪孩子,做我的小神甫吧。我想把心里的话说给你听。

荒城望月

愿意做我的小神甫吗？"

"小神甫，多么神妙的称谓！您是个非比寻常的人，一个神奇的人，雪儿愿听到您神异的话！"

"……雪孩子，想给你再说说我的院子，别烦我的唠叨……虽然，那院子看上去孤寂、荒凉，其实很美的。如今，洁白的雪重重地覆压在草木上，覆压着墙头、屋顶，院子里只有一条铲出的小路通向院门。这样的雪，到了春天，让草根、树根吸足了水，早早孕生出一派嫩绿，那时，我就将灰蒙蒙的玻璃擦亮，让一树树绿叶嫩嫩亮亮地映入眼帘。而夏天里，每一片树叶都滋育出许多芝麻样的树籽，每一粒树籽都附着在一团洁白的绒毛上，恰似一朵小雪花，那些绒毛将每株树装扮得如覆上了白雪，风一吹，漫天飘落，恰如冬日飞雪，我想，那一定是大树在抒发对滋养它们的冬雪的怀念之情吧。暮秋时分，万木凋零，一院子贫贱的野草野菜，这时却绽出许多奇妙的花，有一种野菜，高高的茎秆上挑了一株圆球状的淡粉色花，这样的花开了半院，静美地、孤傲地迎对着肃杀晚秋……我在这院子里待得久了，哪一天……不在那院子了，那院落，会更加荒凉，枯寂……不过，冬雪、雪花会飘来爱抚它的，雪水依旧滋养出春天里嫩绿的树叶，夏天里附在小绒毛上的树籽，秋天里圆球状淡粉色的花。那粉色花的花籽后来也是附在一小团绒毛上飘散的，今秋，它开了半院，那么，明年秋天，一定会在整个院子开遍，芬芳洒遍……那时，它开得异样的美，又异样的孤独……不，现在有了你，雪孩子，你已知道，东郊，一片高地，一处院落，它的孤独，它的美丽，不会被遗落，它已映在你美丽的小心中吗？"

"先生，您是说，您一个人待在城外一个荒凉的院落，已经好长时间？"

"……"

"您为什么要待在那样的地方，您不害怕吗？"

"……"

"什么原因，竟使一个人走到那样的地方……他心里有美丽的雪树，可又刮着凶猛的暴风雪……先生，您有什么事？您……您是一个特别孤独、凄凉的人！"

"没什么……只是觉得，美丽的风景，不要消隐，要将它留下来……那个院子，确实很美的，能映在雪孩子心中就好了。另外，听听雪儿的声音，幻想一下雪花的曼舞，慰藉无限……"

"真是这样吗，那太好了。雪儿希望自己化作一朵小雪花，时时飘舞在您的面前。"

……

一朵春天的花，一只活泼的小鸟，美丽属于她，快乐的飞翔属于她……

圣诞节到了，雪孩子发来一个短信："雪儿衷心地为您祈福：愿圣诞老人带给您和乐，带给您吉祥。"

新年到了，雪孩子又祝福说："雪儿问候一个孤独的人，愿您有一个温馨快乐的来年！"

有一天，又下起了大雪，我拨通热线："雪孩子，你看窗外，又飘雪了，雪片很大，柔软而蓬松，我独立白茫茫的世界，承接着漫天雪花的飘落，如在梦幻，如重返童年、童话。"

荒城望月

雪孩子说:"每一朵雪花的飘落,都是天空对大地的抚爱。她们铺就玉洁冰清的天地,是在召唤您:走进纯净世界,走进美和爱的世界,为爱而舞,为美而歌……"

年关将近时,雪孩子发短信说:"先生,望您保重。您是一个心灵高尚的人,雪儿记挂着您,从内心里永远为您祈福。"

保重……永远祈福……

小雪花要飘走了……

再拨那条热线,接电话的果然是另一个女孩了。

小雪花飘走了,结束实习,回老家见爸爸妈妈去了。

她何以飘飞来,何以飘飞去?

她本是一朵小雪花,飘来,自然就要飘去。她为我而飘来,以轻盈的舞蹈吸引我的目光。她悠然地划着自己的弧线,为鳏夫呈现她的舞蹈,弧线划好了,她就倏地消失了。

她又是一只快乐的小鸟,在灿烂的阳光下,在蓝天白云间、鲜花绿草丛中快乐地飞翔、歌唱、蹦蹦跳跳。一天,她途经这里,见这个角落那么荒凉、枯寂,角落里的人那么孤独,与她拥有的欢乐反差太大。她是一只善良的小鸟,就停下来,叽叽喳喳叫着,跳着,想给那个孤独的人带来欢乐,给他的心里涂上一抹亮色。鳏夫被她欢乐的歌、轻盈的舞吸引,悠然追随,走进一个美丽的梦呓。可她毕竟是一只单纯、快乐的鸟儿,在唱了一会儿她的歌,跳了一会儿她的舞后,就倏地飞走了,蹦蹦乐乐到别的欢乐的地方去了。

小雪花飘走了,小鸟飞去了,美丽的梦呓不再叨念,一切复归于枯寂。

而又一个万众欢腾的年关，在枯寂中降临了。

城市大年夜的万家灯火，海海漫漫，异彩纷呈，将半个天空映得光怪陆离。

附近农人的院子里，一家家、一户户，都挑出了艳艳的红灯笼，映亮了墙头和屋顶的积雪。

邻近一家的屋门开了，一团热气扑出来，隐隐听得屋里的欢笑声，循着声音，仿佛看到一桌芳香四溢的家宴。

零点的爆竹再度疯炸，火树银花漫天绽放，浓重晕红的烟云笼罩了城市，弥漫了郊野。

这晕红的烟云，熏醉了大年夜，芳香不散，一直熏醉了十多天的大春节。

人们被熏醉了，是注意不到这个春节的风声的。

这风声太大了。在城外这座高岗上，在这座濒临旷野、大树参天的荒院，风声尤其过大。光顾这院子的唯有风声。听那风声，从屋顶啸吼而过，飙狂的声息如群狼嗥叫，群鬼号哭，整个屋子战栗了，屋顶似要被掀去，孤鳏一夫似要被席卷到杳无人迹的天之际涯。

白天刮，深夜也刮，咆哮过屋顶，啸吼到草滩上。草滩上的风声太像虎豹狼虫的咆哮了，却原来，草滩上确有虎豹狼虫，一不小心步入了虎狼世界，西滩蹲卧着几只狮子、黑熊，东边较远处，游走着几只毛色灰黄的狼。这些野兽看上去很温驯，草滩成了驯养野兽的园地吗？那几只毛色灰黄的狼慢慢朝我左近过来了，其中一只看似朝边侧前方走去，突地掉转头闪电般直窜过来，直朝我的喉管扑来，我奋力扑抓，我的护守能力是

荒城望月

多么虚弱可怜啊……

掀被而起,坐于床头。

寒风刮来,剧烈扑击鳏居的门。风是那些忧伤的幽魂的化身啊,无处归依的幽魂御风而行,四处游荡,刮野鬼。民间传说中旋风里有鬼魂,那幽魂化作了旋风,盘来绕去,凄婉地舞蹈于亲人的面前,不愿离去。旋风即鬼魂,这是对那些幽怨灵魂的多么忧伤、抒情、天才的譬喻啊……

我曾经苦苦找寻,发现了我的所爱,朝着她百折不挠地走去。我曾经赢得了她的依依一瞥,我曾经吸吮过她怀抱中一枚深红晶莹的纽扣,我曾经将她长长的围巾亲手给她围上,也曾将那长长的围巾绕在自己的颈上……生命之旅中,摘取过如此美丽的花,让我来怀想、礼赞它们,是它们,使我在这荒宅孤院的每一个日日夜夜,全身心和我的所爱所求活在一起。我和我的所爱所求全身心地活过,我满足了。

如今,我累了,走不动了。尤其是,我不愿再听到这风声,我和它斗了很久,实在斗不动了。我累了,走不动了,想休息了。

故土,最后的一缕温存……让我再看一看你,我不配在你的怀抱里休息,只让我再看看你,抱吻一回你。走充分了,进树园子,翻树园北围墙,踏上沙石路,经过偎靠着北围墙的家园的草场,经行菜园,沿园子边的田间小路,去后河滩,蹚白草,踏河冰,进对岸的树林,好好再吻吻我的河岸……

故乡树园里,治沙站弃置的旧院落,荒寂无人,院落前那片老松树黑森森的,寒风中呜呜作响,这怎么和我的院落一副

荒城望月

模样？

园子中央，那两列夹道白杨，刚栽上时，不过胳膊粗细，如今个个立地顶天，一人难得合围。

白杨夹道尽头，北围墙边，那几株高大的水桐树，又那么熟悉、亲切地摇来晃去，耸立眼前。

水桐树近旁，围墙外面，家园草场上的玉米秸穗头探过围墙，苍灰一片，寒风中萧萧瑟瑟。

童年时，冬天里在这园子里拾柴火，这水桐树、玉米秸穗头，就这样在寒风中摇晃着、萧瑟着。

一捆玉米秸穗子忽然剧烈地动了那么一下，恍然间，我看到母亲的身影一闪而过。

她老人家，是去草场给羊撮草吗？

梦里依稀慈母泪……阴阳两界相隔多时的梦中相会，母子相拥而泣，孩子，妈妈好想你……妈，我累了，让我躺你怀里吧……孩子，你不是最喜欢采蘑菇吗，下雨了，河滩发水了，滩地里长蘑菇了，跟妈来，到河滩去……我随母亲到了河边，母亲在河边的庄稼地里劳作，我在田头地畔挽猪菜，在河边的沙蒿地上寻寻觅觅找蘑菇，河水潺潺，引得我卷起裤腿，蹚入河中。河水忽然间浩浩漫漫，清澈碧蓝，我撑着一条小筏子顺流而下，只撑了几篙，竹筏悠然漂荡，漂荡，我就又看到了，浩浩沙漠中那个奇迹般的湖，在远方招摇闪烁。猛撑几篙，向沙漠湖漂去，南风大作，湖面上白浪滔滔，哗哗哗哗、哗哗哗哗……

我这才想起，我的生命中，还有一泓湖水，在远天远地，波光潋滟地荡漾。怎么把她给忘了呢？如今，她正以仙境般的万种柔情召唤我……

荒城望月

远天远地的湖

提起一身行头,提起草滩独步时拄的木棍,告别荒宅孤院,告别十五株树。沿着乡河,再一次穿行沙漠,穿越童年迷梦。当爬上那列高高的沙丘时,梦幻中那片奇迹般的湖,又那么蔚蓝明净、浩浩漫漫、哗哗哗地涌入眼帘。

定定地望着——梦中的湖,真切地呈于面前。这一回,不会让你只在梦中澎湃起伏,我已来到你身边,不会再放过你,我将和你在一起,日日夜夜长相厮守了。

见得一叶张起帆的小木船,离开湖岸,向着湖面漂去。

迅疾地向湖岸跑去,想真切地看看那波涛中起伏的小船。

可跑到湖边时,它已漂得很远了,只见得依稀一点帆影。

这一幕,似曾相识,是在……又是童年,露天影剧院,旧影片《海霞》中的一幕:少女海霞和石头哥哥在海边奔跑着,爬上一块巨大的礁石,向海面瞭望。父老们的张着破帆的大木船已漂得很远了,只见得依稀一点帆影,一支忧郁的谣曲响起,揪扯出了两个渔童悠长的牵挂……

苍茫人世,终点又回到起点,望着依稀的帆影,恍然如在童年。

先沿着湖岸走一遭，将这梦中的湖好好亲吻个够。

今天的风也还不小，北边的沙漠里、海滩上，流沙飞蹿，湖面白浪滚滚，涌向南天。不见一个人影，漫漫沙漠，浩浩湖面，唯见流沙、浪涛，这片广袤的天地如遗落世外的一方孤域。

沿着湖岸一路走，拄着的那根木棍，既为杖，又为伴，杖头时而戳着湿沙，时而点击湖水。一口气走了七八里地，来到渔村西边那座面海雄踞的高大的沙丘下。

大风劲吹的沙丘顶上，流沙肆虐如金蛇狂舞。

朝着沙丘顶攀去，半坡上，不知名的野草棵子一丛丛，一片片。在那板结成一块硬痂的城里，是踩不到这样绵软的细沙，嗅不到这样芬芳的野草的。

攀至沙丘顶，面向着湖，盘腿坐下来，一任沙流周身肆虐。

在这远天远地高高的沙丘顶上，一个人面海独坐，这是神明赐予的莫大的享有啊。

俯望湖面，滚滚白浪，铺天盖地。

沙丘脚下就是湖水，大风从沙丘顶刮过，脚下的湖水被拂起乱碎的微波，簌簌作响。

大沙丘西望，依然空旷的海滩，绵延的沙岭，沙岭上茂密的柳树林，摇来晃去，遗世独处。

现在只我一人，面对我的湖，面对哗哗白浪，波涌雪连天。她知道我恋她恋苦了，就在我见到她的第一天，将她的美丽唯呈给我，唯让我倾情依偎，倾情相诉……

远天远地的湖

渔人的小木船，在岸边泊了数十天后，一天早晨，纷纷向湖面漂去。

那是前一天下午，一只渔船出海碰运气，夜半归来，水舱里蹦蹿着数十条肥滚滚的大鲤鱼。

"鱼上来了！鱼上来了！"渔村里一片兴奋。

鱼有时潜在湖底，有时又浮上来。前些日子，它们在湖底潜伏了许久，渔民们好多天没见鱼的面。

终于盼到鱼又上来了，渔船纷纷，或朝正南方向，或朝西南方向划去。今天无风无浪，湖面平滑如镜。稀薄的雾气，这儿一片，那儿一片，飘游在蔚蓝的天空，飘落到蔚蓝的湖面。

一个多小时后，再瞭望湖面，已找不着渔船的一点影踪了，一片茫茫皆不见，知向谁边？

下午五点多钟，风起，浪涌，渔船三三两两，顺着风，扯着帆，结伴归来。六条船，打到七百多斤大鲤鱼。多是八九斤重的，有的十几斤重，猪仔一样，肥滚滚圆嘟嘟的。

这是深海打鱼的渔船。浅海里扎围子、扎包打鱼的，凌晨四点左右就出海了，赶往扎围子的海域。鱼喜冷不喜热，浅海里的鱼多活动在凌晨，太阳出来后，就渐渐潜入湖底。浅海打鱼要在早晨完成作业。

西天月亮朗然高悬，东方只现出些微的鱼肚白，渔船在森冷的湖上划行，偶尔的，有一两只沙鸥在晕白的熹微中飞过。

东方现出微明，星儿藏入天空。渔船划行近两个小时，抵达了捕鱼的海域。硕大的红日缓缓地喷薄而出，湖面浮现一条金红灿灿的笔直的光柱，将渔船与红日紧紧联系起来。鸟儿们醒来了，成群结队地在火红的光景中歌唱、飞翔，欢庆新的一天的开始，欢庆渔人的到来。

渔围子如一座迷宫，曲里拐弯，盘来绕去，鱼儿一旦进了迷宫，游来游去，终究还是钻进了渔人最后设下的长长的扎包里。沉甸甸的扎包被一点点地拽上来，快要拖到船舷了，有大鱼，在扎包里冲撞奔突，划桨的弃了桨，和收包人二人合力，终于将沉甸甸的扎包拖进了船舱。解开扎包，用力一提，大鲤鱼、鲫鱼、小蚕条哗啦啦涌入船舱，活蹦乱跳，银辉闪闪。大鲤鱼一蹦老高，差点蹦到湖里，渔人忙不迭地将它们按住，抱进船头的水舱里。鲫鱼也拣出来丢进水舱，只小蚕条堆在中舱，渔人飞快地搜拣着小鱼，将它们扔进湖里。

平日里在湖面飞翔，在湖心岛栖居的水鸟，难得靠近，这时则纷纷飞来，有数百只之多，在渔船周围翻飞扑闪，抢食抛向空中、落入水中的小鱼，驱之不散。渔船划向另一个围子时，鸟儿们紧紧相随，在渔人周围欢闹着、歌唱着，甚至落在船舷，手臂一抢，就可摘得一片洁白的羽毛。

望湖面，远远近近的打鱼船周围都翻飞着一大群水鸟，渔人被鸟儿簇拥着，出没在一片片烟蓝色的晨雾间，神仙一样，悠然飘然。

渔人"老鱼鹰"，目光凌厉如鱼鹰的双眼，腰板笔挺如鱼鹰傲立的脖颈。他在鱼又潜入湖底、渔民们又数十天没见鱼面的日子里，领着徒弟孤舟出海。上午十点多出去，直到夜间近十点，黑得伸手不见五指时，海畔上传来他"过鱼了！过鱼了！"

的喊声。人们纷纷跑出去迎接。"老鱼鹰"不愧"老鱼鹰",一气"叼"到了七十多条鱼,三百多斤。前些日子"鱼上来了"时,也没见有人一天打到这么多。

人们佩服不已,"老鱼鹰"深感自豪。他像往常一样,从鱼舱里拎出十数条硕大的草鱼、鲢鱼,兜回渔村,款待众人。

一直以来生活在沙漠湖上,汲取着湖水的滋养。小时候,是光着脚片子,随大人一道,一车车地捡拾春天里冰消水退后搁浅在沙滩上的鱼,或者搭船去湖心岛,一篮篮捡拾岛上的鸟蛋。浅滩上嬉戏,深海中遨游,水里生水里长,他和水中的鱼,水上的鸟儿,沙漠中的沙蒿、柳树一样,都是自然生命中的一员,随着它们一道生长。他对湖上每一片水域,湖边每一座沙丘都了如指掌,如同熟知自己一样。他成为湖上生灵中强健的一员,一名响当当的渔夫,鱼鹰一般锐利的眼睛看透湖上的一切。他一次次在浑水中摸到鱼群的踪迹,布下罗网。拖上来的网中,肥硕的鲤鱼像纺织女工织机上的梭子,一条挨着一条挤满网眼,他尽情摘取,转眼间堆满船舱。

沙漠寂寥,湖水浩渺,生活在沙漠上的人、湖上的人是沉静寡言的,"老鱼鹰"是个少言无语的人,他用动作说话,用劳动说话。湖滋养着人,人依恋着湖,劳动使湖与人浑然一体,造就了"老鱼鹰"这样质朴的自然之子。

劳动的、质朴的生活美不胜收。大雨过后,鱼又上来了,抢食河水带到湖中的丰富的养分,"老鱼鹰"又驾船出海,飘然于雨后平滑如镜的湖上。这时,天上出现一道彩虹,倒映湖中,渔船飘然于天上和湖中的彩虹间,那一时,那一刻,渔人不辨自己是在人间还是天上。

恬静温柔的湖使他赏心悦目，而大风大浪的壮观与挑战更勃发出"老鱼鹰"的豪情，磨砺出他的铮铮硬骨。有风浪时是避免出海的，而一旦遭遇风浪，绝不畏惧，驾着船儿冲上波峰，荡入浪谷，船儿大幅度地上起下伏，撑船人优哉游哉。不止一次，"老鱼鹰"摸到了大鱼群，捕获满舱，归航时却突遇龙涛虎浪，把鱼倒进海里逃命吧？此时的"老鱼鹰"目光更加凌厉，镇定沉着，坚毅果敢，会家不忙，一次次奇迹般地化险为夷，满载归航。

捕获归来，喝的五元钱一瓶的烈酒，是世上最有滋味的烧酒。

喝酒时吼唱的苍烈烈的渔歌，是世间最具感染力的歌。

受到昨日捕获的鼓舞，第二天，"老鱼鹰"又驾船出海了。

下午，南风大作，涛声阵阵，坐屋子里都能听到浪涛震耳的喧响。

"老鱼鹰"，又在惊涛骇浪中恶战苦搏了。

渔女阿萍，来自南方的一处水泊。故乡的湖泊，被厂矿、城市的污水毁了，而他们一家祖祖辈辈是靠水泊、打鱼为生的，他们离开被毁的家园，哪儿有清澈的水泊，哪儿就是他们的家。渔女阿萍随了父母，流落到北方沙漠中这个隔世般的、清纯的水泊。

一日清晨，湖边独步。北风习习，远处的湖面有微浪，近岸则清澈而平静。水湾里，一只雪白的沙鸥缓缓地、孤孤单单

远天远地的湖

地游来游去，它的幽独使我想起那支心爱的曲子：孤孤单单、徘徊低首的《黄泉的天鹅》。

渔村的坡上下来一位女子，端着脸盆，朝湖畔走来。在这寂寥的海滩，见了人是很稀罕的，何况是位女子，便和她搭讪：

"端着脸盆是捞几条鱼回去？"

"不是，是洗衣服。"

普通话，不太纯，夹一点他乡的方音。问起，便知道了这异乡渔女的来历。

她蹲在岸边洗开了衣服，她的侧影秀美、文静，兼着少女腼腆的躲闪。

"南国渔女，湖边浣衣……"我轻轻呢喃，她仿佛听到，举头朝我一笑。

农历十五的硕大的圆月升上来了，银辉遍洒湖面。湖畔游走，又遇那个渔女和渔村的一个小媳妇，她们怕夜间起风，要将船摇到避风的水湾去。

她们解开缆绳，吃力地推船下海。我帮她们推船，她们谢我，我说不用谢，让我搭搭你们的船，看看湖上的月亮。转眼间，竟和两渔女修得同船渡，驶向月亮朗照下的湖面。她俩在船尾摇橹，我坐船头，飘然于万顷银辉。谁家今夜扁舟子，何处海天无月明？舟楫欸乃，我已成了渔家，和渔家姑娘共度日落月升，一支渔歌悄然在心头唱起：

手把网儿张

眼把鱼儿等

>一家的温饱全靠这早晨
>
>男的不洗脸
>
>女的不搽粉
>
>大家各自找前程
>
>不论是夏是冬
>
>不论是秋是春
>
>摇荡着渔船
>
>摇荡着渔船
>
>做我们的营生①
>
>……

又一个清晨,那个渔女,还有渔村几个姑娘、媳妇,乘船到对岸去,对岸有一个渔市,同时,村里的男人、小伙子们多驻在对岸的渔埠捕银鱼。她们说说闹闹地离了岸,那说说闹闹的样子,让我想起孙犁《荷花淀》里那几个遮遮掩掩看丈夫去的女人。

第二天早晨,独坐湖边泊着的小船上,见远远的湖面有一个小黑点,一点点地移近,变大,是她们回来了。

那个渔女抱着那个小媳妇的婴孩上岸了,自己做的平底绣花布鞋,短而宽的裤角,渔女的着装多是这样吧。她抱着婴孩在沙滩上走路的样子,轻飘绵软。她觉出我在那一端看她,红了脸,垂了头,看着沙滩,弄得一绺黑发滑下来,她又抬头,

---

① 二十世纪三十年代老电影《渔家女》主题曲。

看看前面的渔村。

她们是湖泊的女儿，湖水使她们娇美、柔顺、沉静，可她们绝不是弱不禁风，弱柳扶风。黄昏，起风，湖水暴怒，两渔女迅速跑出来，于阴云密布、狂涛怒卷中将渔船摇往避风港湾。只见渔女阿萍毫无惧意，奋力划动双桨，也是那么左冲右突，搏风击浪，或弓步或后仰，动作灵巧、柔韧、健美、果决。好一幅遥远年代的风俗画，一幅古风的渔女斗浪图……

男人们一个多月才回来一次，家中生计多靠她们打鱼维持，常见她们吃力地推船下海，拽船靠岸。

遇到她们出海或归航，我就帮着她们推船，帮着她们拽船。再能为她们做什么呢？

白天鹅每到初春，就飞临沙漠湖，休憩觅食数日后，向北飞去。

它们总是在远远的湖面凫水、嬉戏，人们难以靠近。渔船接近它们时，它们又远远地游向一边去。

它们是高贵的鸟儿，飞翔在可望而不可即的高高的蓝天上，凫游在远天远地清澈蔚蓝的湖面。它们的美不容污渎，只有远天远地的湖才能配得上它们天使般的美丽。

渔女阿萍，你将自己的美丽呈于湖泊，呈于纯朴的、劳作的渔人，繁华、喧闹中的污浊距你很远，它们一点染指不到你的美丽，你的净洁。

白天鹅飞到北方旧巢，度过春天、夏天、秋天，直到初冬时分才飞回，在沙漠湖休憩觅食数日后，飞向南方故园。

渔女阿萍，怎么，你现在就要回南方老家？现在刚刚立秋。

远天远地的湖

鱼汛已过，又兼了天旱水跌，他们一家子要启程了，问起，说是要到北方更远的一个湖泊去。

渔女阿萍，湖泊的女儿。你的美丽不仅属于沙漠湖，你生来的女儿身，是为每一片幽独的湖增姿添色。

又是一个明月高洁、清光如水的夜，渔人入眠，渔村恬然。我出了渔村，走进茫茫月色，走到湖畔，踏上木板搭的直入湖中的长长的渔埠，走至尽头，坐下来。

浩渺湖面，银光粼粼，天上一轮，皎皎明明。坐于渔埠的尽头，四围皆是湖水，一阵眩晕间，觉得自己的身体腾空而去，飘然于空明澄澈的海天之间。

银色的薄雾横于湖上，青色的微岚浮于沙原上层层叠叠的蒿草、柳树间，若有若无，若隐若现。

水藻、海棉花散发出的甘芳的清气，和着月夜的淡墨色调，一阵阵袭来，沁入肺腑。

天空、湖面、沙原，这一片空明天地，都浸在了月色的温婉清辉里，浸在了由天上漫到人间的脉脉情意中。

唯我一人，独对湖畔月色，独对这般蜜也似的银夜。我何以竟能独自拥有如此美好的月夜？湖畔何人初见月，湖月何年初照人——是我终于得见湖月，还是湖月终于等来了我？让我们好好相拥，好好端详吧。

长时间地、静静地独坐埠头，我感觉自己化作了月夜中的什么，是沙原上的一蓬蒿草，还是一株柳树？而我的内心，已如这沙湖月夜，空阔澄明。

渔村傍海处，有一处独院，主人从前在院子周遭栽下密密的榆树枝，大概是准备修剪做榆树墙的，却多年未做修剪，枝枝条条疯魔似的蹿长，高及屋顶，将院子围起来。

我就走进这个院落，就着湖水，就着榆树枝条，再来浸入我的孤独，开始我的吟哦。

现在我有了湖，梦中那片明净的湖，如今波光潋滟，真切地闪烁身旁。

微风时，湖水泛着微波，絮絮地和我说话。

狂风怒吼、阴云密布的日子，湖上的涛声震耳、凄厉，一院子榆树枝条摇来、荡去、低回、飞扬。那枝条的衬着灰色天空的飘舞，总让我模糊地想到辽远、遥远的什么，忧郁而苍凉。我想，许是久远旧时光中的某一刻，也曾看到过树枝在灰色天空下的飘舞，那旧时光里的气息，在眼前的飘舞中被模糊地唤醒了，应了这样的感觉，思绪也被牵引得辽远、隔世、超脱。

风啸、涛喧、树响……那写下"秋叶春花野杜鹃，安留他物在人间"，写下"望断伊人来远处，如今相见无他思"的诗僧良宽，他的禅房，是否也是这样的景况？大风从西伯利亚越过日本海刮来，他的一生就在那大海边的北海道渔村度过。

而那震耳、凄厉的涛声，又让我想起《源氏物语》里宇治川的川涛声，是否如我听到的涛声？它大概比浪涛声凄厉得多。川边立着哀哀欲绝的浮舟姑娘，她写下"此生如梦何须恋，且待来生再结缘"，举身投川……不要投川，古典的浮舟姑娘，让我从背后揽紧你纤细的腰肢，让我将你古典的及地长发缠在

远天远地的湖

我的颈上……

或沉吟于幽独小院，或拄一根竹杖——前些日子，海滩上捡到一根渔人扎围打鱼用的竹竿，截取其中结实的一段，修整得齐楚、平直，将污垢清洗干净，即为竹杖——拄着竹杖，行吟、徜徉于湖畔、沙原。

"尖沙咀"一侧的浅滩里，衬着金黄色细沙的清纯的湖水，水中光影的变幻与流动多么动人呀。细碎的微浪下，那光影是密密匝匝相互勾连的无数金项圈，缓缓滚动。滚至浪大处，金项圈幻变成宽而长的金光闪闪的飘带，随着浪头潋滟、荡漾。涌向岸边时，金色飘带化作细长的条条缕缕，如无数条金蛇蠕动，倏地钻向岸边的湿沙滩，隐而不现。

褪去鞋袜，卷起裤腿，拄着竹杖，涉入湖中。细沙金纯绵软，湖水清澈温润，俯下身拨弄湖水，听它发出"霍霍"的声音。杖头击水，绕着身体画圆圈，看灿烂的水花次第绽放，晶莹的珠玉纷纷飞溅。这竹杖本是扎在湖中的，离开湖水已有时日，让它再好好亲吻一回湖水，扔竹杖入水中，看它随波逐流，我随其后。蹚着蹚着，一片浅滩水深仅及腿肚，金黄的细沙溢彩流光。索性和衣躺下来，揽竹杖入怀，躺在细沙上，躺在湖水中，听湖水在周遭窾坎镗鞳，任波浪在身上漫流而过。不管风吹浪打，我自悠然高卧，仰望长空浩如海，侧看湖面绿如蓝。

那座面海雄踞的大沙丘，棕黄一色，饱满、浑圆，拄着竹杖，一步步来丈量它优美的弧度。量至弧线那一端，沙丘脚下，簇拥着一大片沙蓬。记得夏天时，它们每一根细细的、短短的叶棒都吸足了水，绿蓬蓬水融融的，穿行其间，感觉蓬勃而柔润,似乎自己的身体也因步入其间而吸足了水分。如今,中秋时节,它们变成了一团团毛茸茸的大圆球,又是沙原荒城中见到的那个样子,有的呈浅绿色,有的呈粉红色,有的浅绿和粉红相杂相融,美艳绝伦,穿行其间,生出一种被托举着的感觉,我是飘然于从天上降至人间的彩色云霓中。

从沙蓬的云霓中飘然而出,来到了西海滩。

这里离渔村已经很远了,唯见浩浩的湖,广远的沙滩,绵延的沙岭,沙岭上萧萧飒飒的树林。一片纯粹的、隔世般的自然天地,孤绝到几近瘆人。

走到一株被浪涛卷入湖中,后来又搁浅于沙滩的白光光的树干旁,坐下来,望着湖面、沙滩,又一次觉得,自己是世间唯一的一个人了。

要的就是这样的天地,这样的孤绝。在这里,得以完全独对空旷,完全拥抱宁静,神明的、伟大的宁静。

又到落叶纷飞的时节,渔村里,不论走到哪,总能撞见一树金黄,总能踏在金灿灿一片的落叶上。

拄着竹杖,沿湖畔行去,向西海滩行去,北边沙岭上,远远近近、层层叠叠的秋林,一派金黄世界,超凡的奇美,令我意呆神痴。

碧绿的湖、棕黄的沙漠、金黄的秋林、净爽的蓝天……好一个世外的、幽美幽深的洞天。

流连、反顾、徘徊、徜徉,坐在那段白光光的树干上,独抱绝尘的幽美和空旷,久久不知归去。

远天远地的湖

秋风吹到浅水湾里，被沙丘、沙咀阻挡着，旋绕不定，水面泛起乱碎的微浪，簌簌作响。

秋风荡入幽独小院，一院子榆树枝条又狂乱地舞蹈起来。

枝头的鸟儿，平日里，东方微明时，它们齐刷刷醒来，叽叽喳喳鸣叫着，欢闹一个大早晨，四散飞去。黄昏，又齐刷刷地飞回来，为晚霞的美丽而歌唱，直至天完全黑下来，那歌声倏地休止。

可是，刮风的日子，无论早晨还是黄昏，都听不到它们的啁啾，它们的欢歌。

秋风中的独院，唯有一院子榆枝飘来荡去，独屋如一叶小舟，漂泊在波涛起伏的海上。

拄着竹杖，回到榆枝狂舞的独院，回到幽暗小屋。不想抛开竹杖，依旧扶着它，坐于桌前。

躺床上，依然不抛开竹杖，将它搂在怀中……

是谁为我吹笛，时而幽怨，时而清扬？是那个引领我舞蹈、飞翔的精灵，那个乡村笛手，他因笛而远离尘嚣，幽居林泉。他于月夜之下，湖畔一片树林中，坐树墩上，为我幽幽吹奏。

又见一个女子湖中嬉水，橘红色的衣裙紧贴身上，身体的曲线毕露无遗，珠玉纷纷中，蛇一样的腰肢扭摆旋舞。

她长什么样子？雪白的脸，艳红的唇吗？只顾盯着她的腰肢，没来得及看清脸庞……

那些梦中的女子，将母性的、女子的温存升华到极致，慰藉凄清。她们倏忽离去，令人寸断柔肠，正是聊斋中的狐仙女子，"偕儿往探之，洞口路迷，黄叶满径，零涕而返"。"寻至村所，庐舍全无，山花零落……"

不知什么时候，大雾弥漫，渔村、沙漠、湖泊，成了天界般、梦幻般神妙莫测的世界。

一头钻入大雾中，在距湖岸数十米远时，才看见湖水，从迷茫世界深处哗哗涌来。

沿着湖岸，朝着一片朦胧渺茫漫游而去，周身左近，只数十米内，见得一片湖水，一片沙滩，与我如影相随，余皆迷离莫辨。

看见那条搁浅在沙滩上的老木船了，它被弃置经年，破败不堪，迷雾中，仿佛一处探险中忽然得见的古代遗存。

看见了大沙丘的轮廓，浑圆的峰顶隐着几分莫测的神秘。

朝着一片神秘攀越，翻至顶端，见得沙丘西侧沙滩上的沙蓬，原本一片云霓，又被大雾笼罩，更变得迷离恍惚。

溜至沙丘脚下，感到有点累，就丢了竹杖，坐下来。

前方不远处，依稀辨得幢幢树影。

近旁，滔滔湖浪，从浓雾深处哗哗涌来。

树立于恍惚之域，浪涌自茫然之境……

一阵眩晕，像是喝了什么陈年佳酿，陶然、迷醉，不由得揽竹杖入怀，歪倒在沙坡上。

刚刚躺下，听得一声呼唤，热切，悲戚：

"你别一个人孤零零地躺在那儿，起来，起来！"

伴着"起来！起来！"的呼唤，似曾见得一个女子的愁颜戚容，似曾闻得一阵温软的馨香拂面，甚至觉得温香的手臂在

远天远地的湖

拽我。迷迷怔怔坐起，环顾四周，并没有女子在身边呀。而刚才的呼唤声是那么熟悉，致命的温柔，引爆生命深处最热烈的悸动，触发情感中的至弱至柔。

我站起来，茫然向四处寻觅。这时，我看见了，一群女子，在湖畔嬉水，抛洒一片欢乐的笑声。我定睛细看，看清了，是在师院时的那群女孩子们，我又看到了，她们青涩娇软的青春。她们在一块儿总是笑不够乐不够，如今来到湖畔，更是兴奋不已欢闹不休。那涉入湖中的相互泼水嬉闹，那蹑手蹑脚入湖的，被岸边的猛推一把，惊叫连连，而那举棋不定站在湖边的，又被猛不防拽入湖中，又是一迭声的大呼小叫……湖畔，雾霭中，一群嬉水的女子，银铃样的欢笑声，又让我想到聊斋——老林子，庄园中，月夜下，花草树木掩映的一汪清池，池中嬉水的几个女子，一派静谧中，她们荡漾出的银铃样的欢笑声……我看得呆了，听得呆了，而爱娇的女孩子们，只管自己嬉闹，一点不理会站在一边孤零零的我……她们在湖中乐够了，相携向西海滩行去，一路笑语，一路欢歌：

> 小小的一片云呀，慢慢地走过来
> 请你歇歇脚呀，暂时停下来
> 山上的山花儿开呀，我才到山上来
> 原来你也爱山花，才到山上来
>
> 小小的一阵风呀，缓缓地吹过来
> 请你歇歇脚呀，暂时停下来

> 海上的浪花儿开呀，我才到海边来
> 原来你也爱浪花，才到海边来①

我从呆望中回过神来，朝她们追去，她们的身影却渐行渐远，她们的欢歌越来越缥缈，消隐于茫茫迷雾中。

怎么会这样，在这遥远的湖畔，见到了她们，怎么能就这样让她们离去！一定要将她们唤回来！找回来！沿着湖畔一路寻去，恍惚听得那笑声、歌声在北边的沙岭上，就又穿沙滩，爬沙岭，钻树林，摸索在大雾茫茫的沙漠，她们的声息却搜听不到一丝了，我浑然不顾，只一味向前跋涉寻觅。

又见一个踽踽独行的身影，蓬头散发，絮絮叨叨。看他穿的破败不堪的羊皮袍子，一眼就认出了那中古阿拉伯的情痴阿米。想到他曾歌吟自己"离群索居"，就大声喊："喂！我认得你，情痴阿米！我也是个离群的人，孤身索居有年，如今一个人游荡在沙漠，等等我，咱俩结个伴！"

那痴子却只管自己絮叨，对我的问讯不听不闻，对我的追赶无察无觉，完全沉浸在自己的癫狂里，对世间的一切浑然不知，径自朝前方行去，隐隐见得，前方有一处沙漠废墟。

相随着那痴子，走进废墟，残垣断壁间游走数遭，却不见了他的影踪。

这痴人的栖身之所，只几株被风沙掩去大半截的柳树，守着一片残破。只断壁的拐角处尚可存身，抵御风沙。院内乱草

---

① 二十世纪八十年代台湾校园歌曲《踏浪》。

中，布散着沙原小兽的粪便和脚迹。

"阿米，别不理我，你我都孤孤单单，咱俩结个伴，好吗？"

……没有阿米，阿米早在一千多年前，就因痴狂，流浪沙漠，结束了短暂的一生。这里没有阿米，这里是沙湖，湖畔的沙漠，沙漠中的废墟，废墟中孤零零的我……

蓦地意识到：这里没有阿米，如果有，我自己，就是阿米。

我是阿米，浪迹沙漠，我已癫疯，我已痴狂。这就是疯狂的境地，一个人，漫游在大雾弥漫的沙漠，唯我天地孤身得之享之！

我就是阿米，将继续他的沙漠流浪。且再行去，以沙原为稿纸，以双脚为笔，为我的莱伊拉抒写诗行。

走出废墟，朝向迷茫大漠，这时，那群女孩子的歌声又缥缈而来——她们是为阿米而歌，为苦难、流浪、相许、相献而歌？漫长的一段孤苦过去了，今天，她们结伴而来，是特地来陪伴我一回，为我而歌唱？世间有她们悲悯我，有她们怜惜我……那歌声时而清晰，时而渺茫，如沙原柔缓的时起时伏，我追随着柔曼的旋律，漫游而去……歌声渐渐消失了，消失的歌声使我的心里回旋着一种忧伤而又美好的情绪，一味地走下去，浸在这种情怀中，也不知走了多久，不知走到了哪里，又一次累倒在沙丘上。

似曾见得一个女子的愁颜戚容，似曾闻得一阵温软的馨香拂面，我又听到了那一声呼唤：

"你别一个人孤零零地躺在那儿，起来！起来！"

迷迷糊糊坐起，身边依然没有什么人呀。四下里张望，这时，我看到了，不远处，雾锁云横间，一位娉婷女子，黑色袍裙，白色纱巾，纱巾的一角拉过来，遮住了脸庞，只露出双目，那目光，那神情，冷艳、淡漠而又幽怨。

莱伊拉？

是你吗，来看我？这么长时间过去了，你记挂着我，这么远这么偏的，怎么找过来的？路上一定大费周折了。让我好好看看你……你还是那么冷艳、孤傲，只是多了几分忧郁，想必，你曾一次次为我祝福、为我祈祷……这辈子，给你添麻烦了。不要为我忧心，你看，我不是挺安好吗，咱们终于平安相会了。瞧，咱们一旦相会，竟是在这样荒无人烟的大漠，这说明咱们人生的相遇实在是非凡的事，来，好好说说话，咱们说些一般人说不出的话。

我朝她迎去。看上去只数十步的距离，走了好一气，怎么就是到不了她身边。也罢，这么多年过去了，你已成为我的女神，一朝面对真实的、现实的你，真不知该怎么接近，说什么做什么，隔着点距离也好。见到你是我今生的最高目标，如今竟然得见，于愿已足。

忽然觉得不对……走向莱伊拉，是万难天路，如今竟已然得见，是否独居中有过什么意识不到的对莱伊拉的污渎，已丧失走向她的资格？而走向她，融于她，是活着的需要，一旦这需要被剥夺，活着的意义就丧失了……可怕的判决要降临吗……

"莱伊拉！"我大声说道，"我知道你来做什么了，不必于心不忍，遮掩闪避。已然得见，于愿足矣。愿意背着十字架，

远天远地的湖

缚跪在你面前，任由判决！来自你的一切，你给予的一切都是恩赐，判决吧，判决我……"

久违的清亮、爽利的语声，在这时惠然飘落：

"我一次次听到你'莱伊拉''莱伊拉'的呼唤，注目你多时。你一个人在沙漠的身影，让我想到了我的阿米……我是中古阿拉伯的莱伊拉，当你孤孤单单，倒卧沙漠时，我来看你了。"

"……中古的莱伊拉……可是为什么，你的声音珠落玉盘，你的目光幽怨、淡漠，你的风神冷艳、孤傲，和我的莱伊拉一样……你分明就是我的莱伊拉！"

"你渴望什么，我就让你得见。古往今来一切的美，我们都能和她相知相合。"

我端详她，黑色长袍，白纱遮面，这衣着，是阿拉伯女子；容颜、神情如我的莱伊拉，她来自比我们的天空更深远的天空，能为凡人之所不能……天使降临了吗？雾锁烟笼中，她那迷离神秘的美让我爱恋，让我敬畏，惶惶然垂首，莫敢仰视。

"现在告诉我，为什么这么多年呼唤着——莱伊拉、莱伊拉？"

"莱伊拉、莱伊拉……从最初知晓莱伊拉和阿米的故事，从心底里将我的所爱呼作莱伊拉，从决心为她独身始，我明白了，莱伊拉，你是使我无可奈何交付一切的美丽，你使我心甘情愿生死以许，你是我终其一生去奔向、融入的彼岸、归依。"

"又为什么，在呼唤阿米和莱伊拉时，一遍遍地念叨着阿拉伯、阿拉伯？"

"我心目中的阿拉伯，就是莱伊拉和阿米。是你们，昭示

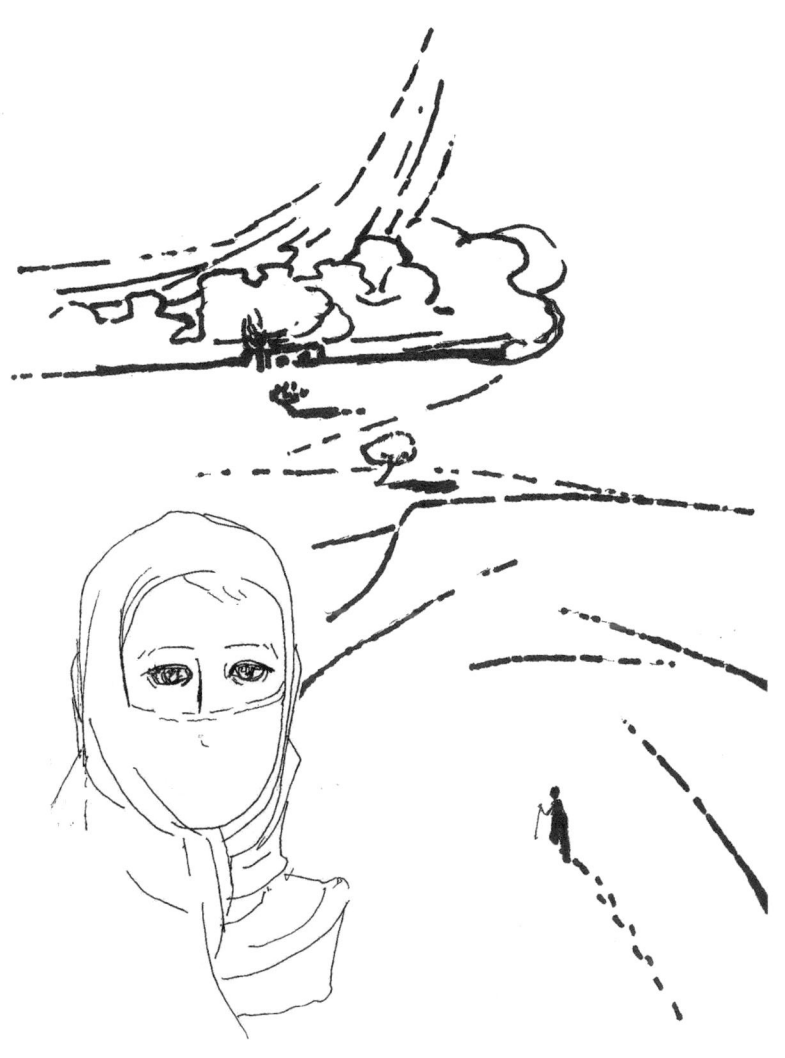

远天远地的湖

了阿拉伯的魂魄,以永恒的高贵吸附了我的心。"

"我们的阿拉伯,魂魄何如,精神何在?"

"阿拉伯,有着洞穿岁月长河的永恒精神力量,有着磐石不移的心灵仰望。阿拉伯的美就是你,莱伊拉;追随者,是热烈、执着、舍生忘死的阿米。多少个世纪,潮流滚滚,形形色色,阿拉伯心定神明,从来没有迷失人类精神的方向。人类的家园建立在物质和精神的平衡中。如今,家园因严重的物质主义变得失去平衡,阿拉伯贯穿始终的精神力量,真纯不二的、脊梁的、中流砥柱般的心灵品质,正在对失衡的世界做出平衡。"

"遥远东方,有了与阿拉伯灵犀相通的人们。爱是相通的,心是相通的。爱的追求造就了流浪者、放逐者,他们的孤旅自古以来就是超越的。在这片远天远地的湖畔、沙漠,孤孤单单如我的阿米的你,看到、想到了什么,呼唤、守望着什么?"

"我看到的,是满目的物质至上、利益至上、力量至上,世界的天平正在向物的一端倾斜,平衡正在被打破。

"没有人顾得上去想这些,都急急地向着大潮追去。那志得意满的,骄傲自信目空一切大步再跨新台阶,更多的是深恐落后的,比学赶超,助推着波澜浩荡而去,懵懵懂懂,浑然不知大潮将把他们带到一个什么世界。

"阿拉伯,以始终如一的心灵定境,看穿了文明进程中的误区和极端,看穿了物质主义的蒙昧,预感到了平衡打破之后将要遭遇的危机和灾难,发出了清明澄澈的声音:爱与心灵是人之必需;要阻止物的状态对灵的状态的肆虐、吞食,要恢复、树立精神和心灵的神圣、崇高……

"然而，在高傲的物质世界面前，形而上的呼唤太微不足道了，更何况这呼唤来自人们看来的边缘化的阿拉伯。主宰这世界的是科学，是实实在在的物质，是强大的、无可置辩的力量。柔软无奈的心灵情感，虚无缥缈的精神信念算个什么？满世界向着物质、利益狂奔而去，利益的不断拥有滋养出空前强大、无可匹敌的力量，而力量的拥有是为了获得更大的利益，强者开始使用自己的力量，征服与获得轻而易举达到了，而力量的野马从此脱缰，力量的野兽出笼了。他们频频使用自己的力量，他们心花怒放了。原来，地球竟在股掌中，一旦有了力量，没有征服不了的对象，没有达不到的目标，他们放纵了自己的力量，不断地去摧毁、拥有，他们感觉在这个世界上已入无人之境，他们目空一切了，完全可以任意摧毁，为所欲为，任意凌辱。被践踏的心灵发出愤怒的呼叫，他们大笑了，就凌辱你、践踏你，你能怎么样？世界在力量的肆虐面前变得几近麻木……而就在此时，大悲剧、大灾难降临了，数声巨响，粉身碎骨的热狂，高耸入云的双子塔楼崩塌了……惊天的罪恶必被审判，可这桩亘古奇案又如一口警世巨钟，震撼般地敲出了人类物质和精神的白热化矛盾，敲响了这个世界的心灵危机。应该被警示了，再不可以像以往那样愚妄无知了，却竟然只是打了一回愣怔，没过多久，又是老样子，依然是只盯着目的、利益，依然是不需要灵魂。不管是怎样一头没有灵魂令人切齿的野兽，不管他是怎样的狼心不死、狼心勃发，只要与他合作能达到目的、利益，就是好兄弟，哪管兄弟有没有灵魂，咱们兄弟联起手来，好好再干一场。一番摩拳擦掌，竟然又是洋洋得意，又将力量的大棒，征服、践踏的大棒高悬在人们头上。而此时，那粉身碎骨的热狂已疯窜成僵尸魅影游走四方，妄图以血淋淋的毁灭自我、毁灭无辜，来复活中世纪的幽灵，威逼人们再次套上极端精神蒙昧精神的枷锁……文明推进到新世纪之初，力量的野兽，极端精神、蒙昧精神，将人类推向了双重灾难！

"跌入幼稚、短视、浅薄、低级的泥淖已有多少时候，猛一回首，才又觉出了什么是人间至美，猛醒了方向的迷失。到了重新走向她的时候了。然而，尘垢何其厚积，忘却的罪过何其深重，必须洁净身心，甚至牺牲奉献。有无担当者，有的——莱伊拉，从来就有着令阿米里叶热狂、痴绝、舍生忘死的魔力。

"世间永远有你——美丽的莱伊拉。阿米以流浪、生死相许走进你的心灵，我以孤独相献，以孑遗之身走向我的莱伊拉。走过二〇〇〇，走过新世纪之初，从郊野，到远天远地的湖，到这一片荒无人烟的大漠。梦幻恍惚，孤影清寒，天路漫漫，天步艰难。有一段日子，走得实在疲软了，恍然看到了迢迢朝拜路上一磕不起的倒毙者，也许，我踏上了不归路，今生不会走向我的莱伊拉了……当我为我的所爱献出了全部力量，献出了一切，生命的过程也就出来了，今生今世，无悔无怨……当来到这远天远地的湖畔，杳无人迹的大漠，为什么，又令我心旌摇荡，总有什么点拨灵犀，总觉得将要轰然爆裂什么……如今，竟然得见你，中古的莱伊拉，神明的天使，惠然下降，慰藉孤旅……我膜拜你，中古阿拉伯的莱伊拉，我膜拜，我的莱伊拉。你是阿米的莱伊拉，可我依然又将你看作我的莱伊拉。

难道，经历了一番岁月，如今，我已走到你——我的莱伊拉面前了吗？"

雾岚依旧，举首仰望去，却见得莱伊拉的神情那么沉静清明。

"真正的抵达是心的抵达。当你的爱如此真，如此纯，如此无我，你的船，早已驶抵爱的彼岸。"

伴着迷离雾岚，清爽的语声如天雨妙花，纷然飘落：

"世间最大的事业，莫过于爱的事业，爱的事业在世纪之初，收获了一份纯粹，一支绝唱。

"人们说起神灵、天国，总怀着一种神秘感。其实，那是朴素、真实的存在。神，即人的精神；天国，就是崇高的精神境界。那么当我说，我是中古阿拉伯的莱伊拉，来自神主宰的天界时，不要为得见我而惊异。我在尘世，没有将身体给予我的阿米，我将心灵交给了他。当我们的心灵合而为一，我们的爱，升华为神性之爱——纯粹的精神之爱。我们遨游于神的家园，又时时俯望那留恋着我们的人间。一千多年了，阿拉伯，一直传说着'莱伊拉的痴情人'"的故事，潮涌般的感动漫过心田。爱的阿拉伯，真纯、坚执的阿拉伯，令我们感怀，更加眷顾亲爱的人间。

"这个世界还像个孩子似的不成熟，有了能耐，就做些幼稚的事。能耐还会不断提高，而当自身尚未走向真知，那些自贱尊严、自我毁伤的事情还会发生。因而，爱的事业、心灵的事业，在今天愈显出它平衡世界的沉甸甸的分量。

"这个世界需要爱的孤独，终将理解为心灵踏上的流浪。

"引领孤独的,依然是对你的所爱的解不开的情结,无限悲伤,万般甘美。

"你清楚爱不是得到,那以得到为目的的爱是世俗之爱。当你只求爱的本身,你的爱,已是纯粹的精神之爱、神性之爱。

"你将感到神爱赐予你的巨大力量。爱是无我、交付,面对苦难,你将泰然处之,恬静平和,承受一切,你是坚忍的。你已是爱的天地的一株树、一棵草、一滴露珠,传达着那个天地的色彩、声息、境象,你对抵达没有疑虑,你是有信心的。你的经历,在别人,是苦难、悲伤、耻辱,而在你,是无上的幸福、欢乐、光荣,你是满足的。坚忍、信心、满足——神爱的力量,从今以后,将伴随你,护持着你的航船。

"也许,你还会因苦厄而倒卧,喃喃着'莱伊拉、莱伊拉……'多少年了,我一次次听到你的呼唤,那如我的阿米,令我屏息、彷徨、心碎、神驰的呼唤……

"知道吗,中古阿拉伯的诗人们,冥冥中都有一个精灵相随、启示、引领、护佑着他。

"当困厄危难又覆压于你,你将听到'起来、起来'的呼唤,那冥冥中的呼唤,将是你的得救。

"那是我——中古阿拉伯的莱伊拉,化作了你的精灵,向你飞临,向你呼唤。

"听到了吗?起来!起来!起来!

"起来……起来……起来……"

努力想应着那呼唤起来,浑身却被什么纠缠覆压着,又被什么狠狠地一戳,蓦地坐起,才知自己刚才魇卧在西沙丘脚下,竹杖从怀中掉落。

大雾消弭,只在远处的湖面、沙原上模糊着几片云气。

扶杖而起,又向辽远的西海滩行去。

天空愈显得高远了,天底下唯有一个我。

盘腿坐在沙滩上,闭上眼睛……记不清多少次独抱这片空旷,此时,孤独的甘美沁透肺腑……是水在柔曼潋滟,还是火在烈烈燃烧?是红日,炽热的红日朗朗高悬,我看到了——

横亘千里的冰川融化了,到处是滴滴答答的水声,雪峰、冰峰轰然崩塌。

冰川下,万千道银练编织成万千条辫状水流,遍布平川,熠熠闪光。

万千水流汇成一条大河,向着前方的高山峡谷冲撞奔突而去,势不可当,壮烈昂扬。

它冲出了山谷,时而平直,时而蜿蜒,在苍茫大地上划出一条遒劲优美的弧线。

它携了沿途万千支流,以更加宽阔浩荡的姿态奔涌而去。

远方,闪烁着一片浩瀚、蔚蓝、明净的光彩。

那是我永不销蚀、愈加壮阔的海之梦,又在远方,以她仙境般的万种柔情召唤我。

我的心,追随着那条大河,向着那片无边无际的明净蔚蓝,悠然飘游而去……

二〇〇〇年三月至二〇〇二年四月,一稿于红碱淖、柴登

二〇〇二年五月至二〇〇六年十月，二稿于柴登、塔拉壕

二〇〇六年十一月至二〇一五年十一月，三稿于塔拉壕、东胜

二〇一五年十一月至二〇一六年一月，四稿

二〇一六年一月至二月，誊写

归来（后记一）

　　明知浮世如春雪
　　怎奈蹉跎岁月迁

　　这是《源氏物语》里，源氏五十二岁时，痛心正妻紫上的离世，感怀一去不复返的时光和人世的缥缈虚幻时写下的一首和歌。

　　此生如梦何须恋
　　且待来生再结缘

　　这是《源氏物语》里，浮舟因受到源氏之子熏大将以及匂①亲王两个贵族公子的追逐占有，无所适从，痛苦难堪，不愿忍辱偷生，决心投身宇治川，投河之际，留给母亲的绝命诗。
　　投川的姑娘被人救起，天仙般的美貌，又被救命恩人妹尼

---

① 匂：日本人造的汉字，发音为"niou"，意思是香。

僧的已升任中将的入赘女婿疯狂恋慕（妹尼僧的女儿已病逝）。而此时的浮舟，唯有快快出家，断了男人们的念想……为什么，这是为什么？窥望着落发为尼的天仙般的姑娘，中将君肝肠寸断，落魄失魂：

轻舟远向莲台去
我愿追随步后尘

一九九八年我开始创作前的准备，二〇〇〇年进入构思、创作。"寂寂寥寥扬子居，年年岁岁一床书"①，这其中的书，就有《源氏物语》。我将喜欢的《源氏物语》中数首和歌工工整整抄在一张白纸上，置于案头书卷上方，时时赏阅。十多年过去了，那张字纸，岁月的颜色兼了乡间特有的炉灰粉尘，早已由焦黄变作暗灰，而我自己早已是鬓发皤然。

十多年，独对一桌、一椅、一床。除此，还有什么呢？

一双鞋。二〇〇一年夏天买的人造革凉鞋，很耐用，加上修补，一直穿到二〇〇九年，伴我走过了红碱淖、柴登、塔拉壕的流浪旅途。

一根竹杖。捡来一根红碱淖渔民扎围打鱼用的竹竿，截取其中结实、平整、光洁的一段就成了。浸透了湖水，点遍了湖畔，再用它来点击柴登草滩，塔拉壕旧政府乱草丛生、荒凉寂寥的大院。

---

① 引自初唐诗人卢照邻的《长安古意》。"……寂寂寥寥扬子居，年年岁岁一床书。独有南山桂花发，飞来飞去袭人裾。"

一口锅。朋友送的小电饭锅，蒸饭、煮菜都是它。

一双筷子。一根的筷头折了一小截，用惯了，还就用它，直到折痕磨得光秃秃的，两个筷头斑驳陆离。

还有，一个泳圈。在红碱淖独步时，茫茫难辨的对岸旅游点漂过来的，很大很漂亮，一半花花绿绿，印了些动漫卡通，另一半一色的桃红。鳏居里从此有了这么个泳圈，枯寂时，抱一抱它，温软而体贴。

……

渗透心肺的孤独感始于何时？早在三十多年前，乡下的小学校里，人们就传我：很古怪的一个人，常常一个人转悠在沙巴拉尔里，待在沙蒿林里。回了城，又传我：一个人在操场上发呆。终于，到了二〇〇〇年，完全地做了匹夫，踯躅独行了。

偶尔和人们坐一块儿，总紧张该和人们怎么说话，一说话，语无伦次，荒唐无稽，只好不说话，总是陷入一种神经质的、傻乎乎的、一语不发的状态。就这样，渐渐地成了游离于热热闹闹仕途经济场外的零余人，局外人，和人们无话可说的人。

起初，也曾有过关心的或好奇的，前来探访。后来，小小的院落再也听不到他人的脚步声了。就如乡间写作，起初，邻舍们对来到乡间做这样一件事的人是新奇的，可时间一长，就视作不齿的异类，可鄙的一夫了。创作上也一样，现如今，不讲"文章憎命达"①，不讲生命叙事、命运之作，人们觉得，

---

① 引自杜甫《天末怀李白》："凉风起天末，君子意如何。鸿雁几时到，江湖秋水多。文章憎命达，魑魅喜人过。应共冤魂语，投诗赠汨罗。"

归来

写书,也不过是一种功利,如今已是几天就造一本书的伟大时代了,旷世英才们的赫赫威名转眼之间就遮天蔽日响彻九霄了,一本书,十几年,几十年,这算个什么事?愚人的蠢行,傻瓜的运命,不堪一视,不堪一提。我也深知,我已是世间一个愚人,本来,想念着好多人,多想见见他们,说说话,也只能狠狠心,将见人的愿望熄灭。正如耳聋后的贝多芬,"我得过着凄凉的生活,避免我心爱的一切人物"①。

可有时,又不得不走进人群。生存窘迫,柴登政府搭灶,九中搭伙,一个异类怎么和人群相处,躲在一边吧。吃饭时,总在一个远远的角落,尽量避免和人们接触,尤其是,不要回头,看那一桌花香芬芳的女干部,不要回头,看那一桌风光无限的女教师……凄然回到鳏居,孤独属于你,寂寞属于你,世间的温馨欢乐与你无缘。而当大风刮起,一院子大树摇来晃去,连绵号呼,时而凄厉,时而低回,实在是"此生如梦何须恋"了……

却又一次次将心头的黑影驱散。柴登整整一年,去的时候草滩一片苍黄,离开的时候草滩覆盖着白雪。按以往的创作经验,最多写两稿,且第二稿要比第一稿快得多,因而,觉得书稿应在柴登完成。没想到,这部书的创作成了特例,越写越难,离开柴登时,第二稿只进行了不到三分之一。柴登最后一日,晨,踏雪草滩,旷野的风声萧萧,凄厉,可怖,这是什么在召唤我?却又解读为:这风声传达着亘古、永恒的气息,要我独

---

① 引自罗曼·罗兰的《贝多芬传》。

立苍茫，传达亘古、永恒的感觉。那一天，依然将柴登的创作进行到下午四点。晚上七点多，回到灯红酒绿的东胜，望着夜幕霓虹，想到书稿的艰难，漫漫的寂寞，感到一阵虚脱，有气无力……躺了一会儿，觉得要将自己的魂唤回来，将力量唤回来，就又看了些老电影录影带，《天仙配》《卖花姑娘》……心头活泛起来了，又有泪涌出……我依然有爱，依然有泪，让我有勇气做我自己……那一夜，想到将在城里进行的一个阶段的创作，又兴奋不已，整理从柴登带回来的一应杂物，搜寻归纳创作资料，写日记，直到凌晨一点多，日记的最后一句是：魂兮归来，奉呈给《我的莱伊拉》……

这一切，为了什么？

为了如《源氏物语》里中将君对浮舟解不开的"我愿追随步后尘"的情结。为了一种不由得朝它跪下来的感觉，一种足以让我舍生忘死、写疯写死的美。生命属于它，时间交由它。

为了活得明白，活出个魂儿来，无论于自己，还是于人世间。不能活得愚妄无知，不能活得无意义无归依。

为了不能再忍受现代"荒原"上随处遭遇的麻木无感觉、空白无反应。没有人受难，没有人牺牲，想都不曾想到。如果你爱，你必受难，你必牺牲。

为了一念真诚。不可亵渎，不可有一点欺世之心。

……

一个念愿，十几年了，支撑着每一个日子。激情的火，十几年了，烈烈翻腾，渴望着在一个瞬间释放。然而，日月也实在太漫长了，黑头走到白头了，当这一天真的到来——当书稿

归来

终于画上句号时，是力量耗尽了吗？对抵达并未在意，没了反应。本来，这个过程就是交出自己，交尽了，也就心安了，平静了。

记得一九九八年的一个梦，梦见自己张贴一幅关于海的画作，给书稿开头。十六年过去，浪迹天涯的人回来了。一直以来，很喜欢二十世纪三十年代老电影《渔光曲》中的主题歌《渔光曲》：

  云儿飘在海空
  鱼儿藏在水中
  早晨太阳里晒渔网
  迎面吹过来大海风
  ……

后来，又兼了红碱淖的经历，爱之愈甚。总盼望着有一天归来时，给朋友们，给人间知己们弹奏这支曲子。听说，二〇一四年有一部叫作《归来》的电影风靡国内外，讲述了一个令人心碎的"归来"的故事，最近从网上搜看，发现这部电影的主题曲，竟借用了《渔光曲》：

$1\cdot\underline{5}\mid 2\cdot\underline{5}\mid 5\cdot\underline{3}\mid 2-\mid 3\cdot\underline{2}\mid \underline{6}\cdot\underline{2}\mid 1\cdot\underline{6}$
$\mid \underline{5}-\mid \underline{6}\cdot\underline{5}\mid 1\underline{16}\mid 5\cdot\underline{35}\mid 6-\mid 5\cdot\underline{3}\mid 6\underline{63}$
$\mid 2\cdot\underline{5}\mid 1-\mid \cdots\cdots$

原来，归来的念愿深处是相通的啊……终于归来了，人们啊，原谅我，做过许多违众忤俗的事，是因为我爱你们。接纳我吧，我深深地爱着这个人世间，让我闻闻炊烟的味儿，让我去买菜，让我来做酸烩菜，我喜欢削土豆，唰唰唰唰，极有快感的，这人间生活的温馨多么叫人迷醉。来，和我坐一块儿，咱们好好拉拉话，我憋了好多年了，你们和我痛饮一杯，咱们喝它一大扁壶一点五升六十度的草原烈酒"闷倒驴"……让我走进人群，让我走向社会，我知道还会遇到许多的"饶口谋衣之辈"①，还会遇到许多没有反应的甄宝玉②，而如今，我心中只有对人的爱，对这个世界的爱。

漫漫人生，广袤而苍凉。回想起来，让我不以为耻尤以为荣的，无疑，是这一段穷愁十六年自甘受难的履历，我的激情燃烧的岁月，我的声名狼藉的日子，正是它，闪耀了我的生命，让我活出了这一世的感觉，不枉此生。每一步的苦难，我怀想它们，礼赞它们——

红碱淖，最了解、最理解我的孤独的世间知己，深深地感知着我对它的爱恋。记得临离开湖泊前一天的下午，平静了好几天的湖水忽然又热烈地喧响了，坐在屋里听得十分清晰。它是在呼唤我！就又拄了竹杖，沿湖岸一直走过去。哗哗、哗哗——你来了！你来了！哗哗、哗哗——你走呀！你走呀！哗

---

① 引自《红楼梦》第一百二十回："所见不是建功立业之人，即系饶口谋衣之辈，哪有工夫和石头饶舌？"

② 《红楼梦》中塑造的一个与贾宝玉形象相对应、对立的人物。

哗、哗哗——你不要走！你不要走！哗哗、哗哗——你走呀，我们送你！我们送你……离开那沙漠湖泊好多年了，澎湃汹涌在梦里，而有时，梦见那湖水快要干涸了，被风沙大片地侵吞，只留下一小段水沟，我的心也因之快要干涸了……我的爱浇注着你，你的湖面会如往昔，会如我许多的梦境一样丰沛无比的，我知道你在等着我，已到了咱们重逢的时候。

柴登壕，流传着我的传奇。"一个五十多岁的白胡子老汉在边毛人的楼上住了一年，住进咯就不出来了。"如今，那个人确实五十出头了，头发也确实白了，他神秘勾当的帷幕拉开了：他将二十一世纪做了情人，用十六年时间，写下一封长长的情书。就是这样的一个白胡子老汉，起早贪黑、夜以继日，这么多年干了这么一件事情。"灰人安上灰心了！"镇上的小媳妇们在院子里闲聊时战战兢兢说起镇上的某个人。而我在柴登壕一年的灰心思，草滩上的每一棵草、每一朵花全清楚；一条条由小四轮儿、小三轮儿辗出的或深黄色、或紫色的醉人的乡野小路，都知道。

塔拉壕，我是你的好村民，一待九年。虽为一介鳏夫，但遵纪守法，没有违反村规民约。我的门前有模有样地贴着过日子的对联：和睦家千秋富贵，幸福人一生平安。那是旧政府大院好心的看院老头给贴上去的。火炉子是监狱的狱警同学搬来的，是狱里的犯人用供暖站废弃的烟囱特意为我改做的。窗帘是文联一九八七年成立时的青蓝布，上面印着椰树、海和船的图案。椅套也是文联成立时的青蓝布椅套。多少年了，人们多远走高飞，我是在塔拉壕，将那青布窗帘晒褪了颜色，将那青布椅套磨烂磨穿,是在塔拉壕将文学的牢底坐穿的。我怀恋我的塔拉壕、常青村,那唯我一人的荒凉寂寞的大院,大风刮起时,围着我的小屋的十五株树号去呼来,好恓惶,如浓墨重彩的笔,将我的忧伤浓浓地抒写在塔拉壕小小的云天上。我怀恋那方云天,怀恋村里的人们。那个给我提供过一段时间吃食的小饭馆,小饭馆里那个罗圈儿的可怜的病秧子男人,那时真是羞涩,没有半点表表心意的能力。现在活出来了,我要找到你,我要看看你,尽尽一个村子、乡里乡亲、邻里邻舍基本的心意。

时间:二〇〇〇年至二〇一五年。地点:红碱淖、柴登、塔拉壕、东胜。身份:匹夫、独夫、鳏夫;局外人、狂人、愚人;自闭症、抑郁症、孤独症、分裂症、白日梦游症患者;联邦大厦漆黑步梯里的招魂巫师……我已填充了一生中这一段声名狼藉的履历,我画出了生命中最灿烂辉煌的过程!

终于完成了这一世,终于有了内在的慰藉与庇护,可以生死相依——《我的莱伊拉》。

二〇一五年十二月十日

归来

我的札萨克（后记二）

　　父亲过世第四十九天，是过尾七的日子。头一天晚上回了老家。一大早，插旗，麻纸做的三角形小旗子，四十九面，从家门前插起，沿老街，出镇子，一直插到镇子东边的坟地。返回，老街上，见新街小学的孩子们全部出来了，一队又一队，占满了整条街，这是干什么？原来，今天是六一儿童节，小学的孩子们像我们小时候那样，盛装出来，上街游行了。瞧，那队列还是从前的样子，最前面是鼓号队，紧接着，彩旗队、花束队、彩带队、哑铃队、腰鼓队……看着看着，泪水涌满眼眶……告别小学的六一儿童节几十年了，少小离家，不论在乡下还是大城市，再没见过哪里的学校这样给孩子们过"六一"的，只是寡淡淡地放假一天。而老家的小学，却将我们小时候"六一"的盛大场景以传统的、民俗般的方式传下来了。多少代人了，从这个小镇、这所小学长大，走出来，或漂泊异乡，或旅居海外，白发苍苍，他们可知道，老家小学的孩子们还在过着他们小时候的"六一"，几代人的童年在小镇上永远留下来了。

札萨克镇原蒙政会沙王府遗迹

我的札萨克

童年定格了，而古老小镇的悠悠岁月，幽幽魂魄，穿越时空隧道，在我眼前活灵活现……

我的老家，伊金霍洛旗的札萨克镇，是一个有着高贵血统的小镇。它的前身——新中国成立前的札萨克旗（鄂尔多斯右翼前末旗），是达延汗八世孙定咱拉什的封地。定咱拉什本是鄂尔多斯右翼前旗（乌审旗）的东协理，因屡建战功，清王朝从该旗的牧地中划出一部分，形成札萨克旗，封定咱拉什为札萨克，诏世袭罔替，始为"札萨克"的由来。

这里曾经，是伊克昭盟盟府，绥境蒙政会所在地。镇子里，有过伊克昭盟最大的一座王府,周围召庙林立。旧志《伊克昭盟志》①这样描绘札萨克王府:"王府是建筑魁伟的新房子,七进正房,两旁是两进的厢房,前面是森然的大门。在正房的后面有几株葱茏的榆树,在临风动荡……王府的附近是一片平坦的草地,夏天满生着油绿的牧草,草地的周围则是沙丘起伏……"对周围的召庙记云:"……最大的是札萨克召,位于王府北十余里处,为札旗的家庙,建筑雄伟,规模宏大。附近有喇嘛屋舍百余间,遥望之,俨然成一村落……"

这里是一九三八年成陵西迁的政治中心,抒写了盟长沙克都尔扎布王爷以及万千蒙汉民众保护圣陵、保护祖先、保护民族英雄不受敌伪劫夺污辱的拳拳之心。对此,旧志《伊克昭盟志》又记云:"……国人对于敌伪劫陵同深愤恨,蒙旗先觉更悲痛莫名。沙王获知消息,悲痛填胸……向行政院提出书面呈报,力主奉移成陵。院准沙王呈请,提交国防会议讨论,当即议决,至必要时,再行奉移。所谓必要时,指敌伪武力来犯而言。但沙王关怀祖陵,心不谓然,其干部亦主张提前奉移,以安泉壤。于是沙王又面谒总裁,请求速移。总裁不忍重拂蒙旗先觉之意,因即面允举办……六月九日隆重致祭后,恭敬起灵,用马车引挽。当启灵时,蒙胞不期而会者约万人,诵经跪送,参拜者人山人海。彼等于大汗灵榇起行之后,莫不泣下……"至今想来,我似乎看到了圣陵经过札萨克时,小镇先民们夹道跪送,莫不泣下的情景……

---

① 见一九九七年版《伊金霍洛旗志》附录四"旧志摘录"。

这里，又是一九四三年震惊全国的"三二六"事变发生地，燃烧过"独贵龙"般武装抗垦的烈火。拒绝国军垦荒的沙王，流亡西鄂尔多斯沙漠的沙王，尤其是，抗垦英雄老瑞排长，这个札萨克牧民之子，阿退庙的小沙弥，镇子北山喇嘛庙上"独贵龙"领袖旺丹尼玛活佛的警卫员，席尼喇嘛的得力排长，"三二六"事变中的一代英烈，他抛洒在札萨克大地的一腔热血，滋养了后世作家莫·哈斯巴干，鄂尔多斯因此诞生了草原和大地之书《札萨克盆地》①，一部史诗般的鸿篇巨制。

　　一九五〇年，盟府迁往东胜，但作为旗府所在地，又兼了新中国成立初期的经济繁荣，小镇风姿愈加绰约。二姐是二十世纪五十年代生人，忆起她小时候的老新街（新中国成立后蒙政会更名为新街）：鹅卵石铺的花石头街，丁字街，东门、北门到南门，光溜溜的。街道两边，有铁匠铺、木匠铺、缝纫铺、山货店、车马大店，有泥瓦匠、做麻绳的、做鞋的、理发的、杀猪的……应有尽有，临街人家的窗玻璃擦得亮亮的，人住得"干稠"。一会儿过牛车了，十几辆二饼子牛车，排成一列，隆隆隆隆，咯吱咯吱，车床下挂着个油壶子。一会儿"当铃、当铃"过骆驼了，几十峰骆驼，那么高，牵骆驼的人那么小。一会儿马惊了，一条街上横冲直撞，惊得大人直喊娃娃，快往家跑！快往家跑……邻居冯来锁老汉，从神木城来的有名的铁匠，打制铡刀、锄头、镢头等一应农具，左近乡民多来买冯老汉的铁器。他家门前的树上挂着一块古文的招牌，常有镇上识

---

① 该书又名《风雪札萨克》和《鄂尔多斯1943》。

字的干部打门前溜达,歪着头看那招牌,笑,不知那上面写了什么。冯老汉喝着酒打铁,一个小酒壶,插一根管子,吸着喝,红着脸,红着眼睛打铁,喝完了,就招呼小孩子们,招呼二姐,打酒去,给你二分买糖钱,二姐便拿了那小酒壶,赤脚片子在花石头街上一溜烟跑,尽量踩在那一颗颗光溜溜的鹅卵石上。山货店的樊良老汉一见那酒壶就知道是谁打酒,打多少,剩多少钱,揭开大瓮盖,将散酒溜到小酒壶里。冯老汉家摆着太师椅,做饭的家什都是铜做的,铜瓢、铜勺、铜锅、铜壶……老太太的水烟袋古色古香,吸起来呼噜噜、呼噜噜,冯老汉的烟杆老长,烟锅铙子老大。冯老汉喜欢斗鸡,偏偏咱们家的公鸡厉害,把他们家公鸡的鸡冠子啄成个血圪蛋,跑回咯了。冯老汉对父亲说:"这么厉害?你等着!"跑到街上,买回一只雄赳赳的大公鸡,扔进咱们家院子,再斗一回,看谁厉害!冯老汉喜欢吃狗肉,常常邀了众邻居,杀狗,炖狗肉……那时候,小镇的学校里竖着木头的高高的秋千架,常见穿着裙子、扎着蝴蝶结的女孩荡秋千。那时候镇子东边的树园子里,常有青年男女拉着手风琴,载歌载舞。那时候,母亲还没有生下儿子,她抱来霍洛达尔扈特人的班定小子,做了班定小子的奶妈,那奶小子成了咱们家的一员,朝夕相处。成陵庙的"达儿胡"① 看儿子来了,门前的拴马桩上拴了一匹白马,"达儿胡"蒙古袍、蒙古靴,上炕时很费力地脱下靴子,掏出怀里的鼻烟壶,让父亲、母亲闻……那时候,母亲没有儿子,将那班定小子当儿子般养

---

① 达儿胡:"达尔扈特"的札萨克乡音。

了（后来，我听母亲说起她可想见那个班定小子了，班定有一年回来找过母亲，母亲不在家，竟没见成……后来，奶哥哥客居加拿大，海外生活到底有着怎样的不易，竟至于他的阿爸过世都未能回来送葬）。母亲想生儿子，就背上二姐去南面老家求神问子。那时的母亲，三十出头，穿着大花衣服，那种粉色底上撒满各色牡丹花的花布衣服，留两条长长的辫子，辫梢上扎着绿绸子，背着二姐胆战心惊地经过南面老家的秃尾河，那是我们兄弟们来到这个世界的序幕。（后来，二〇一三年元宵节，我在东胜的青铜器广场上看到了来自陕北安塞腰鼓队的异域表演。那些女孩子们，穿的就是母亲那时候的大花衣服。望着她们那南面老家的、民间的、代表着困苦岁月而又热烈奔放的花色，一阵感伤漫涌心头……）

不知不觉，小镇的岁月之水流到了我的年代，那时候，旗府已迁到阿镇，札萨克成了小小的公社，新街公社。但学校没有迁走，还是那所老学校，一直保留着传统，就让我再穿越一回老学校的"六一"吧，序曲是一个不眠之夜，一次次地扭头看窗户，怎么总是不亮……早早地赶去学校，学校早成了欢乐的海洋，那一身白衬衣、蓝裤子，那些个此伏彼起的鼓号声，彩纸扎的花朵，长长的彩色绸带，那些搽了粉的圆圆的小红脸蛋，那些歌声："欢庆六一儿童节／红花朵朵向阳开……"小小的公社，盖不起旗里那种二层楼、有座椅的高大辉煌的影剧院，却也盖了一座简陋的戏园子，高高的围墙围就的露天影剧院。六一儿童节，疯了一天，晚上接着疯，全校的专场电影、全镇的公演，人山人海。演什么，《闪闪的红星》，潘冬子。

那缀着红星的八角帽、红领带、红袖章、白衬衣、紧身的腰带、小挎包、红缨枪……英气勃勃的潘冬子的形象，映着我们年代的精气神。冬子当红军的爸爸要走了，留给他一颗红星，什么时候遇到困难了，想红军了，就看看它。而冬子对红军、对爸爸的热烈期盼，辉映着我们的年代对光明美好的热烈憧憬——等到春天，满山的映山红开了，你爸爸他们就回来了。而有一天，冬子站在那株小树边，望着草丛中那条小路，忽然，草丛中的映山红全开了，红军从小路上走来了，小路两边的"红领巾们"舞着红色的花束，唱起了热烈的红星歌，将自己唱成了漫山遍野的映山红……小镇简陋的露天影剧院里吸魂摄魄的老电影呵，加场电影，又演什么，《海霞》，古风的大海，古风的老木船，石头哥哥拉着小海霞在海滩上跑着，爬上礁石，遥望着父老们远海捕鱼的一点帆影，一支童年谣曲忧郁地响起，那情景，将美的忧郁播入心里，将文艺的启蒙早早生发于心里……红军来到了渔村，来到小海霞的家，他们将小海霞家里的野菜汤舀到碗里吃，而将他们的白米饭端到小海霞面前。端着那碗白米饭，望着指导员帽子上的红星，小海霞泪盈于睫……那个扮演小海霞的小演员，就是后来家喻户晓的影星蔡明。我总觉得，不管她后来演了多少小品、影视剧，都不会超越《海霞》，那是她一生最绽放的时刻，因为，她的一汪泪水，映出了一个时代的神魂……

小镇由盟府、旗府进而公社，一步步地式微了。少小离家的游子，渐渐读懂了它的过去，回乡时，感到了它的落寞。那曾经的伊盟最大的王府，二十世纪六十年代，二姐在王府圪梁

札萨克镇原喇嘛庙遗迹

挽猪菜累了，歪在王府院墙下。那时，院子里已种了菜，只有门楼、院墙尚存，上面的琉璃瓦金碧辉煌，飞檐斗拱上绘着花草鱼虫，珍禽异兽。她仰着头看，那么漂亮，只是有的完整，有的被毁坏了。她就想，要是完完整整该多好看。而在我童年时，那王府已完全成了残垣断壁。前几年还曾去察看，门楼残存了两个土夯的高大墩台，两侧裸露的土芯的院墙上积了厚厚的苔藓。墙角下尚有几株低矮的粗细不等的老榆，在远离镇子的荒寂一角萧萧飒飒。有一株从底部斜逸出一条粗壮的躯干，手臂一样长长地探过去，搂了旁边几株的底部，数株老榆，相搂相抱，相依相偎，同病相怜。北山下的召庙，也曾去视看，

我的札萨克

有的荡然无存，有的也是数段残垣，几株老榆。唯阿退庙除了残墙、榆树，还存有一栋完整的屋宇、院落，荒弃经年。王府的墓地，在镇子南边，民国时建了一座砖砌的尖塔，作为墓地标志，墓地旁有一条河，应了那座塔，那河被称作塔儿河，河边的村子，后来就叫"塔儿河子"。六十年代，那塔还在，二姐随镇上的老婆婆们去墓地附近掏苦菜，掐沙葱，见那砖砌的圆锥状塔，一人多高，风剥雨蚀，破败不堪。那儿的沙葱长得特别密，纯沙地沙葱，揪出来，葱根白亮亮的。老婆婆们对一盟之主的沙王是有感情的，她们就去看看老王爷的坟，孩子们说那塔里坐着个死人，啊呀吓死人了，坟墓看甚了……如今，塔已湮没，坟化作了一片沙蒿林，唯有两座老旧的碑，大概是老王爷和福晋的。曾经须发苍然、精神矍铄的沙王，清王朝的镇国公，御前行走，成陵西迁的发起人，"三二六"事变的领袖，魂归何处，在札萨克故土南边的沙蒿林里，几株杨树、柳树陪伴着。七月间，老旧的墓碑，掩映在遍地的沙葱花丛中……老瑞排长葬在哪里，多少人知道他？镇北三里地就是阿退庙，曾经的小沙弥，大概在那栋残存的屋宇进出过，想必他的灵魂在夜间辽阔的阿退庙滩上纵马驰奔……王爷府，残垣断壁，北山下的召庙，土埂残墙。唯见它们之间，王府圪梁西边的乱坟岗下，札萨克河边，有一片老榆树林，多少年了，婆娑在镇子西郊，阅尽札萨克沧桑，镇上的人叫那林子是"鬼林子"。我策划的"油画鄂尔多斯"工程，将那片榆树林定为首幅油画，我愿札萨克的精魂化身为那片榆树林，在远离镇子的孤独一隅，在札萨克河边，日日夜夜，将他们曾经洒泪泣血的土地，将鄂尔多斯，将札萨克深情守望……

岁月的流水，带走了蒙政会。东门上的老人们，也多已不在世间。父母的音容，只相会梦中。母亲的喊声，梦里十分清晰，是站在院子里，扯着嗓子叫我的小名，回家吃饭。母亲没有手机，联络我用的还是老办法。母亲还是穿着那件苍灰的旧衣，在田间地头忙活，她的身旁，堆了一堆沾满泥巴的土豆。父亲是在老屋的脚地下编筐子，卖给左近农人，窑道山场，镇上家家户户都是喂猪养羊的市民户。父亲的喊声还就那么粗蛮，马不吃夜草不肥，他揽了车马大店的牲口，穿了高腰雨靴，在夜间的水草林里牧放，那是他跑来奔去喝骂牲口的声音……

童年的伙伴，走着走着，就走散了。我们欢乐而辛酸的童年，我们兄弟般的形影不离，一块儿挽猪菜、挽草，一块儿去瓦窑区背土坯，出窑砖，一同分享艰辛童年的苦辣酸甜，荣耀屈辱，就如歌曲里唱的"我们曾经终日游荡在故乡的青山上 / 我们也曾历尽苦辛到处奔波流浪……"[①] 几年前的一天，又去了一回镇子西边烧砖的"瓦窑区"。通往砖场的那条路，已难觅影踪，唯见一坡风吹出来的乱石头。往昔路边的那个大大的枯井圪卜还在，圪卜里那一丛榆树枝条还是老样子。小时候背完土坯昏暮时分回家，曾见一只硕大的野猫子在那榆枝丛边一窜而过……去了瓦窑区，立于半坡上那口最大的砖窑遗迹旁，端详良久。这座窑，洒过童年、少年的多少汗水啊，我们瘦小的身躯常常被沉沉的砖坯压倒在半坡上……一道在这座曾经滚

---

① 老电影《魂断蓝桥》主题歌《友谊地久天长》。

烫的砖窑里一身褴褛、一身脏污、挥汗如雨的小伙伴们,多少年,几十年没见了。人生何如,让我那一刻那么凄然、萧然……就又去了后河滩。每次回乡,都要去一回后河滩,回乡的必修功课。那河滩,早已不是小时候捞鱼摸虾的宽阔的、水流汤汤的河滩,它变作了草滩,只在中间流了一线比浇地水壕略宽些的水道。也早已不是小时候热热闹闹的样子,别说小孩的身影,连个牛马羊都难得一见,一片寂寥。时值中秋,菅草、芦草都竖起了细细的、高高的杆,挑着一穗缨子,菅草缨子灰白,芦草缨子泛紫,将草滩招摇得萧索而凄迷……寂寥的独步,寂寥的河滩,沿着那条水道走,水静静地、清澈地、孤独地流淌着。经过一个小水坑时,一线鱼苗倏地飞蹿,钻入草丛……河滩变了,人变了,唯那鱼苗没变,还是童年的样子,孤独地在河滩上守着旧时光、旧感觉……那鱼苗,是童年的一缕精魂,倏然飞蹿间,童年回来了,二溜、侯人跑来了,大伙儿又在一块了,挽起裤腿,提着筐头,蹚水捞鱼了,不再孤单,人世的纯朴、温馨又回来了。

  我们离开故乡,做了游子,牵挂我们的是亲人、故乡。不知你们怎么样,我是为写这部书,步入了十多年可怕的孤绝之境。亲人们担忧我怎么落入这样的地步,硬拉我去成陵,见一个据说在当地道行很深的"神官"。"神官"看了我的扑克卦相说,庙神逼迫家族的先辈来纠缠我。我向来是不理这一套的,没管。不承想,没过多久,家人要为我"驱邪",诸事安排妥当,硬要我回家一趟。我从来没想过这类事情,但深知亲人们是出于关心我,而民俗不过是表达感情的方式,只好回去……夜间十二点，去镇外的一个小山包，领牲，献给"神"的牺牲是一只羊。那羊在车上，死活不肯下来，人们将它硬拉出来，一圈人围住那只羊，它浑身战栗着，人们往它的脊梁上倒水，耳朵里灌水，"神官"在一边祝颂、等待，等那羊脑袋一抖动，耳朵里流出血来，就说明"神"接纳了牺牲，可免人的灾难了……它是个生命，我目睹了它的恐惧、战栗。它将代人受过，代人受死，或者说就是代我受过，代我受死。这个场面我再也看不下去了，背过身去。

我是绝不会吃它的肉的。

早晨，故意很晚才起来，上街去，吃了一碗面。知人们早已将那只羊杀了，吃了祭羊了，遂回了家。

是的，大多数人吃过了，有几个还在吃，我看到了饭桌上祭羊的骨头，它早已被杀了，变成那些骨头了，我看到了它的骨头。

> 它要是惊了的话
> 我要看看它的蹄印
> 它要是死了的话
> 我要看看它的骨头①
> ……

梦见小学时的张桂圆老师。我和人打了架，受了重创，她

---

① 蒙古族寻马歌。

把我抱到一张小床上，妈妈般的张桂圆老师，为我包扎重创。

最艰危时，母亲托梦说：孩子，你是金命，现在年轻，还看不出来。

红碱淖奔波写稿，每次都要路过老家，转乘发往红碱淖的城乡公共汽车。那时的父亲，七十大几岁，生命的水分快要枯干了，体重大概只有百八十斤。垂暮之年，枯坐街头，忽见我来，父子心头都酸酸的……他知道我又是去红碱淖写稿，"去那个地方做甚咯了，邪邪雾雾的，×××家小子刚刚儿沏在那个淖卜子……"

农民之子，考上了学校，当了国家干部，不容易。而我，却没有像好多人做的那样奔走仕途经济，没有好自为之，而是走上了一条违众忤俗的孤独的路，自身尚且身如飘蓬，更别说给家人尽责了。父亲晚年的赡养，多由大哥、弟弟和姐姐们打理，自己无力尽到多少责任。父亲寿终时，竟未能赶到老人身边，我知道，是由于自己未尽到责任，罪孽深重，父亲惩罚我，不配守老人家的最后一刻……办完父亲的后事，依旧回到塔拉壕，独数晨夕。一天，野地里独步，忽见西头刮起一阵旋风，朝我身边旋过来了，盘旋久之，方去……我一下子朝那旋风跪下了……父亲放心不下我，来看我了……他一直就放心不下这个儿子，好端端的，怎么去了乡下，一待多年，这是个什么事儿，会出个什么事儿？他临终时未能见上我一面，他没想到我的罪孽，反而牵挂着我，放心不下我啊……

如今，儿子可以告慰父亲的旋风了：儿子不在那个地方待着了，他归来了，平安归来了，不要再牵挂，不要再放心不下。

他也并不是中了邪，他做的事，是世间爱的事业，他把它做出来了。

　　一切物质的、形体的存在，不管多么强大、辉煌，多么渺小、卑微，都将走向消亡。不会流逝的，是它的爱，它的魂。我拿什么奉献给你，养育了我的故土、父老、爷娘，拿什么奉献给你，我的札萨克？唯有去做爱的事业。这样，有一天，当我们累了，就可以幸福地偎入故土怀抱，母亲的怀抱，就可以化为它的一抔泥土、一朵野花、一绺青草，化入它回环往复、生生不息的爱的世界……

　　　　　　　　二〇一五年十二月十八日

附录

贴着湖面飞行

——十六年创作《我的莱伊拉》手记

乡下创作长篇小说《我的莱伊拉》期间,每每写得累了,闷得受不了时,就打开凡·高日记——《致亲爱的提奥》一书,读上几页。凡·高日记,是凡·高写给弟弟提奥的大量书信的摘编,内容大多记述凡·高的创作经过、生活境况、读书体会以及一些思考等。这样的书,是不属于那种"引人入胜"一类的,每次只读几页,但读得很细。砖头厚的一部书,用了几年时间才读完,而凡·高"不仅是一个伟大的画家,而且是一个出色的作家与哲学家"(编者欧文·斯通语)的形象,在心中矗立起来了。我觉得,《致亲爱的提奥》,堪称指引作家、艺术家创作生活的一部圣经。我从中记下了一百多条读书笔记,作为自己的精神食粮、支柱。后来,又将这些读书笔记编于自己主编的文学双月刊《高原风》每期末页,每次编用几条,旨在引领刊物方向——呼唤那种纯粹的、具有献身意味的文艺精神魂兮归来。

好多人有写日记的习惯，一部日记，大体可以展示他是一个怎样的人，做着怎样的事，他的精神境界如何。

我也写日记，不是每天。以前是散漫无际的，自从打算创作长篇小说《我的莱伊拉》，写日记就变得有意识了。先是将创作准备期里向各位师友的学习，以及生活积累、创作素材、为未来创作期做的基本的生存准备等记下来。二〇〇〇年创作开始后，一方面是记录创作素材、生活积累，最主要的，则是通过日记和自己说话，疏导漫漫长旅的孤寂寥落。从创作准备期记起，长达二十年，十几大本，四五十万字。

作品历经十六年，终于写出来了，并且被《长篇小说选刊》选载，赢得一片赞誉。自然，"经学家看见《易》，道学家看见淫，才子看见缠绵，革命家看见排满，流言家看见宫闱秘事……"众说纷纭的情况也在所难免，而在我自己，倒是越来越怀念起漫漫十六年孤旅的日日夜夜。

有记者问我,这十六年到底怎么支撑下来,怎么熬过来的？这显然不是一两句话就能说清的，大概十六年的日记、日记中的细节能回答这样的问题。另外，部分读者对这部心灵化叙述的独特小说感到难以把握。我倒觉得，十六年创作手记，像是作品的另一个版本，形象文本，主旨精神的别样显现，如创作谈一样，有助于对作品的理解，甚至共鸣。

而对许多使我顿生知契的喜悦、对文学满怀真纯之爱的同仁，也想通过日记，就文学的精神做一些对话，就创作的规律做一点交流、探讨。

尤其是，期望批评界方家对这个过程予以俯瞰审视，评说斧正，助力将来的创作。

有鉴于如上，决定对准备期、创作期二十年来的日记做一次审视、选择、整理。

打开记忆的闸门，重返二十年旧时光，我那声名狼藉的日子，激情燃烧的岁月，又一一朝我走来，触目惊心，呜呼一歌兮歌已哀，悲风为我从天来（杜甫《同谷七歌》）……

这是一条受难的路，收泪即长路，一路悲风浩浩，悲情汹涌……

这又是一条对受难满怀激情渴望的路。从红碱淖回来，创作条件不具备了，宁静丧失了，囿于城市，对孤独、艰苦的红碱淖，热烈向往——

"梦：飞翔，确信自己有飞翔的能力。想达到一定的飞行高度，不受地面其他东西的阻挠，几步猛蹬，就达到了高空。凌云飞着，阴云在身下，看不清地面，遂又俯冲，冲到红碱淖湖面了。手可触及湖面，贴着湖面飞行，不一会儿飞抵海滩……"

从柴登回来，创作条件又失去了，对忍饥挨饿的柴登，唯愿纵身飞去——

"又梦飞翔，飞越层层高起的楼宇，沿公路飞，去柴登。

"梦柴登草滩，竹机长得一人多高，飘舞着满滩白色的穗子……"

生命中魂飞魄夺、张狂痴迷的时刻，就这样朝我降临了。

重返那身随魂荡的十六载，书稿完成后近两年的闲适中磨钝了的感性，又鲜活起来，记忆的激浪砰然撞击，一切如昨，夜阑卧听风吹雨，铁马冰河入梦来（陆游《十一月四日风雨大作》）……

好啊，往昔的感觉，又回来了。

对过去的遗忘，意味着背离。不可以忘记。

那么，现在开始回忆。

二〇一七年九月十六日

一九九七年十一月十二日　　东胜

街头，看到在师范读书时常在校园里叫卖冰棍的女人，那时三十多岁的样子，现在五十出头了。十几年过去，她还操持着那个营生。车后座右边挂着那个木头箱子，蹬脚蹬跨上车时，由于箱子的重力，她像往常那样紧紧抓着车把，努力保持着平衡。

一九九七年十二月十五日　　东胜

路宾酒后神聊大学时的西部行，记若干：

骑马奔向雪山，却总是奔不去。

青海湖美得要命，遂下车，游泳，差点没被凉死。

戈壁滩上搭卡车，途中迷路，众人均分水和食品。前面泛亮光，大喜，走近前，发现原来是冷湖，惊悚不已。终遇一柳芭房，如得见上帝。

兰州和旅伴分手，买了车票后，余钱尽给了旅伴，身无分文。用粮票换来一颗西瓜，一天一夜就吃这颗瓜。看见人吃东西，馋得要死，遂避开。终于到了包头，找到同学，狠吃狠喝，差点没撑死。

体验最深的是生命的可贵。戈壁滩上，别说遇见人，遇见一棵草都激动得要赞美上帝。等到回了北京王府井，看见那么多人，特烦，任谁走在当中，也不过蚂蚁一个，哪如戈壁滩上一棵草。

一九九七年十二月十七日　　东胜

记秉毅的话：

有的人生命力强，撞到南墙不回头；有的弱，仅仅安于什么。比如朱德，本已是一方军阀中的旅长，却决然辞掉这份功名，远赴德国，寻求救国救民大计，一生经历千难万险，成为军队和国家的缔造者，民族的引路人。骆玉明（复旦大学中文系教授）画过两个圈，一个大圈，一个小圈，表达的也是这种生命力的强弱。草民路遇秦始皇，两股战战；刘邦、项羽见了，则云，大丈夫当如是——吾当取而代之。

一九九八年二月二十六日　　东胜

记福厅的话：

宗教是一种激情。信仰宗教是对美的追求。滔滔浊世中，追求美，是对生命的拯救。美使生命放射出瞬间的光芒。

一九九八年四月三日　　东胜

记秉毅的话：咱们这类人，办个小事一塌糊涂，但我们能办成大事。应有大的想法、思路。

一九九八年四月十二日　　东胜

梦红碱淖。夜，起大风，黑浪滔滔，翻滚啸叫着卷上岸来，有打鱼船几只，九死一生摇回岸边。景象古典、写实、凝重、逼真，如亲临其境。

一九九八年八月十三日　　东胜

记蔺怀恩先生的话：写下岗的酸甜苦辣是浮浅的。生活本身如波澜万顷，浪涛的起伏喧噪不可避免，你不可能阻止它，真正的作品应面对永恒。

一九九八年十一月七日　　东胜

记秉毅的话：弄文学要有创造思维，做学问也要有创新思维，不论弄文学还是做学问，不可以将思维禁锢在书本里。

一九九九年一月八日　　东胜

五岁的娃娃蹲地上，看了半天蚂蚁，站起来说："我听不见蚂蚁说话，蚂蚁说甚了？"复又蹲下，听了一会儿说："蚂蚁说它没有房子了，今天晚上在哪睡呀，我把它们的洞用铲子堵住了。"

一九九九年四月九日　　东胜

师范操场。又见到了十七八岁的女孩子们,有两个女孩子赛跑百米,抡圆了胳膊,赛疯了双腿,跑得虎虎的。

一九九九年六月十一日　　东胜

长篇小说题目初拟:我的莱伊拉姑娘。

原伊盟师范学校篮球场边的老树、鸦巢

贴着湖面飞行

一九九九年六月二十日　　东胜

写出这个稿子（《重回尔力古湾》），就可以挣到点钱了，这实在是好事啊。下岗风刮得越来越烈，据说，事业单位的裁员很快就将开始，下岗的可能性是有的。我明年开始写长篇，就一点收入也没有了，须如今挣下些，备今后写书之用，防断炊之险。

一九九九年八月二十日　　东胜

那个修自行车的老头，靠在一卷褥子上打盹，我喊了两遍才把他喊醒。来东胜时的一九八七年他五十八岁，给我修了十二年车，如今七十岁了。"人老了。"他说。

记得有一回，老头给我的自行车前轮换了里外带，我当时没钱，老头说："不忙，靠后给也行。"下午下班后送过去，老头很感慨，说："这是世上好人，我品见了。"

愿老人的良言，赐我以福。

一九九九年十月二十八日　　东胜

统万城望月记行

晚上八点多，天完全黑透了，方抵达巴图湾，宿巴图湾水库宾馆。九点多，去了镇上的酒馆。这儿距统万城七公里，但坡陡沟深沙多，须下一个大陡坡，过无定河，再爬一道大陡坡，方可到达。恐车出事，众人皆力阻不要去，经力辩，决定车不下坡底，不过无定河，在统万城对面的坡上遥望一下就行。当

乌审旗和靖边交界地带五胡十六国时期大夏国统万城遗存，距今一千五百多年

地人也说对面坡上就可以看到白城子高大的敌楼，众人这才同意了。

十点多，月亮已升得很高了，是我先出了酒馆看到的，饭暂停吃，酒暂停喝，有个女人给我们领路，我说给她挣十块钱。

停统万城对面坡上遥望，看到的景色：

眼界开阔，无遮无碍，夜空净朗，明月当头。对岸就是统万城，地势很高，几座高大的敌楼耸立其上，依稀可见。无定河河谷深而宽，衬出了统万城的高高在上，更衬出了月亮的高高在上，统万城与月亮，一千五百多年就这样亘古对望着。我身处的塬地上是一丛丛一片片的沙蒿，为月亮轻柔的光抚照着，由近及远看这塬地，亘古，幽邃，萧索。再望月亮，它总是那样热烈着、柔和着、美丽着，永远关爱着那座千年荒城。

众人聚一块在土道上走，我则独行，时而登上塬地高处。那一刻，我想一个人面对荒城之月。

那个给我们领路的女人叫李生爱，一口靖边话，这一夜听来，觉得很好听的，有一种柔柔的韵。

第二天早晨，动身去统万城。

坡很陡很长，沙土坡。慢慢地下了坡，车子在河槽里走了很长一段路。沿路有一些老柳树，大多老到生了树洞，树根裸露，奇形怪状。过了无定河上一座小桥，开始爬对面那道同样又陡又长的沙土坡，车陷沙土中，众人下来推车。步行爬坡，见得秋日乡村的天空，格外的纯净幽蓝，红色或黄色的树叶，色彩极鲜艳亮丽。

到达统万城。攀至西南角那座最高大的敌楼半腰，向下俯瞰，一阵眩晕。

老敖穿风衣，戴鸭舌帽、墨镜，立于敌楼高拔的崖壁，现代风神与敌楼古韵，构成一帧剪影。

秉毅坐敌楼半腰平台，展臂一呼："——平身！"

抬头望敌楼顶端，因是早晨，见得月亮尚在，很爽洁的，与敌楼构成"荒城之月"。

返回时去红碱淖。

明净的湖水又充溢了我的眼帘。无风，湖平如镜。一行五人坐老木船上，渔民小伙子郭昌昌为我们撑船，我坐船头，船在明净平滑的湖面悠然滑翔。漂至西边那座大沙丘附近，方掉头，向湖心荡去……

宋光亮用大块炖鱼、二锅头、腌沙盖款待我们。他很欢迎我明年来写稿，事情定妥了。

一九九九年十一月七日　　东胜

从统万城回来，人们竟有点不敢和我来往了……

一九九九年十一月二十一日　　东胜

娃娃一个人玩耍时的自顾呢喃："……秃头雪人冷了吧，给它戴个帽子吧，就戴个水桶子吧。雪人说，冬天来了冬天来了，快堆雪人吧……爸爸的妈妈不在了，就给爸爸堆个小雪人吧，让小雪人陪着他，爸爸每天要给小雪人讲个故事……"

一九九九年十一月二十五日　　东胜

德成说："你用全部的生命、血液投入自己的信念……好些人的位置别人能取代，你却不同，你的位置无人能取代。"

一九九九年十二月十三日　　东胜

酒场上，和某不相熟的阔东家言谈不甚投机，我就不再说话，不喝他的酒，和众人也不发一言。

福厅觉出了我的一种气质：不妥协任何人的世俗行径。

秉毅也曾说我：李永刚是个不世俗的人。

是的，就是这样。

二〇〇〇年一月九日　　东胜

和秉毅、福厅夜话。

秉毅讲,最出色、最能流传下来的文学,往往是那些人们眼中神经出了问题的"疯子""精神病患者"搞出来的。

二〇〇〇年四月三日　　东胜

寒食回乡祭祖,记:

老街上,我推平板车,上面坐着老父和娃娃,优哉游哉回去。娃娃说,爸爸关心爷爷,我将来关心爸爸。

乡人袁宝成在老婆病殁后,一人拉扯大四个孩子,给他们成了家立了业,去年自己又结婚了,找了阿镇一个四十多岁的女人。砖瓦房给了儿子,自己收拾屋后老刘家弃置的土屋住了。那老土屋,窗玻璃擦得亮亮的,对联红艳艳的,屋里贴着年画,画上是胸脯丰满白皙的女人……拾他的粪,种他的地,做他的小买卖,过他的小日子,搂他的新媳妇,抱他的小孙子……平常人平常生活,多美气。

二〇〇〇年六月二十七日　　四十里梁

记两个乡村翁媪的话:

隔的七八里地,十来年没见你一回,就那个李子俊,一年能见个十来回,夜来还见赶的个灰毛驴。

(说到×××)跌了一跤,跌得灰茶巴塌。

(看见×××)正抹涮他那点寿木了,怕漏进水咯。

（说到某户人家）大骟马死下了，牛也死下了。（拿了庙上的砖）

就瞭见你家那个塔塔上下了一股儿雨，黑云仙家照应你家着了。

喂了一个当年猪，种了二亩玉茭子、二亩山药，倒了点荞面。（八十岁）

二〇〇〇年七月十一日　　东胜

又看黄梅戏《天仙配》，感触有二：

荒郊野外，方能得遇神明。

毁灭，也是通向美、通向永恒的一条路。

二〇〇〇年九月十一日　　红碱淖

接近黄昏时，终于去了红碱淖。

稍作安顿，就去了海滩。

海滩上不见一个人影，湖面上不见一条船，湖水深广，浪涛絮语。捡一根木棍拄着，沿着湖岸一直行去，走了数里地，来到了我的圣地——那座面海雄踞的高而尖的沙丘下。

拄着木棍，爬沙丘，脚下是些不知名的草，被我踩倒了。离开了喧闹的城，一个人爬沙丘，踩秋草，在沙丘顶上孤单单地面海独坐，这是神明赐予的莫大享有啊。

好硕大光鲜的夕阳，艳艳的红黄色，色彩是那么纯粹。好长时间没见到这样的夕阳了，一片薄薄的云飘来，横浮于夕阳中间。

红碱淖

往回返，数里地，夜色越来越浓，月上东山了。
回了渔场，回望湖面，一片银光。

二〇〇〇年九月十二日　红碱淖

下午两点多，游泳。

虽是九月，下午时分的湖水仍很温润。碱性大，水很润滑，天然浴场，无须香皂洗发液之类，身体头发就洗濯干净了。沙漠湖，湖底细沙绵软。仰泳，躺在温润光滑的水面上，太阳朗照，蓝天白鸟，惬意极了。

二〇〇〇年九月十六日　　红碱淖

晨，见打鱼船归来了。我乘坐过的那条船，前天只打到一条大鲤鱼，昨天有我在船，网到四条，今天打的比昨天还多，大小蚕条，满满的两舱，网到十一条大鲤鱼。我们见了面都笑着。他们把满满一篓篓蚕条抬上岸来，劳动而有收获，多么充实，多么欢欣。

二〇〇〇年九月二十日　　红碱淖

游泳，置身齐颈的深水处，看湖面，湖水浅蓝莹莹的，不远处湖面的蓝色水汽中，沙鸥或游或飞，它们是我的玩伴了，天空、湖面、水汽，一色的浅蓝莹莹，似要将我溶于其中。

湖水温润润的，我奋力地在湖面猛画圆圈，奋力地弹腿仰泳，恶汉般地亲吻这爱不够的湖水。

二〇〇〇年九月二十五日　　红碱淖

二十四日晚，"老鱼鹰"、捕捞队队长张侯旦出海归来，网住四十一条大鲤鱼，加之草鱼、鲢鱼、鲫瓜子，共打住八十多条，计三百五十公斤左右，这是这几天来打大鲤鱼数量最多的一次，比那个出色的山东渔民竟高出四倍。

"老鱼鹰"不简单，难怪此人目光凌厉，出语尖刻。

曾经是渔场副场长，现在又成了普通渔民。地道的、不服输的老渔民，像海明威笔下的古巴老渔夫桑地亚哥。

人们讲起"老鱼鹰"的捕鱼故事，一次，遇到鱼群，打到五百多公斤大鲤鱼，走得远了。归航时，狂风大作，惊涛滚滚，同船渔人说逃生吧，把鱼扔进海里算了，"老鱼鹰"不，与惊涛骇浪恶战苦搏，终于将船摇了回来。人们讲到这儿，"老鱼鹰"插话说，那天要是把握不好风和浪，三个人就没命了。

早晨，"老鱼鹰"亲自下厨，将九条硕大的草鱼、鲢鱼炖入锅里，款待众人。

二〇〇〇年九月二十九日　　红碱淖

今天，朋友们，老同们，你们在干什么，一定忙得不可开交。

我很清静，一个人，拄根木棍，在湖边埠头上走来走去。风大浪高，周围一个人也没有，汹涌的湖水呈淡蓝色，间有蒙蒙雾气。

想起了保尔，黑海边治病，也是孤单一个，拄着杖，埠头上走来走去。

二〇〇〇年十月三日　　红碱淖

今天，朋友们，老同们，你们在干什么，你们今天都得空休闲了。

我清静到了极点，拄木棍，沿湖岸一直向西走，走了一个多小时，可以清楚地看到湖西岸了，遂停下，停在一片广阔的海滩。寂寥的海滩，寂寥的湖面，只我一人，坐在一株被湖水拔起，后来又搁浅在海滩的枯树上。广大、寂寥，唯我一人，很蛮荒，很瘆人，幻想只有宇宙人会看到我，飞临和我对话。

二〇〇〇年十月五日　　　红碱淖

大哥昨夜忽发来传呼，让我速回电话。

用了渔场的电话。问起，没事，只是责问："你在哪？去了快一个月了，甚音信也没有！"

家人对我去红碱淖写稿，很不放心的。

二〇〇〇年十一月二十六日　　　东胜

梦：飞翔，确信自己有飞翔的能力。想达到一定的飞行高度，不受地面其他东西的阻挠，几步猛蹬，就达到了高空。凌云飞着，阴云在身下，看不清地面，遂又俯冲，冲到红碱淖湖面了。手可触及湖面，贴着湖面飞行，不一会儿飞抵海滩……

离开红碱淖，已整整一个月了。

二〇〇〇年十二月二十二日　　　东胜

娃娃的话：

葱头就像大屁股。

猕猴桃就像山药蛋。

那朵云就像一只大鸟（尖嘴伸颈展翅状，过冬祭祖时于墓地言）。

又说梦见过"六一"，她吃西瓜了嘴吃成个红圪蛋，吃羊肉了手吃成个油圪蛋，洗手了把水洗成个脏圪蛋……

二〇〇〇年十二月二十四日　　　东胜

梦：卧破土屋，窗户上的麻纸被老敖撕掉了，冷风从洞开的窗口满灌而入。还想着盖上厚被子睡觉，结果冷得躺不住了，起身，穿拖鞋欲逃离破屋，而冷风更觉奇寒了，似要将伸进拖鞋的脚割掉。

中午，盖一块毯子卧于新租的小南房，火熄屋冷，有此梦。

二〇〇一年二月十五日　　东胜

农历正月二十三，沙暴。

梦：旷野，四处游荡着各种虎豹狼虫。有几只毛色雪白的狼在我附近迂回，忽向我扑来，掀被而起，醒了。

寒风突来，猛烈扑击租屋的门。风是那些忧伤的幽魂的化身啊，无处归依的幽魂御风而行，四处游荡，刮野鬼。民间说的旋风里有鬼魂，那幽魂化作了旋风，盘来绕去，凄婉地舞蹈着，不愿离去。旋风即鬼魂，这是对那些幽怨灵魂的多么忧伤、抒情、天才的譬喻啊。

二〇〇一年五月二日　　东胜

租屋枯寂。忽有两个小文友来拜访，亮丽的容颜，青春芬芳的气息。她们还噼噼啪啪为我忙乱起来，为我做饭炒菜。一时间，我像是《林海雪原》里那个蘑菇老人，小屋里忽来了白茹姑娘，为他治伤、喂药，如坠梦境，问："你是谁家的姑娘？"

二〇〇一年六月十三日　　红碱淖

又赴红碱淖

北风中，挂木棍西行。

清清的湖水

  北面黄沙滚滚袭来，湖面水汽迷蒙，不辨远景。除我再无人迹，面对湖面和萧萧风沙，人的思绪安定、纯净、唯一。

  数里地外那个大水湾，立湾头，见得北风劲吹下湖上的大浪，如一条条大鱼跃出水面，翻滚腾跃。这遥远荒凉瘆人的湖畔，水更清了，浪涛的喧响更烈了。

  天地之间，湖水与沙漠之间，唯我一人。世间有谁，还在做这样的独行，风神超卓！

二〇〇一年六月十八日　　红碱淖

  雨住，风止，宁静的湖，一少女湖边嬉水。

  荒凉偏僻的湖畔，得见那样一个女子，是一个奇迹。

湖是风景，她更是一道风景。

她和湖，十分相配。

二〇〇一年七月三日　　　红碱淖

今天是农历五月十三，关老爷磨刀。

夜，云散空晴，月亮姣好。穿好衣服，拄竹杖，独自去埠头看水上月，水中月，听蛙声一片。

独坐良久。有一人走来，渔场守夜人脑亥老汉。我说，这么好的水，这么好的月儿，没人看，就我一个人看，现在加进亥叔了。

二〇〇一年八月四日　　　红碱淖

初中同学来访，喝毕酒，送走访客，已是大醉。见山东渔民坐一处闲聊，也加入。有一个说是微山湖来的，我就给渔民们唱起微山湖的歌《弹起我心爱的土琵琶》，又唱三四十年代上海滩的老歌——《渔光曲》《渔家女》……

引来一院渔民，听我醉歌。

二〇〇一年八月二十三日　　　红碱淖

那只脖颈长长的、弯弯的大鸟，每天里独自站在那个"尖沙咀"边，一动不动，像是在视察什么，像是在深思什么，又像一个失恋者沉浸于自己的悲伤。渔民说，那叫"老等"，站在岸边是等鱼了，这一带好像就这一只"老等"了。

原来，它站在那儿是等自己的口粮。

二〇〇一年八月二十六日　　红碱淖

师范同窗老康来看我，记几点：

老康一听我昨晚打电话，说："来，一定来，一定赶到你说的十二点以前。"这一天，弄车到了红碱淖东岸，绕湖找渔场，找不见。遇一旅游点，租汽艇过来接我，赶在了我说的十二点之前。不让我花一分钱，一律费用全他包揽。"一听你打电话，我搁下甚也过来呀。"

一个在矿区，一个在东胜，忽然就相逢在红碱淖东岸。穿一件红秋衣，他和我一样，本命年啊。

无论我怎样努力调整自己的姿态，想以一种良好的状态面对老友，却怎么也做不到。我好像无话可讲，又进入那种神经质的、傻乎乎的、谈吐荒乱无稽的状态。长期孤独造成的某种心理病态又发作了。

老康安顿酒馆的小厨子负责送我回来，埠头停一只塑料小船，我俩乘坐其上，水极浅，他躬身用一根木棍左右撑着，唰唰撑向湖中凉亭边的机船。一看，船舱有水，先让我上船头，他又躬身，唰唰地将塑料小船撑回岸边，取回一个铲水倒水的工具。

湖上浪很大，我坐船头，没注意到后边的事。回了渔场，那小厨子讲起刚才的历险，说一个大浪打过来，给船里泼进不少水，可把他吓着啦，不敢回啦不敢回啦，打电话让快艇过来拖吧，他这是第一次驾机船。

我这才觉出自己喝高了！竟对刚才湖上的危险浑然不觉。

渔场旁边的树林

小厨子就住在我的房间，电话没打通，等天明没风，再回去。

俩人捣拉，我说起刚才浪大时我特别兴奋，船一会儿跌入浪谷，一会儿浮上浪尖，我坐船头，上下起伏，优哉游哉。小厨子惊叹我一点也不怕，觉得我的得意相特别有趣，就笑起来，嘎嘎嘎嘎，特别亮。

俩人又说起他们酒馆里的一些事，小厨子言语甚粗，不时嘎嘎嘎嘎亮亮地笑起来。

我问到他的年龄，他才十九岁。

山西兴县某村的，家贫。十七岁那年，带着三百块钱去东胜学厨，在一品香，管吃不管住，每天挣一块钱，一个月挣三十块钱。三百块钱花光了,他就借了表哥二百多,表哥带着几千块钱。表哥做买卖把几千块钱赔了,俩人都没钱了,相约去盟医院卖血,听说一管管好几百块钱,抽完输上点盐水就没事了。他们在盟医院找了半天,没找到供血部的人,作罢。

他们那个旅游点没几个游客,靠几天就关门呀。他打算去神木,那儿有几个厨子朋友,让他们帮忙找个活。

忽听院里有人喊他,是老板夜里开快艇来找小厨子和机船了。

那孩子便嘎嘎笑着,迅速离去。

十九岁,艰辛地闯荡江湖的生活。可因为十九岁,还嘎嘎笑着,拥有着这个年龄天生的快乐。

可怜的孩子。

二〇〇一年八月二十六日　　红碱淖

农历七月初八。

渔民、农民们天天在说雨、盼雨:

"旱得连种子也收不回来了,今年好活了种子公司了。"

昨夜阴住,今天早晨下开了小雨。吃饭时,渔民们谈起今天的雨:

"牛郎织女七月初七见了面,今天分手呀,哭开了。"

二〇〇一年九月三日　　东胜

又回城里了。

城里好啊,美丽的女子那么多。

去朋友家，路过财政处住宅区，城里人、文明人生活的气息那么浓烈。

朋友家里的花养得好，有一个花盆架高高的，古色古香，特别漂亮。大彩电，二十八个频道，什么节目都能看到，每个频道都那么清晰。

我距这种城里人的生活已十分遥远了。从生活上说，我不是这个城市的人，我和我的红湖渔民一个样。

我依旧是忠贞于这本书，忠贞于自己的信念，愿意承受一般人不能承受的苦难、屈辱，虽潦倒穷途，不会反顾。

二〇〇一年九月二十五日　　　红碱淖

某人戏说渔民灶伙食：

"圆菜也吃完了，就吃山药圪蛋吧。不吃山药芥芥就吃山药片片，不吃山药片片就吃山药糊糊，反正就是吃你山药圪蛋，非把你山药圪蛋的脑子倒出来不可，可怜的山药圪蛋啊……"

二〇〇一年九月二十七日　　　红碱淖

调侃灶上小媳妇：

每天喂完人喂猪，喂完猪喂狗，人、猪、狗吃饱喝足后都该向你唱赞歌了。但是人奸诈，说做饭是你的营生，不领你的情；猪苶的，蠢猪，只管吃，吃完睡，但没心，对你没恶意；唯有狗，对你忠诚热爱，汪汪——要是没这个人的话我早饿死了！哪一天解开绳，就围着你转，谁要敢欺负你，舍了命也敢扑上去咬。这么说，你应该对狗最好，第二是猪，第三才是人。

鳏夫囚徒式的创作。但他的双眼依然泛着希望的光。这张照片，是摄影家项文光拍于红碱淖的。他看见破房子窗户里有一瓶废弃的墨水，就让我趴窗外，他拍窗玻璃里我的影子，兼着墨水瓶，就拍成了"鳏夫囚徒式的创作"

所以，以后应该先喂狗，后喂猪，最后喂人。

二○○一年十月一日　　　红碱淖

梦：高原，顶峰高高在上，有一条通向顶峰的路，我向着顶峰走去。明月朗朗，在坡度较陡的路面上照出一条银色的光带，我赞叹道："你这通向高地，银辉遍洒的路啊……"

二○○一年十月十六日　　　红碱淖

随渔船出海看打鱼。

无风，水蓝莹莹的。忽遇某一片水浑黄，是不是有鱼群活动，便下网。这便是"浑水摸鱼"的意思。

下的网明天收，今天收昨天下的网。撒网又收网，每天重复这样的作业。

拽上一条大鱼，渔网将它缠得紧紧的，很难褪出来。那鱼被网缠了一天一夜，气息奄奄，上了岸，又没了水，嘴大张着。鱼别子在它身体边上划，痛得它嘴张得很大，似在喊着："痛啊！痛啊！我本来快要给缠死了，现在又没水，又这样被划着，我要死了！要死了！"往出褪网，依然褪不出，再用鱼别子往出别，划，鱼鳞被刮下，鱼身上划出了血，那鱼嘴张得更大了："痛啊，痛啊，我怎么活到这个地步，我要死了！"

终于褪出，丢入水舱，水被洇红了。

海上的时光是寂寥的。忽有一艘游艇驶来，经过，游客中有一个女的，在这寂寥无边的海上，男人的海上，忽见一个异性，十分惹眼。

有条船前几天没打多少鱼，今天运气好，打了近一百斤。渔人五十多岁了，个子大，往回扳船时，兴致高，腿弓得很开，弯腰挺身的幅度很大，嗖嗖地划着，冲在了我们船的前面。那人划船，如大步流星走在湖面上。

八点出海，下午四点半回来，总共在海上待了八个半小时。

二〇〇一年十月二十二日　　红碱淖

红碱淖最后一日。

平静了好几天的湖水，忽大浪滔滔。湖畔最后独行，浪涛的喧响似乎更烈了，无论走到哪儿，一湖的水都扑向岸来，浪头撞得乱碎，欢迎我，欢送我……

湖上回来，买几瓶酒，几盒烟，转着渔场挨个敬烟敬酒，男女均得接受。

记下了几十位渔民的名字。

二〇〇二年一月六日　　东胜

从红碱淖带回的竹杖丢失了，痛苦万分。张贴"寻物启事"未果，就给红碱淖打了个电话，托人将渔民扎围打鱼用的竹竿捎给伊旗一位熟人，自己又乘车去伊旗取回。偏偏竹杖又找到了，小憩躺卧时怀中都搂着竹杖……同事们看了后，都觉得我神经得厉害了。

唯有办完工作事务后立马下农村，全身心浸沉创作，方能拯救自己。

二〇〇二年一月十六日　　柴登

本日来到柴登，吃住均安顿好了，可以开活了。

当天夜里就心境回归，入静了。好极了，又可以狠狠地、狠狠地絮语《我的莱伊拉》了。

二〇〇二年一月三十一日　　柴登

现在唯有：一根竹杖，一片草滩，一部书。

柴登草滩

二〇〇二年二月四日　　柴登

腊月二十三，老驴老马歇一天。

而我，这一天，是到柴登以来干活最多的一天。

二〇〇二年三月二十六日　　柴登

好个乡间温暖和煦的阳春三月啊。

小学的一群孩子在草滩上奔跑，男孩女孩，花花绿绿。

二〇〇二年四月二十一日　　东胜

回了单位，和同事们拉了些话，总想流泪。我实在过够了圣人的日子，让我做个凡人吧。让我去买菜，让我来做酸烩菜，让我和亲戚朋友们坐一块拉话吧。我过够了圣人的日月，让我做个凡人，凡人的日子多幸福啊。

二〇〇二年五月一日　　柴登

楼下，镇政府一帮小单身过节，喝得昏天黑地，一支接一支唱歌，直唱到深夜两三点钟。他们有股劲出不去，就这样不断地号叫、号叫。女孩们听到他们的吼声，定会心动神摇吧？

二〇〇二年五月六日　　柴登

早晨，大地翻滚、蒸腾着地气。疏松、熟透的土地，被犁铧轻松地、哗啦啦地犁过，犁出一片片平整的，更显得熟透、虚软、紫色的土壤，这是农民热爱的色彩，也是凡·高热爱的色彩。布谷鸟的叫声"咕咕一枯""咕咕一枯"，特清晰、独特，当地人叫它"黄叫叫"。从老家河岸、红碱淖到柴登草滩，这鸟儿的叫声一直相随，伴我乡间日月。

二〇〇二年五月二十九日　　柴登

政府灶开得少，五天只吃到两顿饭。

一个月开十天左右的灶，也不做炖肉，干部们多下乡时改善。

泡炒米为一顿饭，泡方便面是一顿饭，饼子就黄瓜、柿子是一顿饭，伙食水平实在是低。下次回城，买个电热杯，买瓶酱豆腐，煮鸡蛋就臭豆腐，又算一顿饭，增加了品种，营养水平也相对提高了。

二〇〇二年六月十二日　　柴登

黄昏，穿村道去草滩。村道上，见灰菜长得鲜嫩茁壮，想起小时候挽猪菜，手痒痒的，好想再挽一回猪菜。

返回时，真就这样做了，掐了满满一大把灰菜，扔进房东家猪食盆，猪狼吞虎咽，不一会儿就吃光了，看得我都馋了。又掐了满满两大把，先不往猪食盆里扔，在猪脑袋前晃了半晌，充分展示那灰菜的嫩绿鲜活，把那猪馋够了，方扔进盆里，欣赏它贪馋的吃相，挺过瘾的。

二〇〇二年六月十六日　　柴登

见一个乡下单身汉，约莫五十出头，商店里，买了三斤炒米，度量半天买了一片粉条，想买几颗鸡蛋而终究没买，然后和商店老板要了一绺纸，取出旱烟袋，卷了一个喇叭筒抽。

这么看来，我的购物层次不低，我通常在朱二树的商店里买的是：炒米、鸡蛋、哈德门、二锅头、花生米，偶尔的，还要个两元一罐的鱼罐头。

二〇〇二年六月三十日　　柴登

政府灶中午吃招待饭，不记账。

不记账的饭不会去吃的。

只能泡炒米，泡方便面了。

二〇〇二年七月二十五日　　柴登

本日纵穿草滩，一直奔草滩南端山岭下的那户人家，进得前去，却发现是一片废墟，荒弃多年。

又沿着山岭上那条与我相对半年多的、曲折蛇形的山道，爬至山岭顶端，见得山岭上是辽远的一大片沙蒿地，远处有一座尖尖的山，更远处又是低矮的山岭，山岭下有树，树丛中有村落。

回身俯望草滩，发现草滩西北角有一座小水坝，返回，向着那水坝进发。

行至中途，忽大咳一阵，咳出了血痰，手掌上竟溅了一滴鲜红的血。

必须加紧时间，把书写出来！

水坝边，有一块糖菜地，一老妇腰背伛偻，拔糖菜，身边跟了个小女孩，老妇扭过身来时，竟见她长得特像母亲。

走出一段路，止步，想了一会儿，复走到老人家身边。

"老人家今年多大啦？"

"七十六了。"

"最大的儿女多大了？"

"女子最大，五十七了。"

"……老人家长得挺像我妈，我妈现在活着的话七十二了，殁了十年了……我身上就装了这几个钱，婶子别嫌弃，拿上买两盒烟。"我将带在身上的仅仅七块钱全给老人家塞过去。

推托了几下，老人家也就接了。

"看见我，想娘了。"老人对身边的外孙女说。

母亲现在活着的话大概就是这副腰背伛偻的样子，今天就像是见了一面……

二〇〇二年八月六日　　东胜

一个零余人，一个局外人，一个和人们无话可说的人。

二〇〇二年八月十三日　　柴登

师范同窗武顺福远道而来探望我。

"见不上你我心有不甘呀，在我的老家写书！"

二〇〇二年八月十九日　　柴登

看了一场区歌舞剧团的戏。

农民迫切需要文艺，三轮车上，人站得一层高比一层，戏台边上挤了一群碎孩子。那个农村姑娘，扶着一个小伙子的肩，站在自行车上看。我隔壁的厨子小后生想接近那姑娘，那姑娘也想和小厨子说几句话，因那个小伙子隔着，不能如愿。

八中那两株水桐树，十分壮硕挺拔。它们，应为我的顺福同窗的故园风景，故园记忆。

二〇〇二年九月十二日　　柴登

楼上看到文化局一帮熟人，由政府的人陪着，去我楼下的饭店喝酒。

多想和熟人们拉拉话啊，尽管他们和我是普通关系，可我今天看见熟人，说话的欲望膨胀得要死。

柴登村原东胜区八中操场上高大的水桐树

可那个场合不适合我参加。

怎么办?

楼底,不喝酒的社文办肖主任腆着肚子出来了,站下时,偏偏背对了我。我像盼望看到美女一样盼他转过身来。他终于转过来了,我望着他那个熟悉的大肚子、眼镜和有点像我的脸,对东胜、对旧友的怀想得以释放了,觉得自己还活在世上——楼下不是站着一位旧日同事吗?

见人是人的大需要,屋子里能来一个东胜熟人,比有人给我端来一碗炖羊肉都好啊。

二〇〇二年十月十一日　　　柴登

老敖来访。

和老敖来往的意义在于：他可以敲打我时而冒出的草样、鸡脑。

二〇〇二年十一月一日　　　柴登

正唱着秉毅写乡下光棍汉的《牧羊哀歌》，就进来一个乡下光棍汉，四十八岁，房东的三叔，帮侄儿子盖南房来了。

"……睡不着，早早就起来了，起来也做不来个甚。"老光棍说起自己的日常熬煎。

"我可好没那么个，你可好有那么个，那就拿我用上一回嘛，人和人，谁不用谁？"

老光棍笑哈哈地讲起他的"串门子"道理。

二〇〇二年十一月十七日　　　柴登

"咋就站外面吃了，来我们家吃饭理短的？"计生办那个小媳妇调笑我。

"不是吧，和你坐下吃饭心跳得不行。"

"和我们坐一块能找点灵感了吧。"

"你太了解我们这个行当了！"

二〇〇三年一月十日　　　柴登

暖圈里，猪正腾腾腾地吃食，我探进头去，大声问道：

这张照片拍于当年柴登时租住的临街小二楼露天楼梯。那楼梯一点都没变,看着它,时光倒退回十六年前,二〇〇二年,当时很悲摧的,就让小项拍下了这张照片

"吃好了?"

猪抬起头:

"嗯!"

二〇〇三年一月十八日　　柴登

张镇长要全免我的饭费。

这是不可以接受的。

但是要感谢她的理解,感谢她的好意。

二〇〇三年一月二十三日　　柴登

柴登最后一日。

乡间上午九点多钟，太阳升起几竿子高了，雪的原野光景十分明媚动人，柔美的银光闪耀天地间。

在柴登整整待了一年，来的时候草滩一片苍黄，走的时候草滩覆盖着白雪。

踏雪草滩，旷野的风声，啸——啸——凄厉可怖。

可以把它理解为鬼叫唤，也可以理解为超越时空的、亘古的、永恒的声音。

二〇〇三年六月十五日　　东胜

又梦飞翔，飞越层层高起的楼宇，沿公路飞，去柴登。

梦红碱淖，湖水快要干涸了。

梦柴登草滩，竹机长得一人多高，飘舞着满滩白色的穗子……

是的，快到拥着梦再次飞的时候了。

全力奔向自己孤独的满足。

二〇〇三年七月二十一日　　塔拉壕

本日，离东胜赴塔拉壕。

晨，买炒米，于早市。旧书摊购得《苍氓》（日本中短篇小说选）、《泪洒聊斋》。

新的创作室是塔拉壕旧政府乱草丛生的荒寂大院，现归天骄资源集团，九中校长杨得志帮忙联系。

二〇〇三年八月十七日　　塔拉壕

夜，一趋光昆虫趴在门外的窗玻璃上。开门时，那飞虫钻了进来，它渴念那明亮亮的灯泡已好长时间了，终于得以飞入，扑向那灯泡，如愿以偿。看它那疯狂的乐和劲吧，先是贴向灯泡，有点热，稍离开，紧贴着灯泡绕着飞，又离开一些，在灯泡上下左右迅速地兜着小圆圈。不一会儿，圈子绕大了，水平面、斜面、纵面、正圆、椭圆，换着各种角度、各种弧度绕着灯泡飞，真是乐死它了。乐累了，贴在屋顶歇了一会儿，又开始那样飞了，它陶醉在一种纵情的欢乐中。

二〇〇三年八月十八日　　塔拉壕

三只野鸽子落在我的院子。院里弃置的破水桶积了半桶雨水。它们飞到桶沿上，想喝水，喝不到。有一只性急的鸽子，跳进桶里，却飞不出来了，扑腾一气，在水上可怜地飘着。我倾了倾水桶倒水，将那鸽子救出。它许是吓着了，还是翅膀浸了水飞不成了，木木地站那儿。走到它跟前，它只走着逃，拍巴掌吓它，还是飞不起来。

那两只自顾飞上飞下地觅食。

回屋坐了一气，又出来，院外的柏树旁，站着那只浸过水的鸽子，又拍巴掌吓它，还是飞不起来，可怜地独自一个朝前走去。

那两只不理会它们同伴的受伤和无依，早飞到别处觅食去了，不见影踪。

二〇〇三年八月二十三日　　塔拉壕

漆黑、荒寂、有几分恐怖的旧政府大院，前面楼房树影幢幢中亮灯的水房里，隐约传来两个女子说说闹闹、泼泼溅溅的声音，如聊斋中的狐仙女子。

问了看门老头，才知她们是地质队的探亲家属。地质队租的是旧镇西端原武装部的平房大院，较拥挤，特意在这个大院的楼上租了两间屋，供探亲来的小媳妇和丈夫居住。

二〇〇三年十月二日　　塔拉壕

从城里回到塔拉壕，走进我的院子，看拉着旧窗帘的灰眉土眼的木门窗，打量屋子，觉出这屋子的清寒、落后，乡下单身汉式的，是三十年前贫困光景的凝固，与现代生活没有关联。

二〇〇三年十月五日　　塔拉壕

这屋子第一次走进来一个女人，三十岁左右，她打开了我这间屋里间的门。

原来陪伴了我两个多月的这把锁子是你锁的啊，那就是说这一间是我的，里间是你的，咱们是邻居。

可"邻居"只拿了几样东西，又锁了门，匆匆走了。

二〇〇三年十月十八日　　东胜

秉毅谈起回乡感受：山梁上咯窜的好些人，后来都进土里去了，钻进咯就不出来了。走在山梁上，我好像还能听见他们拦羊喊羊骂牲口的声音。

塔拉壕旧政府大院创作室

二〇〇三年十月二十日　　　塔拉壕

院子里又传来高跟鞋的清响,那个女"邻居"又来取东西了。她还是那么匆匆地来,忙乱一会儿,匆匆地去。

她走的时候,我站门口,目送她远去,她微侧着头,用眼角的余光扫了我一下,平和、沉静。

二〇〇三年十月二十二日　　　塔拉壕

前一回,这个戴眼镜的、显得挺娇贵的大姑娘教师主动大大方方地洗起了灶上的碗。我对她那种自然、质朴、生活味的举动挺欣赏的。

今天,和这个姑娘同桌吃饭,便调侃说:"你是不是常给灶上洗碗了?我是喜欢削山药,唰唰唰唰,挺有快感的。爱洗碗的女人是爱生活的女人，爱削山药的男人是爱生活的男人。教育一下班上的娃娃们，让女女们给家里洗碗，小子们削山药！"

她的洗碗，让我想到了生活，勾起我对生活的渴望。

二〇〇三年十一月一日　　塔拉壕

今天是我的生日。

买了一条鸡腿，炖鸡汤；买了一根烤肠，下酒。

夜，西北风大作，第一场寒流来袭，狂暴、浩荡、壮美，呜——呜——呼——呼——醉态中，听得十分快意。

二〇〇三年十一月十一日　　东胜

秉毅将去北京待较长一段时间，行前听说我回来了，一定要见见我。

说他很想念我，能把写书的行为进行到这种程度，简直是奇迹。

说我的书绝对会是好书，凭直觉。

说纯文学的创作在时间上无所谓长短。

说他盼望着终于有一天重回故乡，甘老林泉。

让我说话，让我好好给大家敬一圈酒，唱一支歌。

我大致表达了这样的意思：

奋斗、成功、辉煌，这类概念不是文人的，文人追求的是疯狂、燃烧、恬静、平和。我们投奔一种信仰化、信念化的感觉，好比张承志在《心灵史》中写到的那个瞎眼回民，只求进一个寺跪下。

二〇〇三年十二月二日　　塔拉壕

梦见屈原抱石投江,向着蓝色的深渊坠下、坠下,昂首向天。写给红梅的《继续流浪》,今天是否发表了?

二〇〇三年十二月五日　　塔拉壕

教师灶进来一个在学生灶上做饭的年轻厨子,大老粗,大喊大叫,大讲粗话,对着一群文绉绉的教师们:

"把你打那个庙门关上!"

"吃这么个饭,对得起你们天北二京来的了?!"(说北京来的大学生志愿者)

"把你吃得这么粗,把我彬哥抬得那么细!"(调笑女厨子和她的男人)

"啊呀嫂子,揣一下奶子!"

……

文绉绉的老师们,有这样一种格调加进来,就平衡了。

二〇〇三年十二月二十六日　　东胜

酒会上,偶遇宣传部从前的一位部长,女领导,为她献歌,老电影《洪湖赤卫队》韩英狱中全部唱段,很长。她初起就生发出共鸣、感动,站起来碰杯,一饮而尽。紧接着,歌曲中情感的狂涛一波接着一波,她垂着头,微微摇着,喃喃地啊呀、啊呀着,复站起来再碰杯,说她脑子里哄哄的,头发都快直起来了……

我说，我这几年一直在乡下写一本书，写得相当悲苦孤独，相当压抑，今天把领导作为倾诉的对象，感谢理解，感戴共鸣！

二〇〇四年二月十一日　　东胜

老敖说他其实更理想主义，我信。

二〇〇四年二月十二日　　塔拉壕

正准备动身下塔拉壕，电视上播连续剧《曹雪芹》，播到了片尾的主题歌，看，听，泪水夺眶……

> ……
> 就让我绝尘而去
> 什么都不带走
> 一梦到红楼

伴着主题歌，是剧中曹雪芹的几个镜头：
盘腿独坐，闭目凝思；
落魄回来，背着包裹，打开柴门，凄然环顾；
垂暮之年，蓬头垢面，闭目默坐，思及红楼，悲泪涟涟……
看毕，听毕，复踏上赴塔拉壕的路，一路悲情汹涌……
寒风刮起时，他就冻毙街头了……（剧中台词）

二〇〇四年四月三日　　　老家

去白音盖大姐家，听田园趣事：

院子外边的苹果树林，秋天挂果时，色香俱佳。忽听"啪"的一声，一颗熟透的苹果落地了，鸡飞跑去噔噔噔啄食。鸡就在庄稼地里、树林子里、沙蒿丛中转悠，连鸡窝也不用盖。忽然有一天，母鸡就领着一群毛茸茸的小鸡仔儿回来了。按说这是好事，可"福兮祸之所伏"，猫看见了，偷偷地把小鸡仔儿全吃光了。这也没什么，冬天里，母鸡又引着一群长大了的鸡仔儿气昂昂回来了……

二〇〇四年五月五日　　　塔拉壕

这风咋就刮得这么大，这院子咋就一个人也没有，好恓惶，好恓惶……

二〇〇四年五月十五日　　　塔拉壕

欧文·斯通写凡·高发疯和自杀，发疯那一章，叫《最初的赞词》……

二〇〇四年六月二十一日　　　东胜

昨夜和前进喝酒，大醉，大吵，那副置气的滑稽相挺有意思：

执意要回借给前进的尤凤伟中篇小说《石门呓语》，原因是前进还没看；

走在路上，一气之下又将书扔进路旁的花池；

走了一段路，忽醒悟刚才做错了什么，忙回转找书，往返

院落西侧的八株白杨树，如今只存四株

找了两遭，未找到，看来是后面的人看到我扔书的一幕，拾走了；

气又不打一处来，回了屋，打电话，骂前进，一回又一回……

二〇〇四年九月十二日　　东胜

书稿写了整整五年了。

昨日写作遇难关，返城散心。坐在城乡公共汽车上，许是换了环境，又是搁笔散心，显得兴奋，思路越来越清晰，就一路想稿。二中小广场下车，坐木椅上，叹广场建得漂亮，观车流、人流，觉得自己确实是这世上的一个另类、孤客。几个大约初二三年级的女孩子在我附近聚一堆，像一群小鸟一样，叽叽喳喳……继续想稿，难关竟在进城的过程中打通，恐忘记，明日写时又费心，见一小副食店，进去借了笔，寻一个废弃的装整条烟的烟盒，展开来，复返回广场木椅，将想好的内容记下。

二〇〇四年九月十九日　　塔拉壕

天骄资源的人如果来这院里办事，找不着看门老头，忽看到了我，朝他们走来，他们大概会吓一跳……这个人，在这荒宅荒院，一年又一年，他是人，还是非人？

今日下午，唯听得呼呼风声的大院里，传来几句人声。出屋看时，人已走了，依然一院风声。我想，他们刚才在时，我若朝他们走去，他们会吓一跳的。

二〇〇四年九月二十六日　　塔拉壕

鸟声五点就叫开了。

它们妨害了我的写作。

它们又是精灵，唤我、伴我踏上朝圣般的受难之路。

此身既在地狱，又在天堂。尽全副的努力重返人间。

二〇〇四年九月二十八日　　塔拉壕

昨夜雷鸣电闪，雨骤风狂，曾响过一记可怕的惊雷。

早晨，见院落里那两株最高大的水桐树下，一地麻雀尸体。

它们栖息树上，被昨夜那声惊雷震死了，或者是被暴雨浇死了……

二〇〇四年十月二十九日　　新街

回乡给父亲过八十大寿。

父亲说，地下走的工间，忽然就跌倒了，三三和媳妇刚走了。以为瘫呀，挣扎着还爬起来了。有过这么两回。下雨厕所的墙塌了，和了点泥，往起茬墙，茬了不一阵儿，熬得圪蹴下，半天缓不过气……

二〇〇四年十二月二十一日　　塔拉壕

独坐一桌吃饭，忽然围坐过来一群女孩老师，一时间，花香鸟语啊。

二〇〇五年一月五日　　塔拉壕

梦：我赶一辆平板车，去老家河滩的坝梁上挽荞麦，还有一片葵花也待收割。路畔，遇同窗永华和大瑞夫妇，他们也出来收秋。大瑞蹲在地圪塄上给夫君倒茶，头上顶着一块湿毛巾，永华割倒一大片糜子，蹲下来热火朝天地捆扎着。相遇都很稀罕，永华笑问我书写得怎么样了，快写出来了吧？我说我有当紧事，一会儿过来和你们聊。坝梁上看家人挽荞麦，想到将要见同窗，有灵气、有悟性的同窗，悲思潮涌，不能自已。

二〇〇五年一月九日　　塔拉壕

"你一定慢点儿！"

本日，二稿九章第二大层次完结，需放松，约同窗杨平。杨平于冰天雪地、尚在下雪中骑摩托车来访，夜间又因有事不顾路滑返回，送至大路边时喊的话。

二〇〇五年三月五日　　塔拉壕

礼拜天食谱：

周六中午，炒米。晚上，调了一碗酱面，实在吃不下，吃了一半，弃之。早晨，开水泡剩面。中午，炒米。晚上，稀粥煮鸡蛋。

二〇〇五年四月二十三日　　塔拉壕

地动山摇兮，老李解馋。

本日晚，买猪头肉未果，买回一斤猪骨头，炒、炖，啃，两个脸腮沾上了油，鼻尖沾上了油，满手油。啃脆骨，啃得舌尖一侧冒出个硕大血泡，以致不能咀嚼，就弄破了血泡，满舌尖血，手指沾了血，地板滴了血……

二〇〇五年七月二日　　塔拉壕

梦：娃娃来看我，离去时，欲哭又止。掀门帘离去，回身，掀开门帘一条缝，和我再见。我也和她再见，这么相互摆了几回手，她依然不离去，小黑眼睛牛牛样盯着我，没个完结地再见着。

二〇〇五年七月五日　　塔拉壕

本日晚，江湖杂耍艺人在塔拉壕设场子。

前来看表演的九中灶上做饭的小媳妇，在这样的场合，是一道民间风景。

这单纯的媳妇自己不觉得。

乡下姑娘小伙子们看罢演出后，结伴，女的一扎，男的一扎，紧张、少语、甜美的夜归。

无论哪片土地上，我们养育了的子嗣们，都在精心编织着他们爱情的花环。

二〇〇五年七月八日　　塔拉壕

地质队买回一车水，两个小伙子蹦到水箱上，一桶一桶接水往水箱里倒。

还是这些小伙子了，生龙活虎的，浑身有使不完的劲儿，憋在身上难受，遇到活儿，哗哗哗地把这些力气使出去，遇不到活儿，蹦跶也得蹦跶出去，憋在身上难受！

二〇〇五年七月十日　　塔拉壕

我正写到第九章《雪孩子》一节，和"雪孩子"通话，讲到这个院子，十五株树，这时，地质队那个漂亮小姑娘在我院子的水桐树下打手机，我写完了，她打完了。她站在灶房门口等开饭，我去九中吃饭，遇，女孩探究似的看了我一眼。

这些巧合很奇妙的。

活脱脱的文中"雪孩子"的化身。

二〇〇五年七月十三日　　塔拉壕

去九中，教师今日会餐，吃炖羊肉，扭头离去。

明日灶也停了。

天骄资源要用房，旧政府看来住不成了，明后天就该搬离。

吃和住，又将落空了。

回屋，无心思考怎么吃饭，吃了一颗桃，嚼了半个干饼，睡下……

无食无住，寻食觅住。

忽听得一声"老二"的喊声。

是我的城里朋友叫我吗？

不是。是地质队的。

二〇〇五年七月二十一日　　塔拉壕

听鄂尔多斯调频立体声台晚九点三十分的《真情夜话》，张树桥骑自行车走拉萨：

能力的历练、充分的准备、勇气、精神；

夜遇狼，毛发直竖；

过唐古拉山口，累到流泪；

肉体的力量没有了，只用精神的力量支撑着；

孤独、无助、怀疑——我所做的事情毫无意义；

在你最困难的时候，不要怀疑自己；

历时二十七天，到拉萨时，一点力气也没有了，耗尽了，因而对胜利、成功没了感觉；

不要盯最终目标，不要盯顶点，要重过程，过程中的每一个片段，每一天里得到了什么即是目标的实现，为实现之而欢欣，享有每一天；

整个过程，是对自己精神的锻造、清洗，一个修炼而得道的过程……

悟深了，很有象征意义，与我如今的处境和精神支撑下的坚忍很吻合，启示很重。

他走了二十七天，而我，都快六年了……一稿、二稿，瞎子摸象的过程尚未完结，真正的创作阶段——三稿，又不知将经历何月何年……

二〇〇五年七月二十三日　　塔拉壕

十分着迷加西亚·马尔克斯《百年孤独》中在叙述、情节上的极尽铺陈、极尽渲染、极尽夸张，以及疾骤的大起大落，昨夜梦境，竟类似这本书的叙述和思维：

两军对垒，剑拔弩张。经过一番长时间的论争，讨价还价，雄辩滔滔，非常艰难，终于矛盾消除，一场相互屠戮避免，两军合一，一片欢腾（这段情节的演绎较为铺陈、夸张而渲染）。笔锋一转，叙述变作简洁，讲一个小孩为这片欢腾而兴奋，踢踢踏踏跑来，手里挑着一挂放响的鞭炮。军中疑为枪声，哪家打的，是不是钻了对方的圈套？质疑、责问、推拉、打斗，终于是刀枪齐上，迅速演变为一场残酷的屠戮，终究是"严杀尽兮弃原野"，万籁俱寂……梦里写书了，《百年孤独》风格的，写的是战争、屠戮的荒唐，起因仅仅是小孩放响的一串鞭炮而已,人世的荒唐。

二〇〇五年十一月四日　　塔拉壕

包头某锅炉安装公司的几位技工,给天骄资源安装锅炉,吃住在这个院子里,干了好几天活了。今天,忽来一辆小卡车,下来几个女人,买了酒,买了菜,慰问他们。

干了一段时间活儿,忽然有女人来看望,给做一顿饭,多好啊!

包头的女人们挺优雅。

女人是月亮,干活的意义就是为了她们,她们也深知男人干活的意义,于是,她们、月亮、意义就来慰问他们了。

二〇〇五年十一月十五日　　塔拉壕

头脑中时而窜出魔鬼——入静祷时狰狞扑来的心魔,也是冥冥中创作资格的苛酷拷问者——和我抢夺时间,让我无法拥住书稿。我就和魔鬼斗,斗得很惨烈,脑袋快要爆裂了。

终于将心头的魔鬼赶走了,心房打扫干净,又能面对书稿了,这一回,竟用了四天时间!

这时,不禁泪涌满眶。已经拥抱孤独,有时还是那么难以拥住书稿。而经过一番苦搏,终于赶走魔鬼,怎能不令我感激涕零……

二〇〇五年十一月二十三日　　塔拉壕

托九中刘刚弄一套初中语文课本,昨日得到,看了满满一下午又一夜，最后看的一篇，是屈原的《山鬼》，于深夜十一点多。

> 山中人兮芳杜若
>
> 饮石泉兮阴松柏
>
> ……

那样的深夜时分，与屈子幽然一会，就让这一句，作为屈子书予我的赠言吧。

二〇〇五年十二月三日　　东胜

回城，去图书馆门口那个打字复印店，一进门，温暖如春，那个打字女子，竟然只穿一件低领羊毛衫，脖颈上系了一条丝带，露出一线嫩白的肌肤。

城里的屋子好暖和，女人如棉花团一样，软和、温香。

二〇〇五年十二月十日　　塔拉壕

黑漆漆的夜，电热毯开关上的小灯亮着一豆红光。

二〇〇五年十二月二十六日　塔拉壕

一个穿白大褂的漂亮姑娘忽然朝我的门走来，推门进屋，问询我什么。

我反问她："你是哪的，怎么来到这个院子？"

天骄资源的化验员来办点事。

我好奇这院子里出现这么一个姑娘，她好奇这院子里住着这么一个人。

天仙一样，惠然降临——突然就飘进来了。

即将写至二稿末章，中古莱伊拉的飘临。

二〇〇六年二月十三日　　塔拉壕

农历正月十七。

春节过去了，本日返回塔拉壕。

空无一人的院落，脏兮兮的。屋里，冰冷，肮脏，无限的凄凉，死神的黑翅……

椅子上歪了会儿，起，去提水，空荡荡的院子里，又是一阵恓惶、衰竭……

凡·高日记，《致亲爱的提奥》里，也有过这样的时刻：

"最近这里时常下雨，天气阴沉，当我来到顶楼的角落里的时候（我已经搬到这里），感到出奇的凄凉……"

二〇〇六年三月十一日　　塔拉壕

梦：在红碱淖参加冬季捕鱼作业。暮色沉沉了，湖似融开又似未融开，湖面飘着十多块浮冰。人们不知怎么都已离去，隐约听得他们离去时划船的水声，抛下我一人孤零零地站在冰面。夜深，无人，天冷，附近一户人家也没有。湖很大，走不出去，我会被冻死的。处孤绝之境，大声呼救，无人应……

塔拉壕旧政府大院后方的老榆树，探过头来，见证了鳏夫当年孤鳏的日日夜夜（项文光摄）

二〇〇六年三月十五日　　　塔拉壕

下午六点多，想回去和前进散一回闷，说一回话，又作罢。夜八点，这愿望又强烈了，但已无法回去。但不说一回话，觉得怕是写不下去了。思谋半晌，决定打个电话。就要了看门老头的"小灵通"，给前进打了个电话，把想说的主要的话倒了出去。

前进的话："怂小子又孤得不行了。"

人活一世，得一份真挚的友情也是很难的。

而对于我，它又是命根子。

二〇〇六年三月十八日　　　塔拉壕

正独坐间，有人敲门进来，端给我一大碗热腾腾的炖猪骨头。

吃了个不亦乐乎……

乌审旗农民，在塔拉壕揽了个活，院子里租住个把月，做了我的邻居。初中文化，看到我成日里坐屋里写书，挺崇敬的。有一天敲门进来，怯怯地问了些话。我将秉毅编的《鄂尔多斯小说选》借给他。数天后，经几个打工受苦汉子的传阅，还回来时，已是破烂不堪。

收藏的，秉毅编的《鄂尔多斯小说选》，借阅了一下，换来了打工受苦汉的一大碗炖猪骨头，对编书的、藏书的，实在是莫大的奖励！

二〇〇六年三月二十四日　　　塔拉壕

地质队租了旧政府整座大院，本日离开旧政府大院，离开十五株树，租住进民居的一间小南房。

附近农人的三轮车帮助搬的东西。

每次搬迁，都是一次心情的磨难。

这么多年了，颠沛流离。

二〇〇六年四月二十九日　　　东胜

四月三日至二十八日，回老家伺候跌跤的老父。

二十六日，躺了二十多天的老父终于能站起来了，下地走路了。

扶老人坐平板车上，优哉游哉推着，老街上转了一圈。

二十八日晨，离开老家，走得急，可不看一下河滩上的流

窗户左一为作者曾在塔拉壕租住的小南房

水就好像活不了似的,还是赶时间去了,看了,那清清流淌的春水,心里才踏实了。

二〇〇六年五月二十五日　　塔拉壕

那穿行于漫坡柠条花中的十六七岁的姑娘,轻盈娇软的身影,扶风弱柳啊。

二〇〇六年六月二十七日　　东胜

书店,看了《凡·高与高更》,看了凡·高画作《凡·高的椅子》《高更的椅子》《凡·高的鞋》,看了高更画作《献出童贞的女子》(一裸女平躺,身边蹲着一只紧盯着她的狼)。

我对我的那把破椅子，那只自己拼制的破凳子，还有从二〇〇一年穿至今的人造革凉鞋，也是一往情深。

二〇〇六年八月十九日　　塔拉壕

听《中国之声》，卞祖善谈到拿音乐挣钱的所谓"音乐人"，记：

把音乐沦为技术、手艺，把自己沦为匠人，把创作看作工作、上班、过日子，心里怎么会有音乐？真正搞音乐，应有宗教般的热烈、虔诚。

二〇〇六年九月十五日　　塔拉壕

忽然一个热腾腾的玉茭子出现在面前。

于是就啃起了玉茭子，就着昏黄的台灯光——房东老嫂忽然进门，递给我一个刚出锅的玉茭子。

二〇〇六年十月二十九日　　新街

回老家给父亲过寿。

老街上，又端详了半天剃头刘善的孤老婆子的小泥屋，蒙政会老市民户的一尘不染的窗玻璃，玻璃上贴的窗花。屋里的老婆子，一头雪霜。

她是老街之魂、老镇之魂啊……

二〇〇六年十一月五日　　塔拉壕

晨，去师范校园。

一个十来岁的小姑娘在操场跳高的沙堆上玩耍。她堆起一个小沙包，在包顶插一株枯草，小胳膊小脸，认真做她的事，动作、表情稚嫩可爱。

见到一群姑娘，女学生们，蹦蹦乐乐的，一点儿不理会旁边这位大叔。

时间真的是很残酷很残酷的。

本日在塔拉壕冰冷的小南房里，开始写第三稿。

一稿、二稿已写了七年。真正的创作阶段，三稿，现在才开始了。

二〇〇六年十一月十六日　　塔拉壕

梦蜡烛，暗黑中一支点燃的蜡烛，火苗凸显。

二〇〇七年一月十日　　东胜

在小南房里闷了数天，忽然又受不了，头痛欲裂，恐怖的黑影又从心头掠过……坐城乡公共汽车，回城，走在兴泰楼前的停车场上，登楼梯，回单位，见了单位的人，熟人，说一会儿话，感到：我活着，我在人间。

二〇〇七年一月三十日　　塔拉壕

房东家女子坐满了月子，回来住娘家。我在大门外，正好看见她、小女婿、房东从车上下来。我站门口，傻傻地笑着、看着，有风，眯眼，笑得眼睛里有泪花，一直看着他们走来。我让开路，让他们先进大门，问小少妇："娃娃了？"答："我妈抱回咯了。"我是以父亲般的心情看那平安幸福的小母子的，小少妇懂得，羞涩、娇憨地从我面前走过。

二〇〇七年七月八日　　塔拉壕

隔了十二天，回到塔拉壕，看到门前引水壕两边的菅草疯长得又高又密，将水壕隐没不见；窗前的小菜园里，玉米秧子长得没过头顶，将窗子掩了；午间的泥土小院里，白光光的，悄寂无声。这就是我栖身的农家小院。

二〇〇七年七月十五日　　塔拉壕

赶塔拉壕交流会。

一、将被屠杀的山羊：它俩被拴在农用小卡车的马槽上。从昨夜到今天中午，没喝一口水，没吃一把草。午间，天大热了，马槽拐角处看来是一片阴凉，它俩在那拐角处相向而立，脖子贴着脖子，脸贴在伙伴的肩胛上。其实，马槽铁皮被晒得滚烫，站那儿更热。渴，忍受；饿，忍受；热，忍受；将要降临的屠杀，忍受。那只面迎着我的山羊，它的表情，它的眼神——苦难的、无奈命运的、悲情的、空茫的，似乎在弥望来生，也没弥望到什么，唯一可以相依的，是它的伙伴，它将脸紧紧贴在伙伴的肩上……

二、两个十七八岁的姑娘，蹲在一个算命老汉身边，眼睛睁得牛牛一样，听老汉推算她们的命运。

二〇〇八年五月四日　　塔拉壕

"做甚咯呀？"我问房东老嫂。

"掏苦菜，跟上他去杨家圪塄掏苦菜咯呀。"

二〇〇八年五月七日　　塔拉壕

一阵旋风，从我正独步的野地旋过，我盯紧看，真真切切、迅猛有力的一个涡，从我身边旋过。

那是老父放心不下我，来看我吗？

二〇〇八年九月二十八日　　塔拉壕

梦：回老家，路经家里的玉米、山药地，地里堆了一小堆刨出的山药。我喊："妈！"母亲欣喜地、急急地从玉米林、山药秧子间走来，穿那身老旧的、青灰的衣服，说："唉——二小，我看见你老面多了。"我侧过脸去，掩藏着憔悴、悲伤，说："妈，我也是四十多岁的人了。"

二〇〇八年十一月二十九日　　塔拉壕

本月又搬到另一户人家的小南房。

塔拉壕房租猛涨，炭价贵得让人体虚。

搬东西、单位及老家杂事处理、感冒，十一月废掉了。

倒是抽空重读了几本小时候看过的长篇小说，归之为寻找童年系列：

《不息的浪潮》（孙景瑞），

《渔岛怒潮》（姜树茂），

这是塔拉壕租住过的小南房院落大门。院落荒弃了，院门曾经打开了故事，如今尘封了故事

《西沙儿女》（浩然）。

二〇〇八年十二月十八日　　东胜

娃娃说："我爸肯定会成功的。"

"为什么？"

"因为你一心一意干了这么多年，就是个老乌龟爬也爬到终点了。"

二〇〇九年一月八日　　塔拉壕

经历烟闷。

昨晚七点多烧的炕炉子，起初还好，加第二次炭时，燎开烟了，熟火燎出的烟，不一会儿就得打开房门放烟。至晚上十点多，忽感到浑身无力，稍做点什么活儿就累得不行，不知怎么了。既而，恶心、头痛，稍动一动，站起走一走，晕得快要跌倒。坐着也不行，恶心、头痛，呼吸都困难，只趴在桌子上时才好受点，始觉烟闷。开门，烟散不尽，屋冷，关门。挣扎着将炕炉里的火全部夹出，休息了一大气，再开门放烟。挣扎着钻进被窝，一夜头痛剧烈，难以入眠，凌晨方睡去。

炕炉子再不敢烧了。

用砖头，用房东从拆迁工地上拉回的烧火用的木板，在炕上垒个简易的铺，用电热毯过冬吧。搬家太费事，太痛苦，尽量挺吧。不成，待这吨炭烧得差不多后，再做打算。

二〇〇九年九月三十日　　新街

回老家，沿镇子外围、王府圪梁游走一圈。

二中院墙内，操场上，一院孩子跑啊跳啊笑啊闹啊，开运动会，叽叽喳喳的。

我立于墙外，醉心地听着娃娃们的小声音，发出老父亲爱怜的笑声。

转眼之间，和二中校园，已是一个白了鬓发的半老头子和娃娃们的距离了。

二〇〇九年十二月六日　　东胜

七十五岁的何知文老师，大病一场，胰腺炎，早晨四五点钟发病，想到给儿女打电话，怕赶过来会误事，就和老妻挣扎到附近的广厦医院门口，就昏倒了。抢救好几个小时，要是误上一个小时，就没命了。住了一个多月医院，终于熬过来了。劫后余生般的他，来文联找我，门锁着，又无力再登五楼，好不怅然，转身离去，碰巧我从五楼下来，看到了老人的背影，连忙叫回来，叙了一回。

"地球不大，该给娃娃们腾地方了。"老人说。

以往，老人一听说我回来，就来和我叙谈，我们这对父子般的忘年交已经捣拉好多年了。

这一回，大病初愈的老人家来找我，是在安慰自己：没发生什么，一切还和从前一样。

他对人生，对自己的追求，对理解、敬爱、支持他的我，是多么的眷恋。

二〇一〇年九月十三日　　塔拉壕

下塔拉壕。

带了老家拿来的山药十多斤。

考虑到办公室的安全隐患，就将十多本稿纸的长篇二稿和十几本一九九七年以来的日记全部带走。

带平时办公室创作时必带的一摞书、笔记本、稿纸。

带秋天需添加的衣物以及电热杯等。

下楼，购物。

去干果店，买二斤戒烟用的炒大豆。

去蔬菜商店，购：玉米两个，泡菜一袋，小圆菜一颗，馒头五个，粉条一片，萝卜四个，苹果、桃七颗，油饼五张，鸡蛋十颗，柿子两颗，葱一把，方便面三袋，火腿肠一根。

这些食品在塔拉壕可维持五六天，共计花费四十八元。

打包，打成满满一购物中心的购物布袋，满满一包萨拉乌素旅游提包，仍装不下，又装了满满一大黑塑料袋。

提着这三大包东西，赶塔拉壕城乡公共汽车，分量之重，超过老家年少时压在背上的二十多块土坯，每走二十米左右，就得放下歇一回。

想起狱警同学老那骂同学韩三的粗话——啊我把韩谁这老子！

我就骂我自己："啊我把李谁这老子！"

二〇一一年四月十六日　　塔拉壕

城乡公共汽车去年年底停发，曾打的三十元来塔拉壕，打的十元往回返。思谋今后该如何走这段路，路上看到去塔拉壕新镇的17路公共汽车，决定今后坐17路去新镇，新镇去旧镇步行。自那以后，就有了新旧镇之间数公里约五十分钟的步行，且因单位后来事多，这种穿梭往返频繁了。

同事说，老李这个老文联，就这么个步行？该买车了。

始觉自己步行赶路，可叹，可悲。

二〇一一年十二月十六日　　塔拉壕

十月十二日，离开塔拉壕，本日方返回，隔了两个多月。一直惦记着纸箱里的那十来颗土豆，一看，竟没有冻成冰蛋儿。

就着烛光、就着炉火，喝杯"牛二"

二〇一二年六月八日　　塔拉壕

邻家，就我这么大一间屋子，十几平方米，上灯时分，孩子们少见地都回来了，老头、老婆子、儿子、女儿、女婿，几个月大的小外孙，小屋里聚了六个人。老婆子、女儿、女婿在炕沿逗婴儿，老头、儿子在门边一张小桌上置了一瓶酒，一碟下酒菜，慢慢品咂。父子都打工，粗黑的肤色，劳作一天回来，这烧酒喝得，实在有滋有味。

我受不住那一家子过日子的氛围，尤其酒香的诱惑，于夜幕中去旧镇街头，买回三两猪头肉，塑料酒桶里倒出三两"牛二"，你们喝，我也喝，也过起了我的小日子……

二〇一二年八月三十日　　塔拉壕

梦见小学时的张桂圆老师,我和人打了架,受了重创,她把我抱到一张小床上,为我包扎创伤。

张老师现在应该是七十二岁吧。

一位母亲般的老师。

应该见见母亲老师。

二〇一二年十月十九日　　塔拉壕

屋冷。近午,发现一只苍蝇极柔弱地飞来飞去。不打它,它和我是冷屋里唯有的活物,陪陪我也好。

中午,用电热器热开水,用电饭锅做菜。泡起一碗菜汤,正准备喝,那只苍蝇冲着碗中冒出的丝丝热气飞来,竟落到碗里淹死了。

二〇一三年一月十日　　东胜

本日,搬离塔拉壕。

二〇〇三年七月至二〇一三年一月,在塔拉壕待了九年半。

准村民要挪地方了。

现在有了相机,拍了一组塔拉壕照片:买菜的门市,买猪头肉的河南人的小饭馆,街道,二〇〇六至二〇〇八年与我生息相关的那排小饭馆、门市、理发馆。拍了租屋,小"阿尔斯楞"(蒙古族租户家的孩子),对门小媳妇抱着孩子进我屋里看我搬家,把这母子也拍了下来。

塔拉壕,九年来,我遵纪守法,没有违反村规民约,我是你的好村民。

别了,我的塔拉壕、常青村……

二〇一三年五月五日　　东胜

连阴、刮风、屋冷、感冒。

梦:毛茸茸的雪花,白蒙蒙的下雪的情景,躺卧雪地中睡觉,任雪花飘落。

梦:原野,冰消雪融的大河,清清河水,被水下衰草映得微黄,为这清澈的、自然的、原野的河而歌。

这正如松尾芭蕉的俳句:

> 旅中卧病
> 梦里
> 奔走在荒凉的原野

二〇一四年三月十三日　　东胜

听《中国之声》。

红军长征,出发时三十万人,走到陕北时,仅剩两万七千人。

过草地时,一位机枪手走不动了,师长将他的机枪扛起来,说,前面有一片树林,咱们在树林里杀马,吃马肉。其实,前面并没有树林,也没有马肉,只有茫茫的草地……机枪手终于走出了草地,他们班十二个人,走出来的仅有三个。

胜利,是血、是命换得的。

二〇一四年九月十七日　　东胜

由于红碱淖,我一直喜欢二十世纪二三十年代老电影《渔光曲》里的那支老歌《渔光曲》,弹得也很娴熟了。

不承想,二〇一四年张艺谋导演,巩俐、陈凯歌主演的风靡全球的电影《归来》,主题曲竟也借用了《渔光曲》,其中最动人、最有感觉的一段剧情,就是由男主人公弹奏《渔光曲》引出的。

文学、艺术做到深处,感觉是相通的。我不就一直期冀着有一天"归来"时,给知己们弹奏《渔光曲》?

二〇一五年九月十一日　　东胜

梦中响起老电影《血战台儿庄》中陕西士兵的战地之歌,生离死别之际,饱含着对故土、亲人、爱人眷恋的陕北民歌——

　　初一到十五
　　十五的月儿高
　　那春风摆动
　　杨呀么杨柳梢……

二〇一五年十一月十二日　　东胜

这一天,就这样到来了,二〇一五年"双11"的第二天,第三稿结束。

二〇〇六年十一月至二〇一五年十一月,三稿整整花了九年时间。

多少年了，一直向往着这一天的到来，而在今天，它竟真的到来了，不再是做梦，老天爷。

这几天，云不在天上飘着，降到了地下，东胜成了人间仙境，感应我三稿的完成，因为我长篇的尾声也是大雾弥漫。

二〇一六年一月八日　　东胜

本日第四稿结束，定稿了。

终于迎来了一生中的这个日子，这一时刻。

七日夜，修改第十章结尾处与"莱伊拉"的对话，发现问题很大，惶恐不已，觉得又是可怕关口、奈何桥……半夜三点半起床修改，修至八点多，有点眉目了，不大恐慌了。

下午四点，成功修好了与"莱伊拉"的对话，彻底定稿。

老天爷，终于接纳了我的受难，我的虔诚，我的奉献，让我从十六年漫漫孤旅中走出来了。

感戴上苍。

二〇一六年五月十五日　　东胜

秉毅在审完书稿后，急切地打来电话："你写了十六年，我四天看完。我的评价是四个字：不同凡响。……你现在就下康巴什，咱们好好聊一回！"

因当天有事，未能下康巴什。晚上十点多，喝了酒的秉毅，打来我今生接的最长的一个电话，近一个小时。说他整整看了四天，并校对出来，在去准旗的路上还在看，有的部分反复看。第四天晚上，看到快要收尾时，不敢看了，为我悬了心——怎么收尾？一旦结尾搞砸，整部作品就废了……但还是忍不住，继续看起来……深夜十二点三十三分看完，睡不着觉，凌晨四点半才迷糊睡去……系统论说了我国小说的世俗化叙述故事的历史，而我则一反世俗，心灵化叙述，情节简单，而担待叩问却很重很高，"对得起你奇迹般的十六年了！"

感谢秉毅，一路关爱，一路导引、点化，感戴上苍……